PROVA POSITIVA

Phillip Margolin

PROVA POSITIVA

Acima de qualquer suspeita

Tradução
Denise Tavares Gonçalves

Título original: *Proof Positive*

Direção editorial
Soraia Luana Reis

Editora
Luciana Paixão

Editor assistente
Thiago Mlaker

Assistência editorial
Elisa Martins

Preparação de texto
Rebecca Villas-Bôas Cavalcanti

Revisão
Luciana Garcia

Criação e produção gráfica
Thiago Sousa

Assistentes de criação
Marcos Gubiotti (projeto de capa)
Juliana Ida

Imagem de capa: Mark Weiss \ Getty Images

CIP-Brasil. Catalogação-na-fonte
Sindicato Nacional dos Editores de Livros, RJ

M28p Margolin, Phillip
Prova positiva / Phillip Margolin ; tradução Denise Tavares Gonçalves. - São Paulo :Prumo, 2009.

Tradução de: Proof positive
ISBN 978-85-7927-044-4

1. Ficção policial americana. I. Tavares, Denise. II. Título.

CDD: 813
09-5208. CDU: 821.111(73)-3

Direitos de edição para o Brasil: Editora Prumo Ltda.
Rua Júlio Diniz, 56 – 5º andar – São Paulo/SP – CEP: 04547-090
Tel: (11) 3729-0244 – Fax: (11) 3045-4100
E-mail: contato@editoraprumo.com.br
Site: www.editoraprumo.com.br

Para minha filha, Ami, e seu noivo, Andy — que vocês tenham uma vida maravilhosa juntos.

Prólogo

Doug Weaver já havia amargado muitos dias ruins em sua carreira de advogado, mas o dia que em o estado de Oregon executou Raymond Hayes foi um dos piores. Doug tentou convencer a si mesmo de que assistir alguém morrer por meio uma injeção letal não era como ver alguém sendo esfaqueado ou esmagado por um trem, mas isso só ajudava a lidar com o que ele estava prestes a ver. Não aliviava sua culpa. Lá no fundo, ele acreditava que Raymond Hayes fora condenado à morte porque havia colocado tudo a perder.

O fato de Doug gostar de seu cliente tornava a coisa ainda mais difícil. Criar laços não era algo incomum em um caso de pena capital, em que o advogado e seu cliente passavam meses, ou mesmo anos, juntos. Às vezes, durante uma visita à penitenciária, quando conversavam sobre as corridas da NASCAR ou sobre futebol, Doug quase esquecia o motivo por que Ray precisava de um advogado. Em certos momentos ele até pensava: "Só, pela graça de Deus sigo em frente". O advogado levemente obeso, que ficava cada dia mais calvo, realmente guardava certa semelhança com seu cliente gordinho e de calvície avançada. Os dois estavam com seus trinta e poucos anos e haviam sido criados no interior. Mas as semelhanças paravam por aí. Doug era muito mais inteligente do que a maioria de seus colegas de escola, enquanto Ray quase não conseguira se formar. Depois do segundo grau, Doug ingressara na faculdade e Ray ficara em casa, cuidando da fazenda para sua mãe viúva e doente, até vender tudo e se mudar com ela para um chalé em Portland, onde ela foi brutalmente assassinada.

A última vez que Doug percorrera os 88 quilômetros que separavam Portland da penitenciária estadual de Oregon tinha sido para dizer a Raymond que os juízes da Suprema Corte tinham votado contra a revisão de sua pena.

— Isso quer dizer que eu vou morrer? — Ray perguntara, naquela sua fala arrastada, que às vezes fazia Doug pensar que era ainda mais lento do que indicava o resultado obtido em seus testes de inteligência.

A pergunta o pegara de surpresa. Fora preciso uma mudança de marcha em sua engrenagem mental para aceitar a noção de que o indeferimento de um recurso extraordinário para revisão de pena no caso de Ray era o equivalente a meter uma bala entre os olhos de seu cliente.

— Bem... — Doug gaguejou, enquanto tentava pensar num modo delicado de responder a pergunta.

Ray se limitou a sorrir. Ele vinha se encontrando muito com o padre McCord, e agora Jesus preenchia uma grande parte de sua vida.

— Tudo bem, Doug — seu cliente o acalmou. — Não tenho medo de encontrar meu Senhor e Salvador.

Doug não estava bem certo se haveria um lugar no céu para um filho que havia espancado a mãe de setenta e dois anos com um martelo até a morte para poder roubar-lhe o anel nupcial de diamante e mais quarenta e três dólares, mas manteve o pensamento para si. Se Ray estava convencido de que iria direto ver o Senhor, Doug não bancaria o advogado do diabo.

— Minha vida não foi grande coisa — Ray admitira. — Espero que eu seja uma pessoa melhor no céu.

— Você será — Doug o tranquilizara.

Ray estudava seu advogado com um olhar triste e compassivo.

— Ainda acha que eu matei mamãe, não acha?

Doug nunca havia dito a Ray que não acreditava em suas alegações de inocência, mas achava que, em algum momento, havia escorregado e revelado seus verdadeiros sentimentos.

— Na verdade eu não sei, Ray — Doug dissera, evasivamente.

Ray se limitara a sorrir.

— Tudo bem — Ray disse. — Sei que você acha que menti para você. Eu lhe sou grato por todo o seu trabalho, mesmo acreditando que fui eu. Mas não matei mamãe. Aconteceu como eu sempre afirmei. Então eu sei que irei para o céu e ficarei ao lado de Jesus.

Doug já havia trabalhado em outros casos de pena de morte, mas somente Ray havia sido condenado. Muito poucos prisioneiros do estado de Oregon tinham sido executados desde o restabelecimento da pena de morte, em 1984. Doug odiava o fato de que ele seria um dos poucos advogados no estado que poderia afirmar ter presenciado a execução de um cliente.

Durante a semana anterior à execução, Doug não dormiu bem e se sentiu fatigado e irritadiço. A ansiedade o deixou distraído no escritório, e ele não conseguiu trabalhar direito. Andava bebendo mais do que de costume também, e isso era sempre um mau sinal.

Doug nunca questionara a culpa de Ray, mas a incapacidade de modificar a pena capital o consumia. Vivia mudando de ideia em suas decisões, especialmente a de persuadir Ray a confessar-se culpado. Não que sua estratégia fosse irracional. Ele havia consultado diversos advogados que trabalharam em casos de pena de morte e a maioria concordara com seu plano. Os advogados mais velhos e experientes o tinham convencido de que vencer um caso de pena de morte significava manter seu cliente vivo. As provas contra Ray eram sólidas, e Doug havia arriscado alegar que a aceitação da culpa e a falta de antecedentes poderiam inclinar o júri em favor da pena perpétua na hora da sentença. Estava muito, muito enganado.

Doug foi trabalhar no dia da execução, mas não conseguiu produzir muito. Antes de sair para a prisão, comeu uma refeição leve; vestiu seu melhor terno, uma camisa branca limpa e sua melhor gravata; até engraxou os sapatos. Estava doido por uma bebida, mas se limitou a tomar um copo de uísque. Doug assistiria à execução sóbrio. Achava que devia isso a Ray.

O dia havia sido totalmente avesso ao humor de Ray e à seriedade do acontecimento que estava prestes a presenciar. Nuvens escuras deveriam ter tapado o sol. Deveria ter acontecido uma tempestade com raios e chuvas fortes, e o céu deveria estar coalhado de corvos. Em vez disso, a primavera estava no ar, com viçosas flores coloridas, e não havia nem uma nuvem sequer sobre a estrada interestadual. Doug achou o clima deprimente e agradeceu quando o pôr do sol lançou sombras sobre a paisagem.

Às nove e meia da noite, Doug parou o carro em um estacionamento a vários quilômetros da prisão. A localização do estacionamento havia sido mantida em segredo para impedir que todos, menos um seleto grupo de repórteres, encontrassem as testemunhas, que seriam levadas de ônibus até a penitenciária. Ray e sua mãe eram os últimos de uma família pequena, então, graças a Deus, não havia mais nenhum parente aguardando. Doug notou um grupo de funcionários do governo parado em um dos lados. Entre eles estava Amaya Lathrop, a procuradora-assistente que havia convencido os tribunais de apelação a manter a sentença; e Martin Poe, promotor de carreira do condado de Multnomah que havia conseguido obter a pena de morte no julgamento. Jake Teeny, o assistente da promotoria que trabalhara no caso, tinha voltado para o leste dois anos atrás. Lathrop sempre encarara o caso como uma discussão sobre as questões do direito constitucional, muito distante do debate sanguinolento travado entre Doug e a promotoria no julgamento, então Doug não se surpreendeu quando a procuradora-assistente o cumprimentou, enquanto Poe procurou, cuidadosamente, evitar seu olhar.

Marge Cross chegou logo depois de Doug ter estacionado. Era uma morena de baixa estatura, atarracada, que se comportava como um pitbull durante um julgamento, e que acabara de sair de um estágio na Suprema Corte de Oregon, quando trabalhou como assistente no caso de Raymond. Marge tinha se posicionado veementemente contra a admissão da culpa, mas nunca havia criticado Doug depois da sentença de morte e fora sua assistente em mais dois casos depois de Hayes. Os advogados haviam combinado irem juntos para a prisão, mas a filha de Marge, de dois anos de idade, estava de cama com gripe e Marge precisara ficar com ela até que seu marido terminasse de dar uma aula na Faculdade Comunitária de Portland.

— Vejo que Poe veio para mostrar como está satisfeito — ela disse com amargura.

— Não acho que ele queira se mostrar, Marge. Não é tão baixo assim.

Marge deu de ombros.

— Você tem direito a ter sua opinião, mas ele e Teeny ficaram dando risadinhas durante todo o julgamento e eu os ouvi comemorando com alguns dos outros homens de Neandertal do escritório depois do veredicto.

Doug não se deu ao trabalho de contestar. Marge era muito política. Via cada processo como uma batalha contra as forças do fascismo. A maternidade não a deixara mais flexível. Doug — estranhamente para um advogado — não gostava de conflitos. Em geral se dava bem com os promotores e os considerava homens e mulheres que faziam um trabalho difícil usando suas melhores habilidades.

— Hooper também veio — Marge disse, num tom ainda mais sarcástico. Doug avistou Hooper, o principal investigador do caso de Ray, conversando com um soldado perto do furgão que os levaria até a prisão. O detetive era um jogador de futebol americano em roupas comuns, com ombros largos, pescoço grosso e ar arrogante. Tinha uma vasta cabeleira negra e um bigode desgrenhado que caía sobre o lábio inferior. A única coisa pequena nesse detetive eram os olhos e o nariz de cão pug, que parecia deslocado no meio de sua cara enorme.

Hooper era um policial agressivo que acreditava nunca estar errado. Marge o chamava de "Führer", e Doug não podia deixar de concordar. Seguramente, Hooper havia utilizado táticas da Gestapo quando prendera Ray, e Doug estava certo de que ele havia mentido sobre algumas declarações incriminadoras que Ray supostamente teria feito antes de o detetive ligar o gravador na sala de interrogatórios. Ray jurou que nunca fizera tais declarações, mas não havia como provar que Hooper falsificara o relatório.

— Você conversou com Ray? — Marge perguntou.

— Por telefone, um pouco antes de sair do escritório.

— Como ele está?

— Me pareceu calmo. Disse que ia para um lugar melhor, que ficaria ao lado do Senhor. Fico contente que tenha se achado na religião. Está ajudando a aceitar... o que vai acontecer.

Doug passou a língua nos lábios. Era difícil falar sobre a execução.

— Escutem todos — gritou Thad Spencer, o representante de relações com a comunidade do departamento correcional. — Sairemos em alguns instantes. Só gostaria de avisá-los de que haverá uma equipe médica de plantão na cabine caso alguém precise de assistência, e não será permitido conversar depois que entrarem na cabine. Alguma pergunta?

Spencer respondeu a algumas perguntas dos repórteres, mas os advogados ficaram quietos e taciturnos. Depois da última pergunta, Spencer conduziu as testemunhas para dentro do furgão. O veículo seguiu até a penitenciária por ruas secundárias. Durante o trajeto, passaram por diversas viaturas policiais, posicionadas em diferentes pontos. Elas estavam lá para controlar os manifestantes que gritavam em frente à prisão. Doug notou que os policiais paravam de falar e pregavam os olhos no furgão quando este passava.

O furgão passou por alambrados e cercas cortantes ao entrar na penitenciária.

— Assisti a uns noticiários sobre Berlim Oriental nos anos 60 — Marge disse. — A semelhança é sinistra. Faz a gente duvidar de que ainda está nos Estados Unidos.

Doug não respondeu. Não se sentia bem e achou conveniente a presença de uma equipe médica na cabine. Achava que não vomitaria, mas não estava tão seguro.

Dentro da prisão, Doug passou por um detector de metais e recebeu um carimbo na mão. Em seguida, todos aguardaram num escritório confortável, onde foram servidos café e frutas. Doug não tocou em nada. Amaya Lathrop, assistente da procuradoria, aproximou-se e afirmou que devia estar sendo muito difícil para ele ter de presenciar a execução. Ela falou de um modo tão compreensivo que Marge baixou a guarda. Em pouco tempo ela e Doug já conversavam com Martin Poe, que se mostrou tão nervoso quanto os outros presentes. Logo ficou claro que ninguém, exceto Hooper, estava se sentindo bem com o que estava prestes a acontecer. O detetive sentou-se sozinho, parecendo relaxado e satisfeito enquanto comia seu lanche, equilibrando um prato cheio de frutas sobre o colo. Contribuindo para aumentar o desconforto geral estava o coro de manifestantes na Rua State, tão alto que podia ser ouvido de dentro do escritório.

Às onze e meia, Thad Spencer conduziu as testemunhas para a câmara da morte, nos fundos da prisão. Toda vez que passavam para um novo recinto, a tensão de Doug subia repentinamente e ele se arrependia de ter ido com roupas tão formais para o lugar. Enquanto caminhavam pelos corredores silenciosos, ele se sentiu tonto e achou que fosse desmaiar. Conversar teria ajudado, mas todos estavam tão tensos que Doug temia que uma única palavra fizesse o barulho de mil pratos derrubados acidentalmente. De qualquer maneira, ele não conseguia pensar em nada para dizer.

Já passava da meia-noite quando as testemunhas entraram na câmara de execução. Era um lugar minúsculo, claustrofóbico, com menos de dois metros e meio por quatro. As testemunhas ficaram de pé sobre uma plataforma. Na frente delas havia uma janela coberta por uma cortina. O silêncio era quebrado somente pelo som das canetas dos repórteres fazendo suas anotações.

À meia-noite e vinte a cortina foi erguida. Ray estava amarrado a uma maca. Tubos intravenosos estavam inseridos em suas veias. Estavam ligados a tubos de vidro que se projetavam da parede. Os tubos forneceriam as substâncias letais que colocariam fim à vida de Raymond Hayes. Atrás da parede, fora da visão, estava o executor.

De seu lugar na plataforma, Doug podia ver seu cliente. Ray parecia um pouco nervoso, porém mais calmo do que Doug esperava. O superintendente da penitenciária estava de pé ao lado da maca. Ele tinha a mão sobre o ombro de Ray, tentando confortá-lo. Ray virou a cabeça, examinou a sala e fixou os olhos em Doug. Um microfone dentro da câmara de execução devia estar ligado, porque Doug pôde ouvir claramente quando Ray falou.

— O superintendente Keene me disse que vocês não podem conversar, então eu compreendo se não responder — seu cliente disse. — Obrigado por ter vindo, Doug. Sua presença me conforta. Você também, Marge.

Doug ouviu a respiração profunda de Marge.

— Bem, estas são minhas últimas palavras, então eu quero que elas sejam boas.

Fixou o olhar em Martin Poe.

— Sou inocente, Sr. Poe, mas não se preocupe. Eu sei que acredita que matei minha mãe e sei que o senhor só estava fazendo seu trabalho. Eu o perdoo e Deus também o perdoará, então, por favor, que seu coração fique em paz.

Ray engasgou e precisou parar. Por mais que estivesse lutando para aceitar, não conseguiu deter uma lágrima que lhe percorreu a face.

— Mamãe sabe que não lhe fiz mal algum, e ela poderá me dizer isso em breve. Que Deus abençoe a todos.

Ray fez um sinal com a cabeça para o superintendente. O superintendente retribuiu o sinal e saiu da sala. Ray fechou os olhos e respirou fundo algumas vezes; em seguida, toda a atividade parou. Seu olho direito ficou totalmente fechado, mas, bizarramente, a pálpebra esquerda permaneceu ligeiramente aberta, permitindo que a luz refletisse na pupila escura. Doug percebeu que não havia mais ninguém ali. Suspirou e segurou as lágrimas. Pobre Ray, pensou. Havia sido eutanasiado feito um cão.

Ninguém disse nada durante o trajeto até o furgão. Doug imaginou que ninguém podia pensar em nada para dizer que não soasse forçado, banal ou falso. Assim que chegaram ao estacionamento, Marge pegou a mão de Doug e apertou-a.

— Você fez o que pôde, Doug. Ninguém poderia ter feito mais. Se começar a pensar que falhou com Ray, lembre-se de que ele não pensava assim. E lembre-se também de que, não importa o que ele tenha dito agora há pouco, ele realmente assassinou a mãe de modo brutal. Penso que é ótimo que tenha encontrado Deus, mas ele era culpado, não importa que estivesse mudado quando morreu.

Doug assentiu, com medo de falar. Marge tocou seu ombro.

— Vejo você na cidade — disse. Em seguida, caminhou na direção de seu carro.

Doug ficou parado por um instante. O ar estava quente e o céu noturno estava claro e coberto de estrelas. Seria bom pensar que Ray era uma delas, mas ele não tinha muita esperança. O ruído de diversos motores sendo ligados o resgatou de seu devaneio. Entrou no carro e ficou surpreso por saber que ainda era uma e meia da manhã. Ele achava que havia perdido a noite inteira. Doug respirou fundo algumas vezes, colocou um CD dos Rolling Stones, aumentou o volume até não conseguir pensar e tomou o caminho de casa. Quando saía do estacionamento, viu Steve Hooper parado ao lado do carro, falando ao celular.

Quando o telefone tocou, o relógio marcava 1h36. Bernard Cashman estava esperando a ligação e atendeu de pronto.

— Ele está morto — Steve Hooper disse.

— Obrigado por me informar.

— Não teríamos conseguido sem você, Bernie.

O peito de Cashman se inflou de orgulho.

— Foi um trabalho de equipe, Steve. Eu só tive um papel pequeno.

— Ah, não precisa bancar o modesto comigo. Você é o melhor laboratorista com quem já trabalhei. Foi a impressão digital no martelo que incriminou Hayes.

— Está ligando da prisão?

— Estou ao lado do carro. Acabamos de sair.

— Deve estar exausto. Vá para casa e tenha uma boa noite de sono.

— Vou dormir feito um bebê sabendo que aquele safado está debaixo da terra. Bom trabalho, e não estou dizendo isso da boca para fora.

— Eu agradeço. E, mais uma vez, obrigado por avisar.

Cashman desligou o telefone e desfrutou do momento. Em seguida, levantou-se. Tinha trinta e tantos anos, era um homem alto, com rosto magro e porte digno, que se mantinha em forma malhando na academia e correndo. O cabelo loiro-acinzentado tinha corte bem feito, e a barba e o bigode bem delineados lhe conferiam a aparência de um conde do século XVIII. Quando andava, era com a leveza de um duelista. A voz melódica de barítono poderia fazer parte dos melhores corais e era hipnótica dentro de um tribunal.

Cashman foi até a cozinha e abriu uma garrafa de La Grande Dame 1979 que havia colocado num balde de gelo. Era um champanhe escandalosamente caro, mas só o melhor era adequado a uma ocasião como essa. O testemunho de Bernard Cashman havia colocado três homens no corredor da morte, mas Raymond Hayes foi o primeiro a ser executado.

Em seguida, o especialista forense preparou alguns blini, uma espécie de panqueca russa, sobre os quais espalhou crème fraîche e o melhor caviar beluga. A iguaria do Mar Cáspio estava proibida, porque a máfia russa estava ultrapassando as cotas de pesca do esturjão, mas Cashman tinha contatos que estavam dispostos a burlar a lei quando se tratava de alta gastronomia.

Cashman encheu uma taça com o líquido dourado e espumante e sorveu um pequeno gole. Suspirou, e em seguida mordiscou o blini. Um delicado glóbulo de ova de peixe estourou em sua língua, e a explosão de sabor foi inigualável. O perito cerrou os olhos e sorriu de satisfação. Que momento perfeito!

Aberta sobre a mesa da cozinha estava uma pasta de recortes na qual Cashman mantinha um registro de seus triunfos nos tribunais. A seção dedicada a Raymond Hayes estava repleta de artigos que detalhavam a alegação de culpa e o veredicto. No dia seguinte ele recortaria o artigo sobre a execução e o colaria nela.

Cashman terminou sua taça de champanhe e comeu o resto do caviar. Gostaria de celebrar com outras pessoas, mas sabia que muitos achariam essa comemoração imprópria, incomum, ou ambos. Todos tinham direito a ter opinião, mas ele não acreditava que era errado celebrar quando era feita a justiça.

Parte Um

O Louco

Capítulo 1

Se você procurar a palavra "patético" no dicionário, pode ser que encontre uma foto de Vincent Ballard. Ballard nem sempre fora patético. Em determinado momento de sua vida, fora considerado brilhante e dinâmico. Essa época tinha coincidido com a explosão da Internet, quando Vincent fazia mais dinheiro do que conseguia contar como sócio de uma nova empresa virtual que não tinha como dar errado. Naqueles tempos, Vincent montava no tigre; nossa, ele havia domado o tigre e o transformado num gatinho.

Antes de ficar rico, as pessoas descreviam Vincent, com seus óculos de fundo de garrafa, acne e cabelo mal cuidado, como um *nerd* magricelo que não conseguia nem que as garotas mais feias olhassem para ele duas vezes. Nos anos 1990, Vincent usava lentes de contato e ternos feitos sob medida em Londres, colecionava carros esporte como se fossem figurinhas de beisebol e chutava uma modelo atrás de outra de sua cama enquanto outra deliciosa beldade fazia seu membro movido a cocaína subir novamente.

Foi então que a bolha estourou. Da noite para o dia, as ações da empresa de Vincent não valiam mais do que um café com leite da padaria da esquina. Mas tudo bem. Vincent não ficou preocupado. Vivia tão chapado o tempo todo que a realidade se tornara irrelevante. Ele não era *o* brilhante e sexy Vincent Ballard, o garanhão com uma mente extraordinária? E daí se a empresa fosse à falência? Ele arranjaria uma nova ideia e logo estaria por cima novamente. Só havia um problema: as drogas tinham acabado de tal modo com a mente de Vincent que a parte de seu cérebro que tinha as ideias estava agora tão flácida quanto seu pau.

Drogas são um vício caro. Vincent vendeu os carros esporte e sua coleção de vinhos finos. Mudou de sua casa de dois milhões de dólares para um apartamento de um dormitório no sofisticado bairro de Pearl, em Portland. Cinco anos depois que a empresa faliu, não conseguia mais pagar o aluguel. Estava morando num motel residencial, num aposento único que cheirava a cerveja, pizza podre e lixo; e trabalhava num emprego para ganhar salário mínimo quando conseguia burlar os exames de drogas.

Alguns meses antes de conhecer Juan Ruiz, Vincent tinha sido preso por posse de drogas e estava na condicional sob a condição de se engajar em um programa antidrogas de seu distrito. Vincent havia concluído o curso com honra e estava absolutamente limpo. Seu oficial da condicional até o ajudara a arranjar um emprego quase decente numa empresa de *softwares*.

Vincent tinha largado o vício várias vezes. Durante os primeiros dias de abstinência, sempre ficava eufórico. Dessa vez não foi diferente. Vincent *sabia* que logo estaria de volta à terra dos ternos Armani e dos carros Porsche. Foi então que ele, como era previsto, se desentendeu com seu supervisor, o que o levou à perda do emprego, seguida de uma depressão e do inevitável reencontro com a Sra. H.

Algumas semanas depois de ter voltado ao vício, o contato de Vincent foi preso. Vincent precisava desesperadamente de uma dose e ficou sabendo, por meio de alguns informantes também viciados, que havia um novo fornecedor para a heroína marrom, mexicana, de que tanto necessitava. Juan Ruiz estava distribuindo na Cidade Velha. Como ele estava vendendo e Vincent estava comprando, Ruiz estava numa posição superior à de de seu freguês na cadeia alimentar, mas não muito. Quando Vincent avistou Ruiz, o traficante de rosto encovado pulava de um pé para o outro para afastar o frio e a umidade, e seus olhos não paravam de perscrutar a escuridão das ruas desertas, precavendo-se contra a polícia.

— É o Juan? — Vincent perguntou, nervoso. Estava crispado e precisava de sua dose.

— O que quer, cara?

— Toby me disse que sua mercadoria é boa.

— É a melhor — disse Ruiz. — Me mostre a grana e eu mostro para você.

Vincent tirou algumas notas amassadas do bolso, e Ruiz cuspiu um envelope. Se Vincent fosse um tira, ele o teria engolido.

— De quem você tem comprado? — Juan perguntou enquanto contava as notas.

— Por aí.

Todos os viciados são paranoicos, então Vincent foi intencionalmente vago.

— Bom, você compra de mim e eu trato você bem. Nossa droga é mais barata também — acrescentou, mostrando duas notas.

— O que é isso?

— Um desconto, amigo. Tem um novo cara na cidade. Ele quer tratar você bem. Temos a melhor droga e a mais barata. Você compra de mim. Não compra dos outros. Espalhe a notícia por aí.

Uma luz se acendeu em uma das poucas áreas da mente de Vincent que ainda funcionavam. Martin Breach dirigia o mercado de drogas em Portland, mas andavam dizendo que um cartel colombiano estava tentando invadir seu território. Breach não era conhecido por ser um sujeito legal nem um perdedor conformado, e diziam nas ruas que ele estava dando drogas e dinheiro para qualquer um que fornecesse informações sobre os traficantes que estavam trabalhando para Felix Dorado, o homem do cartel.

De volta ao motel, Vincent injetou a droga. Primeiro, o mais importante. Mas o que sobe tem que descer. Vincent sabia que precisaria dela novamente em breve, mas não tinha dinheiro para comprar outra dose. Quando conseguiu levantar da cama, caminhou pela rua até o Lombardi's. O bar fedia a suor e a cerveja barata, e só atraía gente como Vincent. O dono era Martin Breach.

Vinte minutos depois de Vincent ter convencido o *barman* de que ele tinha uma informação que era do interesse do Sr. Breach, a porta se abriu e dois homens caminharam até a cabine de madeira onde o *barman* havia pedido que Vincent aguardasse. Vincent já fora um homem de negócios, e isso era negócio. Alisou seu cabelo o máximo possível, endireitou os ombros e ficou de pé.

— Vincent Ballard — disse, estendendo a mão. Nenhum dos dois homens a apertou. Depois de alguns momentos, Vincent sentiu-se ridículo e abaixou a mão.

— Sente-se — ordenou Charlie LaRosa, postando-se na frente de Ballard. LaRosa tinha um rosto quadrado e olhos pretos, com um olhar vazio que o tornava ainda mais intimidador, e Vincent ficou surpreso ao ver que sua voz era suave.

Vincent sentou-se no banco e o outro homem o pressionou contra a parede, cortando qualquer via de escape. O homem cheirava a loção pós-barba, e seu cabelo era grosso e gorduroso, com longas costeletas. A cabeça de Vincent batia em seu queixo. Sua barba espetada acentuava uma cicatriz clara e saliente. O homem não disse uma palavra durante o tempo em que estiveram juntos.

— Então, Vincent, como vai? — Charlie perguntou educadamente.

— Bem — Ballard respondeu, tentando evitar que sua voz tremesse.

— Isso é bom. Então, pelo que entendi, você tem alguma coisa para me dizer.

Em outros tempos, Vincent havia sido um chefão que se reunia em volta de mesas de conferência de mogno polido, ouvindo seus advogados conduzirem negociações que envolviam milhões de dólares. Tinha aprendido uma coisa ou outra e sabia que não devia dar nada antes de conseguir algo em troca. Lambeu os lábios.

— É, é, eu tenho sim, mas quero saber o que você tem para mim.

Charlie sorriu e estendeu a mão enorme. Quando a abriu, havia três papelotes dentro dela. Vincent adiantou-se para pegá-los, mas a mão se fechou e os dedos de Vincent ficaram parados no ar, acima daquela mão cheia de cicatrizes.

— Então, Vincent? — Charlie perguntou.

Vincent contou a LaRosa que tinha comprado um papelote de Juan Ruiz, falou sobre o desconto e que Juan tinha anunciado que estava vendendo droga melhor e mais barata. A expressão do homem não mudou. Assim que Vincent terminou, ele se pôs de pé.

— Vamos dar uma volta e conhecer seu amigo — disse.

— Ele não é meu amigo.

— Bom. Então não se importará em achá-lo para nós.

Charlie assentiu, e uma mão envolveu o bíceps de Vincent. Quando o homem ao lado dele se levantou, o corpo de Vincent levantou junto. Ele não perdeu tempo protestando, mas pediu sua droga, que era mais importante do que sua própria vida.

LaRosa deu um tapinha no ombro de Vincent.

— Não se preocupe. Você fez a coisa certa e vou cuidar de você. Mas preciso me certificar de que você não está me puxando o tapete — Sorriu. — Aponte esse malandro para nós e a droga é sua. Pode até ser que ganhe um pouco mais.

Vincent resignou-se a esperar. Ele se controlaria, deduraria o traficante e iria para o céu. Por enquanto, ele estava bem. As tremedeiras não apareceriam durante algum tempo.

Os homens colocaram Vincent num Lincoln Continental azul-escuro e andaram pela Cidade Velha até avistarem Juan

Ruiz, ao lado de um alambrado nas imediações de uma construção. Vincent não havia percebido os protetores de Juan quando fizera a compra no dia anterior, mas LaRosa viu os bandidos armados se escondendo nas sombras quando passou. Assim que estacionaram, depois de virar a esquina, ele tirou seu celular.

— Encontrei o presente que está procurando — disse. — Um belo anel. Tem um par de brincos de pérola também. Precisamos nos encontrar. Sabe aquela espelunca chinesa na Cidade Velha?

LaRosa parou por um momento para escutar.

— Quinze minutos. Peça ao Ratman para comprar o presente. Eu pareço muito próspero. Tenho medo de que aumentem o preço.

— E então, estamos acertados? — Vincent perguntou, ansioso, assim que LaRosa desligou.

— Estaremos acertados quando eu disser que sim.

O verdadeiro nome de Ratman era Henry Tedesco, e ele era irlandês. Tedesco era alto e magro. Tinha os olhos saltados em meio a um rosto devastado pela acne durante a juventude. Um nariz longo e fino e dentes salientes o deixavam parecido com um roedor. Havia uma dúvida geral se ele parecia mais com uma fuinha do que com um rato, mas ninguém dava nenhum palpite quando Henry estava presente.

A verdadeira razão pela qual Henry emigrou permanecia um mistério, e Henry nunca falava sobre isso, mas havia rumores de que ele havia sido um assassino do IRA antes de vir para os Estados Unidos. Alguns acreditavam que fugira da Irlanda porque havia sabotado um ataque a um político britânico. Outros diziam que tinha revelado a localização de um reduto do IRA para os britânicos. O que se sabia, de fato, é que Henry era um parente distante de Martin Breach, que supostamente tinha acertado as contas com quem estava atrás dele. Agora ele fazia trabalhos especiais para Martin.

Ratman era ideal para esse trabalho. Parecia um viciado. Juan Ruiz não suspeitou de nada quando Henry parou a seu lado, assegurando-se de que Ruiz estivesse entre ele e seus protetores para que estes não vissem a arma que forçava contra o estômago de Ruiz.

— Faça um movimento ou diga uma palavra e lhe estouro as tripas. Vai morrer gritando — Henry disse.

— Está cometendo um grande erro — Ruiz disse.

— Você é que errou quando começou a vender no território de Martin Breach — Ratman disse no momento em que o Lincoln parou ruidosamente atrás dele. As portas se abriram. Henry empurrou Ruiz para dentro e bateu a porta antes que os protetores se dessem conta do que estava acontecendo. O carro já estava virando a esquina quando os atiradores dispararam o primeiro tiro.

Antes de encontrar Henry Tedesco, Charlie LaRosa havia levado Vincent para um armazém abandonado num parque industrial perto do Rio Columbia. Ele tinha a chave do cadeado que prendia o portão a uma cerca de arame e a chave para uma porta que ficava nas sombras, ao lado do prédio que dava para o rio. O homem que não dizia nada ficou esperando ao lado do Lincoln enquanto Charlie acompanhou Vincent para dentro. Três homens estavam esperando por eles. Dois deles ficaram nas sombras. O terceiro era Arthur Wayne Prochaska, braço direito de Martin Breach.

Prochaska era um gigante com lábios grossos, nariz largo, sobrancelhas finas e uma cabeça careca em formato de bala que havia sido usada para atordoar os devedores em tempos passados, quando ele e Martin Breach eram capangas do crime organizado. Hoje, Martin dirigia o crime organizado e Art dirigia alguns bares e se considerava um empresário, exceto nas raras ocasiões em que Martin fazia questão de que o único homem em quem ele confiava cuidasse de um negócio diferente.

Quando chegamos ao armazém, Vincent já estava suando muito e extremamente irrequieto. Depois de ouvir LaRosa, Prochaska deixou que Vincent tomasse um pico. Quando Ratman empurrou Ruiz para dentro do armazém, uma hora depois, Vincent estava se sentindo muito bem.

Ruiz cambaleou e LaRosa o atirou sobre uma cadeira.

— Vou lhe fazer perguntas — Prochaska disse, enquanto Ratman usava fita adesiva para prendê-lo à cadeira. — Você vai me dar respostas confiáveis.

Prochaska segurava um martelo tipo bola, que parecia um brinquedo em suas imensas mãos. Bateu no joelho de Ruiz com força suficiente para fazê-lo encolher a perna.

— Se não me der respostas confiáveis, vou quebrar seu joelho direito e perguntar novamente. Aí, vou fazer a mesma coisa com seu joelho esquerdo, suas canelas, etc. Entendeu?

Ruiz balançou a cabeça, em afirmativa. Seus olhos estavam arregalados de pavor e ele estava quase chorando. Juan não era durão e não esperava passar por uma situação dessas.

— Eu vou cooperar — disse. — Me pergunte. Eu vou cooperar.

— Bom. Está sendo esperto — Prochaska disse. — Seu nome é Juan, certo?

— Sim, senhor, Juan Ruiz.

—Viu? Foi fácil. Você me deu uma resposta direta e eu não o machuquei. Então, Juan, para quem está trabalhando?

— Felix — Juan respondeu, ávido para agradar e grato por Art não tê-lo machucado.

— Qual é o sobrenome de Felix?

— Dorado. Posso dizer onde ele mora.

— Não será necessário, Juan. Eu sei onde ele mora. O que eu não sei é quantos vagabundos que nem você ele mandou vender drogas onde não devem e onde eles estão vendendo. Mas ficarei sabendo assim que você me disser.

Capítulo 2

Doug Weaver estava a caminho da cadeia do Centro Judiciário para entrevistar um novo cliente designado pela corte quando o semáforo na esquina da Quarta com a Yamhill ficou vermelho. O caso parecia tedioso, e Doug não estava pensando nele enquanto esperava o semáforo mudar. Pensava no convite para jantar que recebera de sua ex-esposa, Karen, um pouco antes de sair do escritório. Ele e Karen estavam separados e raramente se falavam. O fato de ela querer encontrá-lo cara a cara o deixou nervoso e altamente desconfiado.

Karen era uma estrela em ascensão na filial de Portland de um banco de investimentos. Ganhava muito mais do que ele, e o fracasso de Doug em "se dar bem" tinha sido um grande problema dentro do casamento. A vida de Doug não mudou muito quando Karen saiu de casa, dois meses antes. Ela viajava muito e trabalhava até tarde quando estava em Portland, então eles não se viam muito, e não faziam sexo regularmente há muito tempo. Doug tinha certeza de que Karen estava tendo um caso, mas não tinha energia suficiente para conseguir provar suas suspeitas. Era difícil condenar Karen, de qualquer maneira, porque ele se sentia culpado pelos motivos da separação. Havia convencido a si mesmo de que também teria caído fora se Karen andasse bebendo tanto quanto ele e não tivesse agido de acordo com as expectativas que ambos tinham um do outro quando se casaram.

Pensar sobre o casamento fracassado deixava Doug deprimido. Felizmente ele foi se aproximando do Centro Judiciário e conseguiu desviar os pensamentos para seu novo caso. Sobre este, só sabia que Jacob Cohen — um sem-teto — tinha passado algum tempo preso por tentativa de estupro. Os molestadores sexuais condenados eram obrigados a se registrar quando recebiam a condicional, e Cohen fora preso por não ter se registrado. Uma condenação poderia mandá-lo de volta à prisão.

Doug arrastou sua pasta pelos largos degraus do Centro Judiciário. O prédio de dezesseis andares, feito de concreto e vidro, era separado do Palácio de Justiça do condado de Multnomah por um parque. Além do distrito policial central de Portland, o Centro Judiciário abrigava um gabinete da promotoria do condado, diversos tribunais, o Departamento Estadual de Condicional e Sursis e a cadeia do condado, onde o cliente de Doug atualmente residia. A cadeia ocupava do quarto ao décimo andar do prédio, mas a recepção ficava no segundo. Para chegar lá, Doug atravessou o saguão central, passou pelas escadas em curva que levavam aos tribunais do terceiro andar e por duas portas de vidro. O assistente do xerife que estava cuidando da recepção verificou a identidade de Doug, revistou sua pasta e fez sinal para que passasse por um detector de metais que ficava entre Doug e o elevador da cadeia. Ele passou sem acionar o alarme, o guarda o conduziu até o elevador e apertou o botão do andar onde Cohen estava detido.

Logo depois, Doug encontrava-se num estreito corredor com uma grossa porta de metal no outro extremo. Ao lado da porta, preso à parede de concreto amarelo-pastel, estava um sistema de intercomunicação que ele usou para anunciar sua presença. Momentos depois, um enorme guarda afro-americano examinou Doug através de uma placa de vidro na parte superior da porta e em seguida falou em um *walkie-talkie*. Trancas eletrônicas se abriram e o guarda conduziu Doug para outro corredor no qual havia três salas de visita onde os prisioneiros se encontravam cara a cara com seus representantes. Doug podia ver dentro das salas através de amplas janelas equipadas com espesso vidro à prova de balas.

Esperando por ele na sala que ficava mais distante dos elevadores estava um prisioneiro de rosto encovado, cabelo desarrumado, olhos ariscos e pele quase albina. Vestido com o macacão laranja desforme, estava sentado em uma das duas cadeiras plásticas que ficavam em volta de uma mesa redonda revestida de fórmica presa ao chão — embora "sentado" não descrevesse muito bem a posição em que se encontrava: seu corpo estava retorcido sobre a cadeira, os joelhos dobrados na altura do peito; parecia estar se preparando para escapar.

— Tenha cuidado com esse aí — o guarda disse. — Ele tem um parafuso a menos.

— Pode deixar, obrigado — Doug respondeu. O óbvio distúrbio mental do prisioneiro era desconcertante, mas Doug não queria que o guarda percebesse que ele estava nervoso.

— Não quero perder o dia preenchendo relatórios — o guarda concluiu, com um sorriso. Em seguida, abriu a porta para a sala de contato e distanciou-se. Os olhos de Cohen grudaram em Doug. O guarda apontou para um botão preto que saía de um interfone fixado na parede amarela.

— Aperte isso aqui quando tiver acabado, ou — ele olhou diretamente para Jacob Cohen — se precisar de ajuda. Virei buscá-lo — Em seguida, antes de fechar a porta, apontou para o prisioneiro. — E você, comporte-se, está entendendo?

Jacob Cohen olhou para o guarda, mas permaneceu calado. Assim que a porta se fechou, seus olhos fundos voltaram-se para o visitante.

— Olá, Sr. Cohen, eu sou...

— Cohen não está aqui.

— Não é Jacob Cohen? — Doug perguntou, confuso com a resposta do prisioneiro. Por certo não seria a primeira vez que o sistema penitenciário se atrapalhava e trazia a pessoa errada para a entrevista inicial.

— Cohen não está aqui.

— Está bem. Quem é você?

— Fulano de Tal — sorriu de modo estranho. — Não tenho nome nem rosto. Me deram um número.

Doug estava cansado demais para esse tipo de besteira, então decidiu ignorar a esquisitice e ir direto ao assunto.

— Muito bem, Sr. Fulano. Meu nome é Doug Weaver e fui indicado para defendê-lo.

Um sorriso convencido tomou o rosto de Cohen. Ele baixou os pés até o chão, cruzou os braços sobre o peito e recostou-se na cadeira, repentinamente parecendo à vontade.

— Acha que sou idiota? Quem controla o tribunal? São eles. Não sou bobo. Consigo ver através de você.

— Quando diz "eles", quer dizer o governo?

Cohen se limitou a sorrir, e Doug já se sentia esgotado, embora a entrevista estivesse apenas começando. Tinha sido um caso como o de Cohen que mostrara, em sua casa, que ele era um fracassado. Um bom advogado criminalista não se prestaria a pegar um caso banal como esse. Mas Doug não estava ganhando dinheiro suficiente para se dar ao luxo de recusar um caso, mesmo que pagasse pouco, como acontecia com os processos indicados pelo tribunal.

— Bem — Doug disse, desanimado —, se você se refere ao governo, está metade certo. Quem vai me pagar é o Estado, porque estou pegando seu caso por indicação do tribunal. Mas não trabalho para o governo. Sou um advogado particular — colocou um cartão de visita sobre a mesa e sentou-se. — Sou especializado em defesa criminal, Sr. Fulano, e o senhor foi acusado de um crime.

— Um pretenso crime — Cohen corrigiu —, fabricado do nada por aquela piranha e seus lacaios.

— A promotoria alega que o senhor não se registrou como molestador sexual.

De repente Cohen ficou mentalmente ausente, com a atenção nitidamente voltada para dentro de si mesmo.

— E se a filha de um sacerdote se profanar, tornando-se prostituta, no fogo será queimada. Levítico 21:0 — murmurou.

Doug continuou insistindo.

— Sr. Fulano, quando foi libertado da prisão, lhe disseram que precisava se registrar como condenado por crime sexual?

— Ah, me disseram e eu tentei, mas conspiraram contra mim. "As águas que viste, onde se assenta a prostituta, são povos, multidões, nações e línguas. E os dez chifres que viste, e a besta, estes odiarão a prostituta e a tornarão desolada e nua, e comerão as suas carnes, e a queimarão no fogo." Livro de Apocalipse 17:15-16.

— Então sabia que precisava se registrar e está me dizendo que tentou se registrar, mas acha que conspiradores do governo fizeram parecer que não tentou.

— Você trabalha para eles, então deveria saber o que fizeram.

Doug suspirou.

— Suponho que não acreditaria em mim se eu lhe dissesse que normalmente trabalho contra o governo.

Cohen deu aquele sorriso estranho e não disse nada.

— Bom, eu trabalho. O sistema de indicação de representação foi instituído para proporcionar defesa legal às pessoas que não têm dinheiro para contratar um advogado. Somos pagos pelo Estado, mas não sou empregado do Estado, e vou fazer o máximo para derrotar o Estado para que o senhor possa continuar em liberdade. Mas suponho que não acredita nisso, não é?

— Acredito que as mentiras jorram facilmente de seus lábios.

— Vamos supor que eu não esteja mentindo e esteja realmente do seu lado. Ou, melhor ainda, vamos supor que você é o advogado e está apresentando seu pronunciamento final. O que diria ao júri sobre essas acusações?

— Ah, o júri. Um júri de pares — Cohen riu. — Eu já os conheço. Eles viram e ouviram a mulher sentada lá, vestindo a cor do pecado, cheia de nomes blasfemos, com sete cabeças e dez chifres, a mãe das rameiras e abominações sobre esta terra. E eles viram e ouviram a mim. E fizeram sua escolha.

Sua cabeça balançava para cima e para baixo. Em seguida, olhou para Doug.

— Eles não podem controlá-los, então não importaria o que eu dissesse.

— Estamos supondo que sim; então me conte sua história.

Cohen riu.

— Por que não? Não tenho nada melhor para fazer. Eu estava morando em meu automóvel. Não é meu, de verdade. Encontrei-o num terreno, abandonado, então eu dormia nele. No começo, não. Dois anos atrás, quando saí da prisão, eu ficava num hotel e tinha um emprego, mas perdi o emprego e não consegui pagar meu aluguel, então mudei para o terreno — abriu seu sorriso estranho. — Não pago aluguel no terreno, nem no carro.

— Como fazia quando precisava dar o endereço?

— Minhas cartas iam para o departamento de condicional. Eles deveriam guardar minha correspondência. Mas não recebo nada. Acho que eles pegam tudo.

— O relatório da polícia diz que você deveria ter se registrado uma vez por ano, dez dias antes de seu aniversário, e que não fez isso este ano. Um detetive tentou entrar em contato no endereço que você deu como sendo sua casa no último formulário e concluiu que era um endereço falso.

De repente Cohen pareceu sem forças, derrotado.

— Não quero voltar para lá — disse.

— Para a prisão?

Ele fez um sinal afirmativo.

— Me atormentam – Suas mãos se encolheram. — É o inferno na Terra. — Em seguida ficou quieto, e Doug pensou ter ouvido seu cliente dizer: "Mas é o que eu mereço".

Subitamente, Doug pode ver através da fachada. Jacob Cohen era realmente maluco, mas estava também apavorado e perdido num mundo que o esmagava. O novo cliente ganhara o coração de Doug.

— Vou fazer tudo o que estiver ao meu alcance. Acredite em mim. Estou do seu lado e vou tentar ajudá-lo.

Não sabia se Cohen o escutara, porque a cabeça dele já tinha baixado e ele estava encarando o chão e murmurando tão baixinho que Doug não conseguiu ouvir o que seu cliente dizia.

Karen estava esperando numa tenda quando Doug entrou no South Park. Era uma mulher pequena, com cintura fina, seios grandes e cabelo castanho avermelhado. Usava óculos com aros de aço porque acreditava que lhe davam um ar mais sério e estava sempre vestida para o sucesso. Nessa noite usava um austero terninho azul-marinho. Doug ensaiou um sorriso e sua ansiedade aumentou quando a ex-esposa não retribuiu.

— Que bom que conseguiu vir — disse Karen, soando como um banqueiro cumprimentando um possível cliente.

— Você parece bem — Doug disse, entrando na tenda. Imaginou que um elogio poderia deixar o clima um pouco mais leve. E era verdade que Karen parecia bem. Ela sempre parecia bem, e melhor ainda nua, mas Doug não queria ir para esse lado, porque seria uma lembrança nítida e dolorida do que ele tinha perdido desde que seu casamento terminara.

— Obrigada — Karen respondeu, com formalidade suficiente para permitir que Doug soubesse que não ia gostar do que ela lhe diria. — Está com vontade de tomar um coquetel? Eu já pedi.

Doug ficou chocado por Karen ter oferecido álcool sabendo o efeito que a bebida tinha sobre ele, mas decidiu que provavelmente conseguiria lidar com o que estava prestes a ouvir muito melhor se não estivesse totalmente sóbrio.

— Por que não? Tive um dia difícil. Uma bebida cairia bem.

Karen acenou para o garçom e Doug fez seu pedido.

— O que aconteceu hoje? — Karen perguntou, quando o garçom afastou-se. Doug não achava que Karen tivesse o mínimo interesse por seu dia. Achava que ela queria que ele falasse para reunir coragem para lhe dizer o que ela queria dizer.

— Precisei ir à cadeia entrevistar um novo cliente, indicado pelo tribunal. Uma figura e tanto.

Enquanto bebiam, Doug contou a Karen sobre seu estranho encontro com Jacob Cohen. Quando o álcool começou a fazer efeito, Doug sentiu-se quente, um pouco tonto e relaxado.

— Vai alegar insanidade na defesa? — Karen perguntou.

— Alegar insanidade é popular na TV, mas raramente é usado na vida real. Se um réu é maluco de verdade, isso fica tão óbvio na maior parte do tempo que um promotor também percebe, e o caso geralmente é resolvido por uma contestação requerendo cuidados psiquiátricos.

— Acha que Cohen está fingindo?

— Não, acho que Cohen é autêntico, um maluco genuíno. Se meu psiquiatra concordar, vou mostrar seu relatório para a promotoria.

Até então, Karen havia manobrado Doug de modo que ele dominasse a conversa. Ele decidiu que era hora de ela lhe dizer o motivo do convite para jantar.

— E então, o que é que há com você? — Doug perguntou.

A pergunta pareceu sobressaltar Karen.

— Você pediu para que eu a encontrasse aqui — Doug disse. — Presumo que tenha algo a me dizer.

— Tenho — Karen fez uma pausa. — Fui promovida. Me informaram hoje de manhã.

— Isso é ótimo — Doug disse, fingindo entusiasmo e forçando um grande sorriso. O sorriso desapareceu quando ele viu a expressão no rosto de Karen.

— Vou me mudar para Nova York. Vou trabalhar na matriz, em Manhattan.

— Ah!

— Viajo na semana que vem. Eu... pensei em recusar, mas será muito importante para minha carreira.

— Entendo.

Karen suspirou.

— Ora, Doug, não quero mentir para você. Nem pestanejei quando me ofereceram. Aceitei na hora. Nosso casamento não é... — ela deu um suspiro. Quando voltou a falar, parecia triste. — É um fracasso, Doug. Sabe disso. Esta mudança nos dará um novo começo. Se eu ficar na cidade você vai pensar que ainda temos uma chance de voltar. Mas não temos. Simplesmente não deu certo.

Doug não conseguia respirar. Tinha medo de desatar a chorar se tentasse falar. A decisão de Karen de mudar-se para um lugar a quatro mil e quinhentos quilômetros dele deixou muito claro que a perdera para sempre. Então, por um breve instante, enganou a si próprio pensando que Karen esperava que ele lutasse por ela. Só que ele não tinha a autoconfiança nem a energia para tal luta, e, acima de qualquer coisa, era essa a razão pela qual ela o abandonara.

— Contratei um advogado — Doug ouviu Karen dizer. — Ben Altman. Ele está preparando a petição de divórcio. Espero que possamos fazer isso de modo amigável.

Doug assentiu, ainda inseguro demais para falar.

— A divisão dos bens não será difícil. Podemos conversar sobre isso quando você contratar um advogado.

— Está bem — Doug conseguiu dizer.

Karen desviou o olhar.

— Não é fácil para mim, Doug. Eu gosto de você. Espero que consiga parar de beber e tomar um rumo. Raymond Hayes não foi culpa sua. Você precisa...

Ela parou e respirou fundo.

— Tem razão, Karen. Eu sabia que você ia quere... não estou surpreso. Acho que eu esperava que pudéssemos resolver tudo, mas sei que não sou o que... que o casamento não foi o que você esperava. Espero que consiga o que quer em Nova York. Espero que tudo dê certo para você.

Doug avistou o garçom e acenou para ele.

— Poderia trazer a conta, por favor? — ele pediu.

— Eu pago — Karen disse, quando o garçom se afastou.

— Não, Karen. Pode deixar. Espero que não se importe se eu for embora. Não estou com muita fome.

Karen não disse nada. Abaixou o queixo, e Doug não conseguia ver seus olhos. Mas, antes de ela escondê-los, ele pensou ter visto o começo de uma lágrima. Ele esperava que não fosse sua imaginação.

Capítulo 3

Felix Dorado estava terminando seu café da manhã no Pequena Havana, um restaurante cubano na zona sudeste de Portland, quando Pablo Herrera, seu lugar-tenente, entrou, seguido por Reuben Corrales, um homem enorme e assustado, com braços maciços, pernas que pareciam troncos de árvore e cara inchada. Felix tomava café no Pequena Havana quase todo dia porque adorava as *croquetas* de presunto, que consistiam em croquetes de presunto defumado moído cobertos com farinha de rosca e fritos. Não eram tão gostosos quanto os de sua mãe, mas eram bons o suficiente para fazê-lo sentir saudade de sua infância em Cuba e da mulher de cintura grossa e seios generosos que havia enchido seus primeiros anos de amor e de uma comida maravilhosa, até que os capangas de Castro a assassinaram, e a seu pai.

Felix tinha um metro e oitenta de altura, pele morena, olhos castanhos claros e um bigode fino e cuidadosamente delineado. Depois de fugir de Cuba, quando adolescente, tinha viajado pela América do Sul até se estabelecer na Colômbia, com o cartel de Javier Ramirez. Com o passar dos anos, Felix havia ganhado a confiança de Ramirez e este o nomeou seu homem em Portland, onde sua missão era tirar o tráfico de drogas das mãos de Martin Breach.

Felix bebia seu *café con leche* numa xícara grande e funda quando Pablo caminhou até a mesa que o restaurante reservava para seu chefe. Ela ficava nos fundos, rodeada por guarda-costas que protegiam Felix de um possível atirador. Chegando perto da mesa, Pablo empurrou o gigante de pescoço grosso fabricado por esteroides.

— Conte para ele — Pablo ordenou.

Corrales era quinze centímetros mais alto que Dorado e tinha o dobro da largura, mas tremia e tinha os olhos fixos no chão.

— Perdemos Juan — ele balbuciou.

Felix ficou confuso.

— Esse abobado estava protegendo Juan Ruiz, um de nossos vendedores — Pablo explicou a Felix.

— Conte para ele, *hijo de puta* — Pablo ordenou a Corrales, em tom de voz baixo e ameaçador.

— Levaram ele. Procuramos a noite toda, *jefe*, mas não conseguimos encontrá-lo.

Felix deu um gole de seu *café con leche* e depois repousou a xícara sobre a mesa. Não demonstrou nenhum sinal de raiva ou preocupação. Era seu autocontrole que o tornava perigoso, porque ele parecia sempre o mesmo, estivesse comendo com satisfação ou enfiando um estilete num estômago desprotegido.

— Se esse idiota não explicar o que aconteceu em sentenças claras e completas, vou cortar a língua dele — Dorado disse a Herrera.

— Estávamos protegendo Juan — Corrales respondeu imediatamente. — Chegou um sujeito magro, com cara de viciado. Foi por isso que não chamou a nossa atenção. Depois veio um carro correndo e o magricelo empurrou Juan para o banco de trás do carro. Arrancaram antes que a gente pudesse fazer alguma coisa. Não foi culpa nossa.

— Pedro Lozano ainda não se apresentou — Herrera disse —, e os homens que o protegiam também desapareceram.

A pele de Felix ficou mais escura, seus olhos, mais estreitos, e ele praguejou baixinho.

— É aquele maldito do Breach — disse. — Ele está agindo.

— Foi o que pensei. Estão dizendo por aí que ele está dando droga e dinheiro para quem denunciar nossos vendedores. Um de nossos homens esteve no Lombardi's ontem. Ele viu Charlie LaRosa e outro homem de Breach conversando com um viciado chamado Vincent Ballard. Isso aconteceu uma hora antes de Juan ser raptado.

— Mande alguém falar com Ballard para ver o que ele sabe — Felix disse.

— Feito — respondeu Herrera. — E devíamos pegar alguns dos vendedores de Breach hoje à noite, para dar o troco.

Dorado estava prestes a responder quando a garçonete se aproximou com uma caixa embrulhada em papel de presente e amarrada com um festivo laço vermelho.

— Um homem deixou isto aqui — ela disse, animada. — Disse que era um presente para entregar só depois que o senhor terminasse de tomar o café.

Os olhos de Felix se arregalaram de medo e ele se encolheu na cadeira. Herrera pegou o pacote e saiu correndo pela porta dos fundos, que dava para um beco, indo jogar a caixa numa lixeira de metal bem profunda. Dorado e seus guarda-costas estavam olhando para o corredor, ansiosos, quando Herrera voltou para dentro.

— Acha que é uma bomba? — Herrera perguntou, depois de vários minutos sem explosão alguma.

— Mande este idiota verificar — Dorado ordenou, apontando o polegar para o sujeito musculoso que tinha perdido Juan Ruiz.

— Mas *jefe* — gaguejou Corrales.

— Vá ver a caixa — Pablo ordenou.

Corrales engoliu em seco e caminhou pelo corredor como um condenado a caminho da execução. A porta que dava para o beco bateu, fazendo um ruído forte. Alguns minutos se passaram sem nenhum estrondo. Em seguida a porta se abriu e Corrales reapareceu, trazendo a caixa na ponta de seus braços musculosos, procurando mantê-la o mais longe possível de seu corpo. Seu rosto estava completamente sem cor e ele mantinha os olhos, arregalados de medo, bem longe do conteúdo da caixa. Parou a alguns passos de seu chefe e inclinou o pacote para que Dorado pudesse ver o presente que Martin Breach lhe tinha enviado. O rosto de Dorado, normalmente moreno-claro, ficou lívido e ele deu um pulo para trás. Dentro da caixa estava a cabeça de Pedro Lozano.

Capítulo 4

Na manhã depois de seu fracassado jantar com Karen, Doug Weaver acordou às nove horas, mais exausto do que quando apagara de tanto beber, às duas da manhã. Arrastou-se até o banheiro e jogou água no rosto. Em seguida, deu tapinhas nas bochechas para aumentar a adrenalina. Nada funcionou. Doug se sentia como se tivesse grãos de areia nos olhos, e cada pensamento parecia demorar uma eternidade para chegar à frente de seu cérebro.

Depois de tomar café preto e comer uma torrada sem manteiga, Doug telefonou para Jerry Cochran, o advogado que havia representado Jacob no caso que o tinha levado à prisão. Conhecia Cochran das conferências na Associação de Advogados Criminalistas do Oregon e o vira algumas vezes no tribunal. A secretária de Cochran disse que ele estaria disponível por alguns minutos às dez horas.

O antigo advogado de Jacob Cohen dividia espaço com diversos outros profissionais liberais em um escritório no terceiro andar de um prédio de dez andares em Midtown. O escritório de Doug ficava nos arredores do centro de Portland, perto da rodovia. Doug estacionou em seu escritório às 9h45 e decidiu caminhar até o local de sua reunião na esperança de que o exercício o ajudasse a se recuperar da ressaca, mas a caminhada pelo centro da cidade parecia uma escalada ao Monte Everest. A algumas quadras do escritório de Cochran, Doug percebeu que estava perto do lugar que Jacob havia registrado como seu endereço de correspondência. Doug desviou algumas quadras e descobriu que o endereço não era residencial. Era um prédio de escritórios. Mas um dos escritórios era do Departamento de Condicional e Sursis. Doug verificou suas anotações. O endereço da Condicional e Sursis era o que Cohen afirmara ter colocado no formulário porque ele estava morando em um carro dentro de um terreno baldio. Doug apostava que alguém no escritório tinha visto a carta com o formulário de registro, mas não sabia que Jacob estava usando o escritório como endereço postal, e havia devolvido a carta. Pensou em subir até o escritório e fazer algumas perguntas, mas estava atrasado para sua reunião, então se apressou na direção do escritório de Cochran.

Doug deu seu nome à recepcionista e ficou folheando uma revista de esportes enquanto Cochran terminava um telefonema. A mesa do advogado estava abarrotada de papéis e havia arquivos espalhados também sobre um pequeno aparador. Cochran parecia tão desleixado quanto o ambiente que o rodeava. Tinha jogado seu casaco sobre uma cadeira em vez de pendurá-lo; o botão superior de sua camisa estava aberto, mostrando o colarinho da camiseta; e a fralda da camisa estava para fora. Doug percebeu um pequeno corte no rosto dele, feito provavelmente enquanto se barbeava.

— O que Jacob aprontou agora? — Cochran perguntou, quando se ajeitou na cadeira.

— Quando saiu na condicional, deveria ter se registrado como criminoso sexual. A promotoria diz que ele não se registrou.

— Não me surpreende. Acho que no planeta de Jacob esse registro não é necessário. Então, o que quer saber?

— Por que não me fala sobre o caso em que o defendeu?

— Foi por agressão e tentativa de estupro de uma prostituta chamada Janny Rae Rowland, uma figura. Jacob estava morando num terreno vazio perto da Rua Queen Anne com a Rua Hobart.

— Era onde ele estava quando foi preso.

— Não estou surpreso. A área é repleta de bares, casas de penhor e lojas vazias. É um refúgio de traficantes, prostitutas baratas e criminosos de todos os tipos. O terreno é grande. O lado perto da Hobart fica em frente a um armazém, mas a parte que dá para a Queen Anne é um lugar onde trabalham muitas prostitutas. Janny Rae tinha estabelecido uma parte da calçada na Queen Anne como seu território.

Cochran parou.

— Já conheceu Jacob?

— Estive na cadeia ontem.

— Então você provavelmente sabe que ele tem uma coisa com as mulheres. Ele acha que todas são crias do diabo. De qualquer maneira, os tiras patrulham a área o tempo todo e viram Janny Rae lutando com Jacob na calçada. Pelo que entendi, foi difícil dizer quem estava levando a pior. Os tiras interrogaram os dois em separado. Janny Rae contou que Jacob tinha feito uma proposta a ela. De acordo com seu depoimento, ela lhe disse quanto custaria ter um pouco de ação e Jacob respondeu que estava sem grana. Janny Rae replicou que não trabalhava de graça e foi aí que, de acordo com ela, Jacob tentou estuprá-la.

— O que Cohen disse?

— Na hora, nada coerente. Os tiras contaram que Jacob ficou gritando coisas sobre prostitutas e citando a Bíblia, o que eu acho bastante verossímil. Como o que Janny Rae disse fazia sentido e não havia testemunhas, prenderam Jacob.

— Você conseguiu obter a versão de Jacob?

— Sim, em uma de minhas visitas à prisão ele ficou calmo o suficiente para me contar a versão dele do que tinha acontecido. Jacob me disse que não conseguia tolerar uma prostituta desonrando seu lar, então, todas as vezes que Janny Rae tentava pegar um cliente, ele ia até lá e começava a recitar versos da Bíblia para o sujeito, gritando a plenos pulmões. Jacob alega que Janny Rae o atacou depois que ele espantou alguns de seus clientes.

— Como foi o julgamento?

— Como era de esperar. Quando Janny Rae apareceu no tribunal, o promotor a vestiu como uma sócia de um clube de senhoras. Coloquei Jacob num terno, mas mesmo assim ele ainda parecia um lunático. Eu o interroguei de maneira direta, com o mínimo de referências aos defeitos do sexo frágil, mas durante o interrogatório da acusação ele citou trechos da Bíblia que falavam da inferioridade da mulher, o que não foi muito bom para o nosso lado, visto que oito dos jurados eram mulheres. O júri só levou meia hora para considerá-lo culpado. O juiz não foi muito severo com a sentença. Acho que não acreditou em Janny Rae, mas aceitou o veredicto.

Cochran parecia querer dizer alguma coisa mais quando um pensamento lhe ocorreu.

— Quem prendeu Jacob desta vez? Foi Steve Hooper?

— Sim. Como sabe?

Cochran suspirou.

— Hooper detesta Jacob. É melhor averiguar. Eu não ficaria surpreso se ele tivesse dado um jeitinho na investigação para fazer Jacob parecer culpado.

— Por que ele detesta Cohen?

Cochran riu.

— Jacob o mordeu. Ouvi dizer que ele ficou morrendo de medo de que Jacob tivesse AIDS, raiva ou alguma outra doença terrível.

— Por que Jacob o mordeu?

— Hooper foi o detetive designado para o caso de estupro, e interrogou Jacob depois de ser autuado. Jacob alega que mordeu Hooper porque este o tratou mal. É claro que Hooper negou, mas Jacob estava bem machucado quando eu o vi pela primeira vez, embora Janny Rae também tivesse feito seus estragos. Hooper admitiu que bateu em Jacob, mas disse que o fez em legítima defesa, e ele tinha mesmo uma mordida e tanto no braço.

— De qualquer maneira, Hooper tem aversão por seu cliente, então eu teria muita cautela se fosse você. Sei que não vai deixar de alterar os fatos ou mentir descaradamente para condená-lo.

— Obrigado por avisar.

— Não tem de quê.

— Estou pensando em fazer uma defesa psquiátrica.

— Boa sorte. Tentei fazê-lo falar com um psiquiatra, mas ele não quis.

— Poderia indicar alguém com quem eu pudesse falar? Familiares, amigos? Ajudaria muito se eu pudesse compreender o que vai pela cabeça dele.

— Deveria falar com os pais de Cohen, se ele permitir.

— Por que não permitiria?

— Eu só soube quem eram por acaso. Ele se recusou a me dizer qualquer coisa sobre sua família. Quando eu disse que sabia quem eram, ele me proibiu de falar com eles. Na verdade, negou que eles fossem seus pais. Ele nem me deixava chamá-lo Jacob Cohen. Disse que era Fulano de Tal e que não tinha pais. Como isso é triste!

— Então, quem são eles?

— O rabino Solomon Cohen e sua esposa, Valerie.

— Não aquele rabino que está sempre nos jornais?

— Esse mesmo.

— Acha que haveria algum problema se eu entrasse em contato com eles?

— Eu verificaria primeiro com seu cliente. Já vai ser muito difícil ganhar este caso. Se trabalhar às escondidas e ele descobrir...

Cochran deu de ombros.

— Tem razão. — Doug levantou-se. — Vou pedir permissão a ele.

— Acha que pode ajudá-lo? — Cochran perguntou.

— Provavelmente não. O caso do estado é moleza de provar. Nem tenho certeza de que ajudaria se provássemos que ele é louco. A lei diz que é responsabilidade dele se registrar, e ele não fez isso.

— Que pena. Jacob é totalmente maluco, mas também parece um tanto desamparado. Não acreditei da história de Rowland e me senti mal por Jacob quando foi condenado. Imagino que a prisão deve ter sido bem dura para ele.

— Pelas coisas que ele me contou, acho que passou um mau bocado.

Cochran balançou a cabeça.

— Pobre diabo. Bem, tudo o que você pode fazer é se empenhar ao máximo.

— É — Doug respondeu. — Obrigado por me receber.

Jerry Cochran acompanhou Doug até a recepção e Doug dirigiu-se aos elevadores. Enquanto esperava, pensou nos pais de Jacob. Doug não era judeu, mas tinha ouvido falar no rabino Cohen. O rabino era figura ativa nos assuntos da comunidade há muito tempo, e seu nome era frequentemente mencionado no jornal, ligado a questões de direitos civis, protestos contra guerras e outros temas políticos. Ele tinha certeza de que o rabino poderia ajudar no caso de Jacob, mas Jerry Cochran tinha razão. Se Jacob proibisse o contato com os pais, Doug teria de honrar o desejo de seu cliente. Decidiu ir até a cadeia para ver se conseguia persuadir Jacob a mudar de ideia.

Jacob alegava com veemência que Solomon e Valeria Cohen não eram seus pais. Quando Doug sugeriu que não haveria problema se conversasse com os Cohen, já que Jacob não tinha nenhuma relação com eles, Jacob ficou enfurecido, cuspindo versos bíblicos sobre Judas Iscariotes e outros traidores famosos até que Doug prometeu não falar com o rabino só para que seu cliente calasse a boca. Quando Doug saiu da cadeia, estava com uma dor de cabeça lancinante.

Ainda não era hora do almoço, então Doug decidiu ir até o gabinete da promotoria e fazer contato com o promotor encarregado do caso de Jacob. Com sorte o promotor seria sensato e ele poderia negociar um acordo que manteria Jacob em liberdade.

Quando Doug pediu à recepcionista o nome do representante no caso de Jacob, ela ligou para um assistente na unidade de crimes sexuais.

— Hannah Graves está cuidando deste caso — disse a recepcionista. — Vou ver se ela está disponível.

As esperanças de Doug diminuíram. Nunca trabalhara num caso contra Graves, mas ela tinha uma reputação terrível entre os advogados de defesa. Dez minutos depois, Graves apareceu no saguão, com um sorriso convencido pregado na cara.

— Oi, Doug — Graves disse, em tom animado, estendendo a mão. — Não me lembro de ter trabalhado num caso contra você.

— É a primeira vez.

— Acompanhei um pouco o caso de Raymond Hayes — Graves disse.

O estômago de Doug deu um nó. Ele ficou imaginando se Graves tinha mencionado o caso de Ray para perturbá-lo ou se ela era simplesmente insensível.

— Caso difícil — Graves acrescentou, sem um resquício de sinceridade. A promotora pública manteve aberta a portinhola que barrava a entrada para o resto do gabinete da promotoria. — Vamos lá para trás.

Doug seguiu Graves por um corredor estreito que terminava numa ampla área aberta. Os gabinetes dos promotores mais velhos ficavam próximo à parede. Preenchendo o centro da sala havia cubículos para os advogados novos e para a equipe de apoio, uma sala de conferências e outros recintos.

O gabinete de Hannah ficava ao longo de uma parede interna. Era estreito e abarrotado de arquivos de casos. Uma estante com uma cópia das seções do código criminal dos Estatutos Revisados de Oregon, textos de direito criminal e as provas da Suprema Corte de Oregon e do Tribunal de Apelação tomavam a maior parte de uma parede. As únicas peças de decoração eram os diplomas de segundo grau e da faculdade de direito de Graves. Não havia fotos de família, gravuras em molduras nem objetos pessoais em evidência.

— Então está representando Jacob Cohen... — ela disse quando se sentaram. — Não estou surpresa por seu menino estar em apuros mais uma vez. Na verdade eu tinha certeza de que o encontraria de novo.

— Foi você a promotora no caso de tentativa de estupro?

— Sim.

— Bem, aqui se trata somente de ele não ter comparecido para se registrar, e Jacob tem uma boa explicação.

— Tenho certeza de que sim, mas quero que saiba logo de cara que não farei nenhum acordo com você.

— Por que não? — Doug perguntou, surpreso com a linha dura de Hannah.

Graves recostou-se na cadeira e ficou brincando com um lápis que pegou de sua mesa.

— Jacob Cohen é um maníaco violento e imprevisível que odeia mulheres. Não existem mulheres na Penitenciária Estadual de Oregon. Quando Cohen for trancafiado, as mulheres deste estado estarão mais seguras. Então, farei o que estiver ao meu alcance para mandá-lo de volta para a prisão.

— Mas ele pode não ser culpado.

— Eu vi o formulário de registro que foi enviado para seu cliente. Está em branco. Isso significa que ele não se registrou. Se ele não se registrou, é culpado.

— Jacob estava morando num terreno baldio — Doug disse, pacientemente. — Ele não tinha um endereço para correspondência, então deu o endereço do edifício que abriga o Departamento de Condicional e Sursis. Jacob nunca recebeu a carta com o formulário de registro. Alguém no escritório deve ter mandado de volta para o correio.

— Quem? — desafiou Graves.

— Eu ainda não sei.

— Então a história de Cohen não está confirmada — Graves girou o lápis entre os dedos e recostou-se. — Mesmo que ele não tivesse recebido a carta, e daí? O estatuto diz que ele tem o dever de registrar-se. É problema dele; não é responsabilidade do correio americano nem do Departamento de Condicional.

Graves deu um sorriso pretensioso.

— Seu cliente dá um testemunho excelente, é claro. Talvez os jurados se compadeçam dele. Talvez ele possa convencê-los de que é vítima de uma ampla conspiração feminista. Ele tentou isso no julgamento da tentativa de estupro, mas deve ter melhorado com a prática.

Doug viu que não chegaria a lugar algum, então se levantou.

— Obrigado por me receber. Creio que vamos resolver isso no tribunal.

Hannah não se levantou. Sorriu, presunçosa.

— Não resta dúvida. Aguardarei ansiosamente.

Parte 2

O Gângster

Capítulo 5

O telefone da mesa de cabeceira de Bernard Cashman tocou às 2h39 da manhã. Segundos depois de ter atendido, ele já entrava no banheiro correndo, totalmente desperto. Não se importava de perder uma noite de sono. O cientista forense adorava ser chamado no meio da noite. Era sinal de que uma nova cena de crime o esperava, dando-lhe a oportunidade de buscar fazer justiça para mais uma vítima.

Cashman ligou a cafeteira que mantinha na pia do banheiro. Um bule fresquinho de um *blend* exótico formulado especialmente para ele por um empório *gourmet* em Hillside estaria esperando quando estivesse pronto para sair. Depois de uma enérgica chuveirada, vestiu uma camiseta, sua calça de trabalho cheia de bolsos e suas botas de caminhada. Quando terminou de encher a garrafa térmica, desceu as escadas correndo, colocou a jaqueta e cobriu os cachos louro-acinzentados com um boné do time de beisebol Seattle Mariners para evitar que seu cabelo contaminasse a cena do crime. A contaminação por parte dos policiais, da equipe de emergência, de civis e até dos peritos do laboratório de criminalística era sempre uma grande preocupação.

O laboratório de criminalística fornecia a Cashman uma potente picape. Pás, machados, o detector de metal, o aspirador de pó e seus outros equipamentos ficavam numa plataforma de metal com roldanas na traseira da caminhonete, a chamada cama do prazer. A cama do prazer deslizava para a frente e para trás de modo a facilitar o acesso ao equipamento, e uma cobertura protegia a plataforma, mantendo o material seco. Quando Cashman partiu, estava com ótimo humor. Não pensava na ciência forense como um emprego; era uma vocação, um modo de corrigir as injustiças de um mundo em decadência. Fazia muito tempo que os mortos não o repugnavam. Para Cashman, os odores e o sangue esparramado eram pistas que o auxiliavam a resolver o quebra-cabeças que cada crime apresentava.

Um pouco antes das três da manhã, Cashman estacionou a certa distância do burburinho instaurado no estacionamento do Motel Continental. Só precisou de um segundo para avistar Mary Clark, outra perita forense que fora designada para o local do crime. Mary era uma mulher simples, ligeiramente acima do peso, que tinha um sorriso agradável e vivos olhos azuis. Ela tinha tendência a ser otimista, em qualquer situação. Suas roupas eram parecidas com as de Cashman e seus cabelos estavam escondidos dentro de um boné dos Portland Trail Blazers.

Mary conversava com uma detetive de homicídios, Billie Brewster, uma afro-americana esguia de cabelo bem curtinho que usava um blazer sobre camiseta preta e jeans. A criminalista e a detetive estavam de pé no meio do estacionamento, rodeadas por policiais que andavam para lá e para cá, montando barreiras para controlar a multidão, direcionando o tráfego, abrindo caminho para os investigadores e estabelecendo os limites que a imprensa não podia ultrapassar. A fita amarela e preta que delimitava o local do crime tinha sido amarrada no muro e envolvia as vigas da passagem que sustentavam a plataforma do segundo andar. Na beira do terreno, uma ambulância se preparava para partir, agora que os paramédicos haviam confirmado que nada mais podia ser feito pelo corpo no apartamento 109. Atrás de Brewster havia uma porta aberta. Lá dentro, um *flash* ocasional anunciava que um técnico estava documentando a cena do crime.

Cashman encontrou o policial encarregado do registro de segurança, que continha os nomes de todos os que estavam no local e o horário em que haviam entrado e saído. Acrescentou seu nome à lista e juntou-se a Brewster e sua colega.

— Oi, Bernie — a detetive disse, assim que Cashman aproximou-se das mulheres.

Cashman fez um sinal com a cabeça.

— O que temos aqui?

— Homem branco, nome Vincent Ballard. Na carteira de motorista diz que tinha trinta e cinco anos, mas aparentava cento e dois. Tem tantas marcas nos braços que parece uma central ferroviária.

— Overdose? — Cashman perguntou.

— Se fosse assim tão simples eu estaria em casa dormindo. Não, nosso amigo recebeu duas balas na nuca. Por falar nisso, quando eu fiz o reconhecimento inicial, notei um cartucho sob a beira da cama, do lado da janela.

— Tocou nele? — Cashman perguntou.

Brewster virou a cabeça para o lado e lançou um olhar maldoso para o criminalista.

Cashman riu.

— Não fique brava comigo, Billie. Eu preciso perguntar. E as pessoas que encontraram a vítima ou os primeiros policiais na cena do crime? Tocaram em alguma coisa ou mudaram algo de lugar?

— Carl Maggert, vizinho de Ballard, foi quem encontrou o corpo. O rádio da vítima tocava hip-hop no volume máximo. Imagino que quem o apagou aumentou o volume para encobrir os disparos. De qualquer maneira, Maggert aguentou o barulho durante meia hora antes de bater na porta de Ballard para pedir que abaixasse o volume. Como Ballard não respondeu, Maggert abriu a porta. Estava destrancada. Ele disse que a luz estava apagada, mas havia claridade suficiente para ele perceber que

Ballard estava caído no chão. Ele então se dirigiu à portaria e informou o funcionário.

— Ele não entrou?

Brewster consultou seu caderno.

— Um ou dois passos. Ele não tem certeza. O funcionário entrou no aposento e acendeu a luz. Quando viu o sangue, voltou para o escritório e chamou a emergência. Tirei as digitais de Maggert e do funcionário e coletamos alguns fios de cabelo e saliva para eliminá-los da lista de suspeitos.

— Mitchell e Chang foram os primeiros a chegar. Chang verificou o pulso e em seguida saiu. Mitchell ficou do lado de fora para segurar os curiosos. Estão procurando testemunhas, mas até agora não tiveram sorte. Este não é o tipo de lugar em que alguém se apresentaria espontaneamente. Aposto que a maioria dos moradores tem ficha ou não tem o visto permanente.

— Alguma ideia de quem possa ter feito isso? — Clark perguntou.

— Encontramos um estojo com material para preparar drogas numa gaveta, mas não achamos nenhuma droga até agora. Deve ter sido roubo. Mas pode ter acontecido algo mais sinistro. Minha primeira reação quando vimos o corpo foi a de que tinha havido uma execução. Nas ruas estão dizendo que um cartel colombiano está tentando se instalar no território de Martin Breach. O testa-de-ferro é Felix Dorado. Na semana passada tivemos dois traficantes que apareceram mortos. Se este sujeito estava trabalhando para Breach, então Dorado é alguém a ser averiguado. Se ele estava vendendo para Dorado, Art Prochaska ou alguém que trabalha para ele pode ser o nosso homem. Prochaska faz o serviço sujo para Breach.

— A legista já apareceu aqui? — Cashman perguntou.

— Está a caminho.

O técnico que estava fotografando o quarto informou a Brewster que havia terminado. Cashman e Clark colocaram luvas de látex e máscaras com filtro de ar para evitar que suas digitais e a saliva contaminassem a cena do crime, e colocaram botinhas protetoras sobre suas botas de caminhada.

— É melhor começarmos — Bernie disse. — Diga o que vamos encontrar aí dentro, Billie.

— O lugar é bem pequeno. Tem um banheiro e um quarto. Só isso. Está um chiqueiro, então olhem onde pisam.

Assim que ele e Clark entraram no quarto, Cashman viu Vincent Ballard estatelado de cara no chão, descartado de modo tão casual quanto a roupa suja que a vítima tinha largado no chão, ao lado da cama. Mesmo através da máscara, Cashman podia detectar o cheiro fétido das entranhas evacuadas do morto misturado ao fedor de comida podre. Seus olhos percorreram o aposento. Havia diversos pedaços gordurosas de pizza em uma caixa escancarada sobre a cômoda ao lado de um televisor, uma pequena escrivaninha no canto do quarto e um laptop apoiado sobre um caderno de rascunho ao lado do telefone. Pareceu estranho, para Cashman, que um viciado ainda possuísse um laptop, algo que teria sido facilmente vendido para comprar drogas por uma pessoa em circunstâncias desesperadoras o bastante para forçá-lo a viver num motel como o Continental. Também lhe ocorreu que alguém que tivesse matado Ballard por causa de suas drogas provavelmente teria levado também seu computador portátil. Cashman fotografou o tampo da cômoda. Recolheu a pizza na esperança de que o assassino de Ballard estivesse com fome e tivesse deixado seu DNA num pedaço. Também recolheu o computador para mandar um perito do laboratório examinar o HD em busca de pistas.

Cashman voltou sua atenção para a cama. Havia uma lata aberta de cerveja sobre a mesa de cabeceira. A cama não estava feita. Os cobertores estavam amarrotados e tinham sido puxados para o lado, deixando à mostra os lençóis enrugados e manchados. Cashman lembrou que Maggert, o vizinho, havia dito que a luz estava apagada quando ele abriu a porta. Talvez o assassino — ou os assassinos, de Ballard tivesse entrado no quarto enquanto Ballard dormia. Cashman agachou-se de modo a ficar na altura da fechadura da porta. Não parecia que alguém a forçara; mesmo assim ele a fotografou e procurou por marcas de ferramentas. Cashman podia apostar que ninguém que se hospedasse nesse motel deixaria a porta destrancada de noite. Se a porta de Ballard não fora forçada, o assassino provavelmente tinha pedido para entrar. Ballard teria jogado o cobertor de lado quando se levantou para abrir a porta.

Mary Clark estava de joelhos do outro lado da cama, tirando uma foto da localização do cartucho que a detetive Brewster tinha avistado. Cashman fotografou o tampo da mesa de cabeceira e em seguida colocou a lata de cerveja num saco plástico para exames. Ele a identificaria depois. Enquanto Clark embalava a cápsula em outro saco, acocorou-se ao lado do corpo. Parecia que Ballard tinha sido forçado a se ajoelhar. Havia resíduos de pólvora sobre um ferimento atrás de sua orelha e mais resíduos em volta do outro ferimento, em sua nuca. Provavelmente, a vítima havia sido arremessada para a frente depois do primeiro tiro e o assassino se inclinara para a frente para dar o golpe de misericórdia. Uma execução, como Brewster havia imaginado. Cashman apostaria que sim.

O lado direito do rosto de Ballard estava exposto. Cashman o estudou. O assassino havia fechado a boca de Ballard com fita adesiva prateada para que ninguém ouvisse seus gritos. Seus olhos estavam fechados e inchados, e o sangue havia secado sobre a pele clara, ainda mais pálida na morte. A análise da legista tornaria o fato oficial, mas era óbvio que Ballard tinha sido espancado antes de receber os tiros. Um homem bestial havia feito isso; um homem violento, tal qual Art Prochaska.

Quase seis anos antes, o testemunho de Prochaska tinha sido usado para destruir a reputação de um detetive policial de Portland. O resultado fora a supressão de provas contra o assassino em série acusado. Cashman ouvira diversos policiais e detetives amaldiçoarem Prochaska, e ficou sabendo um bocado sobre o lugar-tenente de Martin Breach. Era um assassino perverso que infligia dor sem piedade; uma criatura vil que cometera muitos crimes terríveis. Se ora Prochaska o responsável por esse homicídio, Cashman cuidaria para que pagasse por isso.

Capítulo 6

O juiz Ivan Robard presidia uma das mais elegantes cortes do Palácio da Justiça do Condado de Multnomah e achava que isso era justo. Colunas de mármore sustentavam o teto de pé-direito altíssimo, e retratos a óleo dos juízes carrancudos que o haviam precedido faziam cara feia para os suplicantes que ficavam debaixo de sua bancada de madeira talhada. Foi desse púlpito que o juiz Robard inclinou a cabeça majestosamente, como um sultão do império otomano, na direção da mesa da promotoria, indicando a Hannah Graves que ela tinha permissão para apresentar seu pronunciamento final.

Amanda Jaffe tinha boas relações com a maioria dos assistentes da promotoria do condado de Multnomah, mas realmente não gostava de Hannah Graves. A promotora pública era tão magra que parecia anoréxica, mas Amanda suspeitava de que era sua maldade, e não as dietas nem os exercícios físicos, que a mantinha magra daquele jeito. Que caloria que se desse ao respeito teria interesse em se ligar a alguém tão repugnante quanto Hannah Graves?

Havia um sorriso presunçoso no rosto da promotora enquanto ela desfilava diante do júri expondo seu pronunciamento final no caso *O Estado de Oregon contra Bobby Lee Hartfield.* Bobby Lee não percebeu, porque estava com os olhos fixos na mesa da defesa, envergonhado por estar de volta à corte e mais envergonhado pelas circunstâncias que o trouxeram até ali. Amanda explicara tais circunstâncias a Graves durante uma conferência pré-julgamento na qual ela tinha proposto que seu desajeitado e lerdo cliente se declarasse culpado da contravenção de violação de propriedade. Graves havia rido da sugestão e exigia que ele alegasse culpa na invasão de domicílio com intuito criminoso, um delito que mandaria Bobby Lee para a penitenciária. Quando Amanda pacientemente explicou por que os fatos do caso não sustentariam essa acusação, Graves dera um sorriso condescendente e dissera a Amanda que ela poderia tentar vender sua história para o júri.

Durante o julgamento, uma coisa tinha surpreendido Amanda e a fizera repensar sua visão negativa da promotora. Amanda fora forçada a colocar Bobby Lee no banco de testemunhas para que ele pudesse contar sua história. Normalmente, um promotor público não pode apresentar evidências relativas a uma condenação anterior do réu, mas, quando um réu presta testemunho, a promotoria pode expor o histórico do réu sob a alegação de que ele apresenta evidências que um jurado pode usar para determinar a credibilidade da testemunha.

Um ano depois de ter terminado o segundo grau, o cliente de Amanda, então com vinte e cinco anos, fora despedido de uma loja de ferragens por ter aparecido bêbado no trabalho. Uma semana depois de ser colocado na rua, Bobby Lee, embriagado, usou uma chave que tinha se esquecido de devolver para entrar na loja durante a noite. Bobby não levou muita coisa, mas deixara a chave com suas digitais na fechadura da porta dos fundos. Bobby alegou culpa para a acusação de roubo e cumpriu sua pena em liberdade. Como a acusação contra Bobby era de invasão de domicílio com intuito criminoso, Amanda esperava que a vingativa promotora contasse ao júri sobre a invasão da loja de ferragens, mas Hannah havia surpreendido Amanda ao não revelar a condenação anterior de Bobby para impugnar seu interrogatório.

— Senhoras e senhores — Graves disse —, quero agradecê-los por sua paciência. Suponho que tenha sido custoso ouvir a triste história do réu explicando por que cometeu o roubo. E que tentativa patética ele fez no intuito de se livrar da situação delicada em que ele mesmo se colocou.

"As evidências são tão claras que não desperdiçarei mais de seu tempo. O réu é acusado de invasão de domicílio com intuito criminoso. O juiz os instruirá que um réu pratica tal delito quando entra numa casa com a intenção de lá cometer um crime. Agora não há dúvida de que o réu entrou na casa de seu sogro, embora esta seja uma declaração atenuada da ocorrência. Ele não somente entrou. Ele mergulhou de cabeça através da tela da janela do quarto de Claude Smith.

"E ele tinha a intenção de cometer um crime quando arroubou a casa? O que os senhores acham que ele teria feito a sua esposa depois de se atracar com o pai dela no chão e persegui-la até a sala de estar, se ela não tivesse atirado nele? Graças a Deus, Cora Hartfield pegou a arma de seu pai enquanto este lutava com seu marido bêbado e enfurecido. Se ela estivesse desarmada, a acusação contra Bobby Lee Hartfield provavelmente seria de agressão em primeiro grau, ou — nesse momento, ela parou para encarar o cliente de Amanda de modo venenoso — homicídio.

Embora tivesse prometido ser breve, Hannah Graves discursou durante mais vinte minutos, com a voz crescendo quando ela se tornava mais hipócrita. Amanda permitiu que ela vociferasse, satisfeita em ver que os olhos dos jurados, que estavam cravados na promotora quando esta começou, agora vagavam a esmo enquanto ela continuava a falar.

Finalmente Graves terminou, e o juiz Robard disse a Amanda que ela podia apresentar o argumento da defesa. Amanda levantou-se, e seus longos cabelos pretos caíram sobre seus ombros largos e musculosos. Anos de competições de natação haviam conferido a Amanda uma figura imponente, um pouco cheia demais para estar nas capas das revistas de moda atuais, mas que sempre atraía a atenção masculina quando entrava em cena. Parou a alguns passos da grade que separa o júri e olhou para os jurados com seus transparentes olhos azuis. Quando Amanda sorriu, dois dos jurados sorriram também, mas a maioria manteve a expressão impassível, disposta a não demonstrar como votaria.

— A promotoria lhes revelou um pouco do que se passou naquela noite de junho em que Bobby Lee Hartfield quase perdeu sua vida, mas convenientemente se esqueceu da prova mais importante que foi apresentada neste caso: o fato de Bobby Lee Hartfield ser absolutamente apaixonado por sua esposa, Cora Hartfield.

"Naquela noite quente de verão, no dia cinco de junho, depois de jantar na casa de seus pais, Cora recusou-se a deixar Bobby Lee levá-la para casa e disse-lhe que permaneceria na casa dos pais até que ele estivesse sóbrio. É claro que Cora agiu corretamente ao recusar que Bobby a levasse de carro para casa. Ele tem problemas com a bebida e não devia dirigir naquela noite, mas Bobby não admitiu que ela tinha razão e saiu enfurecido da casa de seus sogros, indo para sua casa. Sentado lá, no escuro, ele continuou a beber e foi ficando cada vez mais desanimado. Ligou para Cora diversas vezes para implorar que ela fosse para casa, mas ela estava tão brava que disse a seu pai, que atendeu o telefone, que não queria falar com Bobby.

"Os senhores ouviram o depoimento de Claude Smith, sogro de Bobby, acerca dos telefonemas. Bobby disse ao Sr. Smith que queria bater na esposa ou matá-la? Não, ele não disse. Ele disse ao Sr. Smith, aos prantos, que amava Cora e sentia falta dela. O Sr. Smith disse a Bobby que Cora também o amava e que ele poderia vir pegá-la pela manhã, quando estivesse sóbrio, e que ele tinha certeza de que o casal se entenderia novamente.

"Também ouviram o depoimento da ex-namorada de Bobby, Ronnie Bosco, que lhes contou que Bobby ligou para ela um pouco antes das duas da manhã, pedindo conselhos sobre como poderia fazer a esposa voltar para casa. Ela disse que ele parecia muito embriagado e que gritou durante quase toda a conversa.

"Logo depois de falar com a Srta. Bosco, Bobby foi até a casa dos Smith. No hospital, pouco antes de ser operado, um exame mostrou que o nível de álcool no sangue de Bobby era 0.27, muito acima do nível 0.08, no qual o cidadão do Oregon já é considerado embriagado. Em tal condição de intoxicação, Bobby esmurrou a porta da frente da casa dos Smith. O Sr. Smith falou com ele através da janela do quarto, que estava somente com a tela, e pediu que ele não acordasse os vizinhos. Bobby ameaçou matar o Sr. Smith? Não. Ele se desculpou por estar incomodando e disse ao Sr. Smith quanto se sentia sozinho e quanto amava sua filha.

"O Sr. Smith recomendou que Bobby fosse para casa dormir para se curar da bebedeira, mas Bobby disse que amava Cora com tanta intensidade que não suportaria ficar separado dela nem uma noite. Depois, disse que ia entrar e mergulhou de cabeça na tela, caindo no chão do quarto do Sr. Smith.

"A Sra. Smith e Cora estavam paradas na porta. O Sr. Smith postou-se na frente delas. Ele tinha uma pistola na mão e confessou em seu depoimento que sua mão tremia tanto que teve medo que a arma disparasse. Bobby olhou para o Sr. Smith, chocado em ver a pistola. "Vai me matar, pai?", ele perguntou, e o Sr. Smith disse que não. Mas ele também pediu a Bobby que fosse embora. Bobby ficou em pé sobre as pernas trêmulas e disse que não sairia de lá sem sua esposa. Em seguida, avistou Cora e foi na direção dela. O Sr. Smith largou a arma e barrou o caminho de Bobby. Enquanto lutavam no chão do quarto, Cora pegou a arma e correu até a sala de estar.

"Os senhores lembram o que ocorreu em seguida? É justamente a chave para este caso. Bobby empurrou seu sogro para o lado e foi, cambaleando, atrás de Cora. Entrou na sala de estar. Cora, aterrorizada, estava encolhida no sofá, com a pistola esticada para a porta da sala. Assim que Bobby pisou na sala, ela atirou.

"Os senhores ouviram o testemunho arrebatador de Cora Hartfield. Quais foram as últimas palavras de Bobby Lee, pronunciadas antes que ele desabasse no chão, certo de que ia morrer? Cora testemunhou que Bobby Lee ficou de joelhos, olhou bem dentro dos olhos dela e disse: "Querida, eu te amo".

Amanda fez uma pausa. Dois dos jurados tiraram lenços para enxugar as lágrimas.

— Senhoras e senhores, a promotoria está correta. O juiz os instruirá que podem condenar Bobby Lee Hartfield por invasão de domicílio com intuito criminoso somente se julgarem que ele entrou na casa dos Smith com a intenção de lá cometer um crime. Não duvidamos de que o estado já provou, sem sombra de dúvida, que Bobby Lee entrou na casa dos Smith sem o consentimento destes, mas busquei nos livros de direito e nos Estatutos deste estado, busquei em todos os lugares e em nenhum deles encontrei nenhuma lei do estado de Oregon que diga que amar é crime.

O júri voltou à sala de audiências depois de vinte e cinco minutos. Hannah Graves sorriu pretensiosamente para Amanda, e a expressão arrogante ficou presa em seu rosto por alguns instantes depois de o representante do júri declarar Bobby Lee Hartfield inocente por unanimidade.

Assim que o juiz dispensou o júri, Cora e seus pais correram para cumprimentar Amanda pelo excelente trabalho. Amanda lhes pediu que esperassem por um momento para que ela pudesse falar com a promotora pública antes que esta deixasse a sala.

— Hannah — chamou Amanda.

— O quê? — Graves perguntou em tom enraivecido enquanto recolhia seus livros e seus papéis.

— Queria agradecer-lhe por ter conduzido o caso de modo limpo.

Graves ficou confusa.

— Do que está falando?

— Da condenação anterior de Bobby por invasão de domicílio. Eu queria agradecer por não tê-la usado e deixado que o júri decidisse o caso com base nos fatos.

Uma expressão de horror retorceu o rosto de Hannah. Ela vasculhou a pilha de papéis que estava segurando. Quando encontrou uma cópia autenticada da condenação de Hartfield por invasão de domicílio, ficou olhando para ela por um segundo. Em seguida, resmungou:

— Merda, merda, merda! — e saiu da sala enfurecida.

Já eram quase seis horas quando Amanda terminou seu trabalho na corte, e quase sete quando saiu de seu escritório no centro de Portland. Pediu um sushi para viagem no restaurante japonês da esquina e caminhou até o ponto do elétrico na Décima Avenida. O vento cortante deveria fazê-la sentir frio, mas Amanda estava exausta demais para notar.

O barulhento bonde atravessou o bairro de Burnside e entrou em Pearl District, onde Amanda morava, num *loft* de 400 metros quadrados que antigamente fora um armazém. Havia duas galerias de arte no térreo e diversos restaurantes e cafés de boa qualidade nos quarteirões vizinhos. O apartamento tinha piso de madeira, pé-direito alto e janelas enormes que deixavam entrar muita luz e lhe davam uma vista do Monte Santa Helena e do Rio Columbia. O cume do vulcão continuava a crescer, e nos dias mais claros ela podia ver os gases saindo da cratera

Amanda colocou água para fazer chá. A chaleira começou a apitar quando já tinha colocado seu moletom. Naquela manhã ela estivera ocupada demais para ler o jornal, então decidiu vê-lo enquanto comia. Quando viu a programação da televisão, notou que a Turner Classic Movies exibiria um filme com quatro estrelas que ela ainda não tinha visto. Verificou o relógio da cozinha. O filme começaria em meia hora.

Seria bom assistir ao filme com alguém, mas ela tinha se separado de Toby Brooks duas semanas antes, quando ficou claro que o relacionamento deles não chegaria a lugar algum. Amanda ficou triste com o rompimento, mas não arrasada, o que era bom. Ainda assim, preferiria jantar nessa noite com alguém que não se importasse em comer sushi para viagem na mesa de sua cozinha. Às vezes ela achava que nunca encontraria alguém com quem pudesse compartilhar a vida.

Era nessas horas que Amanda desejava que sua mãe ainda estivesse viva, para conversar com ela. Mas Samantha morrera durante o parto e o pai de Amanda, Frank Jaffe, a criara sozinho. Seu pai era muito inteligente, mas algumas questões necessitam do ponto de vista de uma mulher.

Frank era um ótimo pai. Era também um dos melhores advogados criminalistas do país. Desde quando Amanda tinha idade suficiente para entender como seu pai ganhava a vida, foi seduzida pelo mistério e a aventura do direito criminal. Enquanto outras garotas sonhavam com seus ídolos de adolescência, ela sonhava com Perry Mason e lia todos os livros de mistério legal que pudesse encontrar. Depois de uma carreira acadêmica meteórica na faculdade de direito, Amanda aceitara uma oferta para trabalhar para um juiz federal no Tribunal de Apelação dos

Estados Unidos para o Nono Circuito, em São Francisco. Muitas das melhores bancas de São Francisco a haviam cortejado, e ela acreditava ter excelentes chances de chegar a trabalhar na Suprema Corte dos Estados Unidos, mas não conseguiu resistir ao chamado da prática criminal, e havia somente um lugar onde ela gostaria de trabalhar. Assim que seu contrato terminou, Amanda associou-se à Jaffe, Katz, Lehane e Brindisi. Quatro anos depois de começar no escritório, ela já tinha feito seu nome no notório caso *Cardoni*. No ano anterior, tinha sido notícia novamente, quando quase perdeu a vida defendendo Jon Dupre num caso que envolveu alguns dos homens mais poderosos do estado e uma conspiração que se estendeu até Washington. Amanda era conhecida em todo o país e era sócia no escritório. Os casos chegavam aos montes e ela estava ganhando mais dinheiro do que podia acreditar, mas sua vida pessoal não estava indo tão bem.

O filme começou, e Amanda levou seu chá para o sofá. Depois de algum tempo, envolveu-se completamente com a trama. Era uma comédia maluca; justamente do que ela precisava. Esqueceu-se de quanto se sentia solitária e agitada até apagar as luzes e entrar na cama, duas horas depois.

Capítulo 7

Doug Weaver sentou-se na cama. Estava suando e seu coração batia aceleradamente. Por um momento, não sabia se estava em casa ou na câmara de morte da Penitenciária Estadual de Oregon, olhando para o cadáver de Raymond Hayes. No instante seguinte, viu os números vermelhos e fora de foco do relógio da mesa de cabeceira e se deu conta de que tivera aquele pesadelo mais uma vez.

Doug girou as pernas para o lado da cama e curvou-se sobre elas para recuperar o fôlego. Seu pescoço e seu peito estavam molhados. Estava exausto, mas sabia que não conseguiria voltar a dormir tão cedo. Nunca conseguia relaxar depois desse sonho. Alguns minutos depois, a respiração de Doug começou a acalmar e ele se levantou, vacilante. Já havia passado quase um ano desde a execução de Raymond e ele ainda não dormia bem. Muitas noites, antes que conseguisse adormecer, lembrava-se do pronunciamento da sentença e do que ele poderia ter feito de forma diferente. Marge Cross assegurara-lhe que ele havia feito todo o possível e o repreendia por ficar punindo a si próprio pensando no que deveria ter feito, mas, no sonho de Weaver, Ray dizia mais alguma coisa.

No sonho, somente Ray e Doug estavam na execução. Ray estava amarrado à maca e Doug o vigiava de perto na câmara de morte. Ray estava como da última vez em que Doug o vira: com o olho direito fechado e o esquerdo parcialmente aberto, a luz refletida na sua pupila escura e inerte. A diferença eram os lábios de Ray, que se abriam e balbuciavam palavras que Weaver só conseguia entender aproximando-se do cadáver de seu cliente.

— Salve-me — Hayes sussurrava no sonho. E no sonho, Doug pulava para trás, horrorizado.

Weaver sempre acordava depois de ouvir o patético pedido de ajuda que nunca conseguiu satisfazer.

Doug usava lentes de contato, mas deixava um par de óculos na mesa de cabeceira para ocasiões como essa. Usando os óculos, ele conseguia ver o relógio claramente. Eram 3h45. Precisava comparecer à corte às nove e só conseguira cair no sono depois da meia-noite. Estaria um trapo pela manhã — sua cabeça estaria doendo e seus olhos estariam irritados e vermelhos. Ultimamente, a maioria de seus dias era assim.

Doug tinha deixado Karen permanecer na casa deles quando ela dissera que queria se separar. Ele tinha alugado um pequeno chalé na zona sudeste de Portland. Era o que podia pagar, pois seu trabalho não andava rendendo muito. Não que fosse um mau advogado. Se fosse objetivo com relação a suas habilidades, Douglas Weaver concluiria ser melhor do que a maioria. Raramente fazia bobagens e, ocasionalmente, tinha até momentos brilhantes. O problema era que a execução de Raymond o deixara acabado.

Então por que continuava advogando? Perguntou isso a si mesmo em diversas ocasiões, especialmente quando ficava deprimido depois de perder um caso. A resposta era sempre a mesma. Doug acreditava. Desejara ser advogado a vida inteira, e as origens desse desejo estavam localizadas em sua juvenil e exuberante fé na lei como protetora dos pouco favorecidos. Doug sempre fora um desfavorecido, vítima dos valentões, nunca se destacara, a pobre alma patética que escondia a paixão pelas garotas mais populares no colégio porque sabia que nunca seria correspondido. Armado com o poder da lei, Doug acreditava que poderia ajudar os que não tinham como ajudar a si próprios. A realidade tinha sido uma professora cruel, mas, lá no fundo, ele ainda acreditava que podia mudar alguma coisa.

O quarto de Doug dava para uma pequena sala de estar. Não havia parede separando a sala da cozinha. Ele acendeu a luz da cozinha e serviu-se um copo de uísque barato de uma garrafa quase vazia. Colocou gelo no copo e sentou-se à mesa da cozinha. Deu um bom gole e levou o copo à testa. O frio lhe fez bem, e a queimação da bebida o distraiu por alguns instantes. Largou o copo, colocou os cotovelos na mesa e apoiou a cabeça nas duas mãos. Estava totalmente confuso e não sabia o que fazer. Precisava se arrastar até o escritório todos os dias. Dizia que era advogado, mas às vezes se sentia uma fraude. E se Ray fosse realmente inocente? Doug convencera Ray a declarar-se culpado; forçara-o a isso. Agora, a dúvida o corroía. Talvez devesse parar de advogar, mas o que mais ele poderia fazer? Já estava velho demais para começar uma nova profissão — presumindo que pudesse pensar em alguma outra coisa que quisesse fazer. Chegava à mesma conclusão sempre que tinha esse embate consigo mesmo. Precisava ganhar a vida; pagar o aluguel e comer. E havia outra coisa que o fazia seguir em frente: a esperança de que, algum dia, ele se redimisse.

Capítulo 8

A divisão de detetives da central de polícia de Portland era um espaço aberto que abrangia um lado do décimo terceiro andar do Centro Judiciário. Cada detetive tinha um cubículo separado dos outros espaços de trabalho por uma divisória na altura do peito. O cubículo de Billie Brewster continha uma mesa de metal cinza-chumbo, uma cadeira de desenho ergonômico que ela havia comprado com seu próprio dinheiro para tentar salvar sua coluna, e a cadeira que ela tinha recebido, que agora usava para apoiar os arquivos de casos. Pendurado em uma das paredes havia um cartaz psicodélico de Jimi Hendrix que Billie possuía desde o primeiro grau e que trouxera para o local a fim de lembrá-la de que existem mais coisas na vida do que crianças violentadas e cadáveres.

Os únicos outros itens pessoais no cubículo eram fotografias da mãe de Billie e de seu irmão, Sherman Brewster. Sherman, que estava cumprindo uma sentença longa na penitenciária estadual de Oregon, era uma constante fonte de dor para Billie. Quando ela tinha dezesseis anos, o pai deles abandonou a família e a mãe foi obrigada a manter dois empregos para conseguir sustentar os filhos; Billie cuidava de Sherman. Ela havia dado o melhor de si, mas havia perdido a batalha para tentar mantê-lo na linha, e ele tinha se juntado a uma quadrilha. Mesmo que ninguém a culpasse, Billie não conseguia deixar de se responsabilizar pelos desvios de Sherman.

A detetive tinha acabado de passar quinze minutos ao telefone, falando com um patrulheiro de Idaho que estava investigando um caso em Boise com conexões em Portland, quando Bernard Cashman ligou, do laboratório.

— Olá, Bernie. O que tem para mim? — Brewster perguntou, recostando-se na cadeira.

— Para você, só o melhor.

— Diga.

— Nosso especial do dia é uma enorme digital que pertence a Arthur Wayne Prochaska.

Brewster endireitou-se.

— Onde estava?

— Na lata de cerveja que estava na cabeceira da cama de Vincent Ballard.

— Está brincando comigo?

— Eu mentiria para uma fã fervorosa de Hendrix?

— Mas isso é bom demais! Olha, preciso de um relatório que eu consiga anexar a um mandado de busca legal. Se conseguir ligar o assassinato de Ballard com Prochaska, você vai fazer uma mulher feliz.

— Vai ter seu relatório o mais cedo possível e lhe informarei se encontrar mais alguma coisa.

Cashman era o melhor. Quando Brewster desligou o telefone, era uma mulher feliz. Agora, tudo de que ela precisava era convencer um juiz a assinar um mandado de busca para a casa de Prochaska e esperar que ela pudesse encontrar mais provas que ligassem aquele maldito filho da puta ao assassinato de Vincent Ballard.

Art Prochaska e Martin Breach eram infratores violentos desde os tempos em que extorquiam o dinheiro do lanche de garotos mais fracos na escola primária, mas quebrar pernas para os abastados que emprestavam dinheiro fez com que entrassem no crime organizado. A combinação de altíssimo QI e baixíssima consciência tinha alçado Breach ao topo da profissão que escolhera, sempre trazendo Art junto. Prochaska era a única pessoa em quem Martin Breach confiava.

Art valia diversos milhões de dólares, a maior parte dos quais escondida numa conta na Suíça que Martin Breach abrira para ele. Mas, seguindo o exemplo de Martin, Prochaska vivia modestamente num subúrbio de classe média de Portland. Ele pagava impostos sobre os lucros declarados dos bares que dirigia, e a única posse que ostentava era o Cadillac cor de cereja que guardava na garagem, de modo a não atrair a atenção dos vizinhos. Às oito da noite, esses vizinhos foram atraídos para as janelas da frente pelas luzes das viaturas que pararam na entrada de carros e na frente da casa de Prochaska.

Billie Brewster liderava um contingente de oficiais uniformizados pelo caminho de ardósia que conduzia à porta da frente. Zeke Forbus, seu troncudo parceiro, apertou a campainha e bateu à porta com a aldrava em forma de cabeça de leão enquanto gritava: —"Abram, é a polícia!". Quando um rosto ansioso olhou por entre uma fresta nas cortinas da sala, Brewster mostrou sua insígnia. Instantes depois, a porta foi aberta pela atual namorada de Prochaska, Maxine Hinkle, dançarina do Jungle Club, uma espelunca de *strip-tease* que pertencia a Martin Breach.

Billie se identificou e mostrou o mandado de busca para Maxine.

— Não sei se posso deixar vocês entrarem sem perguntar ao Artie — Maxine disse.

— Senhorita Hinkle, este mandado nos dá o direito de entrar na casa do Sr. Prochaska com ou sem a permissão dele — Billie disse, educadamente. — Não quer se meter em encrenca, não é?

— Não — Maxine respondeu rapidamente, alarmada pela possibilidade.

— E não queremos que crie problemas por resistir a um mandado do juiz — Brewster continuou, em tom moderado. — Então sugiro uma coisa. Por que não liga para o Sr. Prochaska e diz a ele que estamos aqui e o que estamos fazendo? Posso até falar com ele se isso a fizer se sentir melhor. Mas farei isso de dentro da casa, porque o juiz diz que eu posso. Então, por favor, saia do caminho.

Maxine fez o que lhe pediram e Billie designou um policial para vigiá-la. Em seguida, designou as tarefas de cada policial enquanto Forbus dava uma olhada geral. A casa era elegante e decorada com bom gosto, como se tivesse saído de uma revista de decoração.

— Não é o tipo de casa que eu esperaria de um bandido como o Prochaska — comentou com Billie.

— Talvez esteja tentando entrar em contato com seu lado feminino — ela brincou.

Forbus riu com desdém.

— Vamos ver se conseguimos achar algo que ligue esse miserável ao assassinato de Ballard. Eu fico com o andar de baixo.

Billie suspeitava de que Forbus tinha se oferecido para revistar o andar de baixo para não precisar subir as escadas. Com o peso que já carregava, e com seus atrozes hábitos alimentares, Billie achava que seu parceiro tinha menos de cinquenta por cento de chances de chegar à aposentadoria sem um sério problema coronário.

O quarto estava mais desarrumado do que o resto da casa, mas a mobília, os tapetes e as cortinas pareciam ter sido escolhidos por um decorador de interiores. Billie vasculhou a cômoda de Prochaska e os criados-mudos sem encontrar nada de mais, mas teve sucesso quando subiu em uma cadeira para averiguar a prateleira superior do *closet*. A princípio, ela só conseguiu ver mais um cobertor e um travesseiro. Quando os afastou, viu algo mais: uma reluzente pistola Glock de 9mm e uma caixa de munição Remington de 9mm. Quando as avistou, os lábios de Billie se curvaram num sorriso triunfante.

Capítulo 9

Frank Jaffe era um homem grande, de pele corada e cabelo encaracolado preto com fios grisalhos. Parecia mais um lutador de boxe peso-pesado que tinha passado por muitas lutas difíceis do que um dos melhores advogados de defesa do país. Nessa noite ele se sentia como Sísifo, o antigo rei de Corinto que fora condenado pelos deuses a rolar uma grande pedra até o cume de uma montanha em Hades para, cada vez que esta lá chegasse, rolar novamente montanha abaixo. O inferno de Frank era um tribunal em Medford, uma pequena cidade perto da divisa com a Califórnia onde ele tinha passado toda a semana num julgamento extenuante. Justo quando parecia que conseguira resgatar a vitória das garras da derrota, George Featherstone, o promotor, fez um pronunciamento final altamente apelativo no qual revelou que o réu já havia sido condenado por abusar sexualmente de uma menor.

Antes do julgamento, o juiz havia proibido Featherstone de ventilar uma única palavra sobre a condenação, alegando que os jurados não poderiam dar ao cliente de Frank um julgamento justo se soubessem que havia molestado uma criança. Assim que as palavras saíram da boca de Featherstone, Frank cerrou os dentes e pediu a anulação do julgamento. O juiz não teve escolha a não ser acatar o pedido de Frank. Agora Frank estava condenado a voltar a Medford dentro de dois meses para um novo julgamento. Isso tudo o deixara de péssimo humor durante a viagem de quatro horas de volta a Portland, e ele continuava de mau humor quando um carro parou na frente de sua casa.

Frank morava sozinho numa casa de estilo vitoriano em West Hills, onde havia criado sua filha e sócia, Amanda. Quando chegou de Medford, mal teve energia para fazer uns ovos mexidos e torradas antes de se retirar para seu canto para assistir televisão na esperança de que isso desviasse sua mente do caso de drogas. Quando a porta do carro bateu, ele estava de camiseta e meias, acariciando um copo de bourbon e assistindo ao governador da Califórnia brigar com alienígenas. Frank praguejou baixinho e colocou o copo sobre a mesa de centro. Praguejou com mais veemência quando olhou pela janela e reconheceu o homem corpulento que caminhava na direção da porta.

— Boa noite, Charlie — Frank disse, abrindo a porta antes que seu visitante tivesse a chance de bater.

— Boa noite, Sr. Jaffe — respondeu Charlie LaRosa. — Me desculpe por incomodar o senhor.

Charlie LaRosa executava uma série de tarefas para Martin Breach, a maioria delas proibida pelo código penal. Frank tinha ganhado duas acusações de agressão para LaRosa.

— O que é desta vez? — Frank perguntou, cansado.

— Ah, não, eu estou bem. Não estou em encrenca. É o Marty. Ele me pediu para buscar o senhor.

— Diga a Martin que eu o verei pela manhã. Acabei de chegar de Medford e estou um trapo.

O jeito nervoso de Charlie significava que Breach tinha ordenado que Frank voltasse com ele.

— É o Artie, Sr. Jaffe. Ele foi preso. É sério. Marty disse que é tão sério quanto o problema que sua filha teve.

Amanda tinha cruzado com alguns homens muito poderosos quando representava Jon Dupre, um cafetão acusado de homicídio. Eles colocaram um assassino profissional atrás dela e Frank recorreu a Martin Breach para ajudar. Ele tinha ajudado os Jaffe.

Agora Breach estava cobrando o favor e Frank não podia recusar. Seus ombros cederam e ele se conformou com a longa noite que teria pela frente.

O Jungle Club era uma caixa de concreto cor-de-rosa e verde localizada no meio de um estacionamento na esquina de um cruzamento movimentado no bulevar Columbia. Um letreiro de *néon* mostrando uma mulher nua e letras que acendiam intermitentemente com os dizeres GAROTAS, GAROTAS, GAROTAS não deixava dúvida quando ao que aguardava os clientes lá dentro. Havia alguns lugares no estacionamento da frente, mas Charlie passou direto e estacionou num espaço reservado nos fundos do prédio. A música da boate era tão alta que Frank sentiu a vibração em seu corpo quando saiu do carro. Assim que a porta dos fundos se abriu, foi atingido por uma onda de som que quase o derrubou. Martin Breach vasculhava seu escritório no Jungle Club todos os dias em busca de escutas, mas era paranoico com segurança e gostava que suas dançarinas se despissem ao som da música mais alta possível, sob a teoria de que isso tornaria difícil para algum agente do Departamento de Narcóticos, do FBI ou mesmo da polícia de Portland escutar alguma coisa.

Frank deu alguns passos por um corredor estreito e esperou enquanto Charlie falava com o maciço guarda-costas parado na entrada do escritório de Martin Breach. O guarda-costas bateu na porta e em seguida a abriu, e Charlie LaRosa entrou rapidamente.

— Vamos entrar, Sr. Jaffe — Charlie disse, depois de um instante.

Martin Breach, o cidadão mais violento de Portland, tinha quase um metro e oitenta, mas suas pernas troncudas e seu tronco atarracado faziam-no parecer mais baixo. Esparsos cabelos ruivos, olhos castanhos e uma tez pálida lhe davam ares de um vendedor de carros usados falido. Seu horripilante gosto para roupas aumentava a equivocada impressão de inaptidão — a última impressão que qualquer de suas vítimas teria formado. Nessa noite ele vestia calça esporte xadrez, uma camisa havaiana e uma jaqueta esportiva que tinha saído de moda há algumas décadas.

O pequeno escritório de Martin era tão comum quanto seu dono. Os móveis ordinários eram de segunda mão. Um calendário desatualizado de uma empresa de óleo para automóveis e fotos de mulheres nuas decorava as paredes. Se a Receita Federal fosse passar o pente fino em Martin, teria de começar por algum outro lugar, não pelo Jungle Club.

Breach fechou a revista pornô e recebeu Frank com um sorriso sincero, indicando uma cadeira do outro lado da mesa.

— Tire o peso de sua consciência, Frank — Breach disse, falando tão baixo que Frank mal conseguia ouvi-lo com a trilha de AC/DC explodindo através das paredes finas. Frank desmoronou sobre a cadeira, que balançou sob seu peso.

— Como está meu porta-voz favorito?

— Um caco, Marty. Acabo de chegar de Medford, depois de passar uma semana num julgamento.

— Sinto muito — Martin disse, parecendo sincero. — Não teria pedido que viesse se não fosse coisa séria.

— Charlie me contou que Art está em apuros — Frank disse, indo direto ao ponto, na esperança de que pudesse acabar a conversa o mais cedo possível.

— Eles o prenderam hoje por homicídio e por ser um ex-presidiário em posse de arma de fogo. Ele tentou ligar para você.

— Eu devia estar na estrada. Onde ele está?

— No Centro Judiciário.

— O que sabe sobre as acusações?

— Não muito. Os tiras revistaram a casa dele há alguns dias e encontraram uma arma.

— Tinham mandado judicial?

— Tinham. Parece que tudo foi feito de acordo com a lei.

— Vamos ver.

Martin sorriu.

— É por isso que quero que represente Artie. Você já está pensando numa maneira de escapar dessa.

Breach estendeu a mão e apanhou uma pasta surrada de couro marrom que estava atrás de sua mesa. Girou a pasta de modo que ficasse voltada para Frank e abriu o fecho, revelando pilhas de dinheiro surrado e amarrotado. As notas de cima eram de cem dólares. Era ilegal para Frank aceitar pagamento que fosse fruto de atividade ilícita, como o tráfico de drogas. Ele começou a falar, mas Martin ergueu a mão.

— Não se preocupe. Esta grana é tão inocente quanto um bebê. Não acha que eu colocaria você em encrenca, acha? Ponha tudo no banco e deixe que chamem a polícia federal. Está tudo certinho.

Frank segurou a língua. Sabia que aquele dinheiro estava limpo porque tinha sido lavado, mas também tinha certeza de que o governo nunca poderia provar que não era. Além disso, ele devia um grande favor a Martin. Amanda era a pessoa mais importante de sua vida e estaria morta se Martin não a tivesse protegido. Art Prochaska era o melhor amigo de Frank e estava encrencado. Frank lhe proporcionaria a melhor defesa possível.

— Leve isso para casa e conte. Depois me diga se é o bastante. Se não for, me diga de quanto precisa. Art merece o melhor.

Frank considerou a demonstração de afeição de Breach tocante, e teve de lembrar a si próprio que a amizade entre Breach e Prochaska havia sido forjada por atos conjuntos de lesões corporais que teriam deixado Hannibal Lecter horrorizado.

— Ah, eu me lembrei de uma coisa. Um dos tiras perguntou se Artie conhecia um cara chamado Vincent Ballard — Breach ergueu a mão. — Não se preocupe, Artie não respondeu. Na verdade, ele não respondeu nenhuma das perguntas, e a única coisa que ele disse foi que queria um advogado. Mas eu dei uma pesquisada, e um sujeito chamado Vincent Ballard foi morto há alguns dias num motel de segunda na Rua Oitenta e Dois, o Continental.

Frank sabia que Martin tinha alguns tiras em sua folha de pagamento, então nem se deu ao trabalho de perguntar onde tinha obtido essa informação.

— Art conhecia esse cara? — Frank perguntou.

Breach sorriu.

— Por que não pergunta a ele? Não quero colocar palavras na boca de Artie.

— É claro. Devo estar cansado — Frank disse, percebendo seu erro. Breach era esperto demais para implicá-lo ou a Prochaska.

— Eu lhe ofereceria uma cerveja, ou algo mais forte, mas vejo que está muito cansado — Martin disse. — Charlie o levará para casa. Tenha uma boa noite de sono e vá visitar Artie de manhã. Ele está esperando.

Frank pegou a pasta com o dinheiro.

— Foi bom vê-lo novamente — disse, e foi quase sincero. Não podia deixar de gostar de Breach, especialmente depois do que ele fizera por Amanda. Naturalmente, não tinha ilusões. Sabia que Martin era o tipo de sujeito que podia ser seu melhor amigo num momento e, de repente, cortar sua cabeça para pegar sua gravata se você chegasse atrasado num compromisso.

— Dê lembranças a Amanda. Como ela está?

— Está bem, Martin. Agradeço a lembrança.

— Eu gosto dela, e ela não é tão feia quanto o pai.

Frank sorriu e abriu a porta.

— Vou cuidar bem do Art — garantiu a Breach.

— Faça o melhor que puder.

Capítulo 10

Quando Frank Jaffe entrou na sala de visitas da cadeia na manhã seguinte, Art Prochaska estava sentado à mesa, tão relaxado quanto um monge em meditação. Frank não conseguiu conter um sorriso. Era um prazer lidar com um cliente que não estava um trapo depois de uma noite na cadeia. Por certo, a calma desse cliente não era surpresa. No mundo de Prochaska, a cadeia fazia parte do negócio.

— Como está, Frank? — Prochaska perguntou, retribuindo o sorriso de Frank.

— Melhor que você, Art — Frank respondeu, sentando-se em frente ao cliente. Colocou sobre a mesa uma caneta e um bloco de anotações com linhas amarelas. — Soube que está com problemas.

— Eu, não. Não fiz nada. Com você em ação, estarei fora daqui logo, logo.

— Vamos ver, Art. Você me conhece. Nunca prometo nada.

O sorriso de Prochaska ficou maior.

— Mas entrega, como um entregador de pizza.

Frank riu, depois se forçou para ficar sério.

— Escute, Art, eu sei que já ouviu isso antes, mas vou fazer o discurso padrão de todo advogado, para me certificar de que você compreenda o que eu posso e o que não posso fazer por você, e algumas consequências que pode sofrer se quebrar minhas regras.

— Com certeza, Frank — Prochaska respondeu, cruzando as mãos sobre a mesa como um aluno no primeiro dia de escola. Seu cenho franziu ao se concentrar no que Frank tinha a dizer.

— Para começar, você sabe que o que me disser será confidencial. Em outras palavras, fica entre nós, não contarei a ninguém a menos que você autorize. Entendeu?

Prochaska fez que sim com a cabeça.

— O.k. — Frank continuou. — Se me disser alguma coisa, precisa ser verdade. Não vou ficar bravo se você mentir, mas vou precisar tomar decisões dentro do caso e não quero fazer algo que possa prejudicar você, porque mentiu para mim.

Prochaska fez que sim novamente, mas não disse a Frank que não mentiria. Se Art fosse culpado, Frank tinha certeza de que nunca ouviria a verdade da boca de seu cliente.

— Preciso alertá-lo de que sou um oficial da corte, e também seu advogado. Se admitir o crime do qual está sendo acusado, não poderei deixar que declare que não cometeu o crime. Se mentir na corte, não revelarei o perjúrio ao juiz nem à promotoria, por causa do sigilo cliente–advogado, mas vou precisar me afastar do caso e você precisará arranjar outro advogado. Caso seus amigos mintam a seu favor, não terei uma relação de sigilo cliente–advogado com eles, então precisarei informar ao juiz e à promotoria. Está me acompanhando?

— Claro, Frank.

— Muito bem. Conhece os tiras que o prenderam?

— Sim, foi aquela detetive negra, Brewster, e o parceiro dela, Zeke Forbus. Conhece eles?

— Sim — Frank disse, enquanto escrevia os nomes em seu bloquinho. — Eles disseram por que estavam prendendo você?

Frank sempre colocava a pergunta desse modo para que a resposta do cliente não fosse uma confissão.

— Eles acham que eu matei um sujeito chamado Vincent Ballard. Mas quero que você saiba, de cara, que Marty e eu não tivemos nada a ver com a morte desse sujeito, nada mesmo.

— Marty disse que alguém com esse nome foi assassinado num motel há alguns dias.

— Não sei nada sobre isso.

— Conhecia Ballard?

— Eu vivo conhecendo gente o tempo todo nas boates, mas esse nome não me diz nada.

Frank achou que a resposta parecia evasiva. Tinha verificado a história do assassinato na Internet antes de vir para a cadeia, e informou a Prochaska a data do crime.

— Você se lembra de onde estava nessa noite? — perguntou.

— Poderia estar em casa com Maxine, mas não tenho certeza. Preciso pensar.

— Quem é Maxine?

— Uma garota que trabalha no Jungle Club. Estamos saindo.

Uma *stripper* não seria a melhor testemunha para um álibi, mas Frank não disse isso a Prochaska.

— Preciso falar com ela antes de você — Prochaska disse. — Se eu não estava com ela, não quero que perca seu tempo.

Frank sabia que Maxine telefonaria para ele assim que um dos homens de Breach a mandasse confirmar o álibi de Prochaska, mas não podia fazer nada a respeito. Prochaska era impermeável a sermões sobre ética e moralidade.

— E quanto à arma? — Frank indagou. — Martin disse que uma das razões para o prenderem foi por ser um ex-presidiário em posse de arma de fogo.

— Brewster me mostrou uma arma e munição que ela disse ter encontrado em meu armário, uma Glock 9mm.

— Acha que a perícia encontrará suas digitais nessa arma?

Prochaska pensou por um momento.

— Ei — perguntou —, você acha que Brewster pode ter plantado a arma?

— Tudo é possível, mas ela tem a reputação de jogar limpo.

Art assentiu. Frank parou. Quando ficou óbvio que nenhuma resposta sobre as digitais seria direta, ele contou a Prochaska o que tinha descoberto antes de chegar ao Centro Judiciário.

— Mike Greene é o promotor encarregado de seu caso. Ele é legal. Tentei conversar com ele hoje de manhã, mas está em casa com gripe. Assim que ele voltar, vou pedir os relatórios da polícia. Você será indiciado esta tarde. Vou pedir uma audiência para fiança, mas não espere muito. Não há fiança automática num caso de homicídio, como acontece em outros casos.

— Tudo bem, Frank. Faça o que é melhor. Se eu tiver de ficar aqui por um tempo, vou ficar bem.

Frank entregou ser cartão de visitas para Prochaska.

— Vou voltar para o meu escritório. Ligue a cobrar, a qualquer hora.

— O.k..

Frank levantou-se e apertou um botão preto sob um autofalante pendurado na parede perto da porta. O autofalante fez um ruído e Frank informou ao guarda que estava pronto para ir embora. Ficou conversando com Art até a porta se abrir.

— Eu o verei na corte hoje à tarde — Frank disse antes de o guarda fechar a porta.

Durante o percurso do elevador até a área de espera da cadeia, Frank pensou na diferença entre representar um cliente normal e representar um profissional do crime. A maioria dos clientes ficava uma pilha de nervos e muito exigente. Isso nunca irritava Frank. Ele sabia que era incrivelmente estressante para o cidadão comum ser acusado de um crime. E ser preso era humilhante e destruía sua reputação, mesmo você sendo inocente. Ser acusado de um crime lhe tirava de sua rotina e lhe forçava a imaginar uma vida sem liberdade.

Profissionais como Art Prochaska e Martin Breach raramente faziam exigências, e deixavam Frank fazer seu trabalho. Eles confiavam nele e aceitavam uma condenação sem rancor, desde que estivessem convencidos de que Frank tinha sido honesto com eles sobre suas chances e dado tudo de si. E ele era pago. Essa era outra diferença. Frank nunca tinha recebido um calote do pessoal da organização de Martin Breach, porque eles sabiam que poderiam precisar dele novamente.

O lado ruim de representar criminosos profissionais — ou a maioria dos criminosos — era que eles normalmente eram culpados das acusações que sofriam. Frank continuava porque acreditava que os Estados Unidos tinham um dos melhores sistemas de justiça criminal do mundo. Não havia dúvida de que injustiças ocorriam. Bastava pegar qualquer jornal para ficar sabendo de alguma história sobre um prisioneiro que tinha sido tirado do corredor da morte depois que um teste de DNA provara sua inocência. Mas o objeto do sistema era proteger o inocente, e isso normalmente funcionava. O custo de manter um sistema tão bom assim era a ocasional absolvição de um culpado. Frank acreditava que valia a pena correr o risco. Não teria continuado dando duro se não acreditasse.

Capítulo 11

O edifício Stockman tornara-se um marco no centro de Portland desde 1915, e sua fachada ostentava a ornamentação em volta, que, infelizmente, falta aos modernos arranha-céus em meio aos edifícios mais velhos no coração da cidade. Quando Frank Jaffe entrou no saguão, seus pensamentos o distraíram e ele nem sequer olhou para as gárgulas e os querubins de granito que o espiavam lá de cima.

Havia uma semana de recados em seu escaninho na recepção, e ele os recolheu e rumou para seu escritório. Como sócio sênior da Jaffe, Karz, Lehane e Brindisi, Frank tinha direito a um escritório situado no canto, com vista para as altas e verdejantes colinas que ficavam somente a umas vinte quadras da margem oeste do Rio Willamette. O escritório era decorado com seus diplomas e recortes emoldurados de jornais que contavam em detalhes as histórias de seus casos mais famosos. Livros de direito e Estatutos federais e estaduais preenchiam uma estante que ia do chão até o teto. Debaixo da janela, um longo aparador, recheado com arquivos de seus casos ativos.

Frank largou a enorme pasta que continha os arquivos do caso de metanfetaminas no chão diante do aparador. Em seguida, como fazia todas as manhãs, olhou para as fotografias emolduradas de Amanda e da mãe dela, Samantha, que ficavam no canto, sob uma grande escrivaninha com entalhes, cheia de queimaduras de cigarro e marcas de café, que era usada por Frank desde que começara a atuar, logo depois de se graduar no curso noturno de direito.

Samantha fora o grande amor da vida de Frank — tão grande que ele permaneceu solteiro depois de sua morte. Criar uma criança enquanto construía uma carreira como advogado havia consumido Frank depois que sua esposa morreu. Isso também tinha ajudado a lidar com o luto. Mas a intensa dor causada pela morte de Samantha estava sempre latente. Os amigos de Frank tentavam arranjar outra mulher para ele. Ocasionalmente, ele tentava sair com alguma mulher que fora altamente recomendada por pessoas em cujo bom senso ele confiava, mas elas nunca chegavam aos pés de Samantha. Agora, Amanda era a única mulher na vida de Frank, e ele era imensamente orgulhoso de sua força, inteligência e da bondade em seu coração. Ele sabia que crescer sem uma mãe e viver com um pai que trabalhava como ele tinha sido difícil, mas ela aceitara a vida sem reclamar, e ficou entusiasmado quando a jovem decidiu trabalhar com ele.

Frank afastou-se das fotografias e estava começando a colocar os arquivos de caso de metanfetaminas de Medford sobre seu aparador quando Amanda colocou a cabeça na porta.

— Você voltou.

— Cheguei ontem à noite e não quis incomodá-la.

— O que aconteceu? — ela perguntou, entrando no escritório.

Frank contou a Amanda sobre a anulação do julgamento.

— Você deve ter ficado uma fera.

— Ainda estou.

— Acha que Featherstone mencionou a condenação de propósito, porque achava que você ia ganhar?

— Eu gostaria de achar que sim. Eu tinha uma boa chance de anular as acusações — Frank balançou a cabeça, desgostoso. — Featherstone não é o advogado mais brilhante do mundo. Acho que ficou muito animado com o pronunciamento final e se esqueceu do juiz.

— Vai entrar com uma moção de dupla sentença, de qualquer maneira?

— É claro. Já pedi a Daniel que trabalhasse nisso, mas não acho que vamos ganhar. Neste momento só quero esquecer esse caso, pelo menos por uma semana. Na verdade, peguei um caso novo que deve me ajudar a esquecê-lo. É um homicídio, e adivinhe quem é o cliente.

— Não tenho ideia.

— Art Prochaska.

— Está falando sério?

— Está surpresa?

— Não que ele tenha matado alguém, mas estou surpresa que um profissional como Art tenha sido pego. É um caso forte?

— Ainda não sei muito sobre os fatos, exceto que a vítima foi morta num motel na Oitenta e Dois. Acabo de chegar da cadeia. Art afirma que não sabe de nada. O promotor encarregado é Mike Greene, que está em casa com gripe, então não consegui obter mais informações.

O estômago de Amanda deu um nó quando seu pai mencionou Mike, mas ela escondeu sua angústia.

— Art será indiciado hoje à tarde — Frank continuou. — Talvez eu fique sabendo de mais alguma coisa. E você, o que fez enquanto eu me divertia em Medford?

Amanda contou-lhe sobre o caso de Bobby Lee Hartfield. Quando ela relatou como tinha sido seu pronunciamento final, Frank caiu na risada.

— Você deve estar gozando da minha cara. Me diga que não falou "Em nenhum lugar encontrei uma lei que diz que amar é um crime".

Amanda sorriu.

— Eu disse, e me orgulho disso.

— Mas que horror. Com que cara vou aparecer no tribunal?

— Para ganhar fazemos de tudo, certo?

Frank sorriu e balançou a cabeça.

— Como está sua agenda? — ele perguntou.

— Bem folgada. Por quê?

— Quer me ajudar com o caso de Art?

— Claro. O que quer que eu faça?

— Ainda não sei. Nos falamos depois que eu pegar o relatório da polícia.

Capítulo 12

Na manhã do julgamento de Jacob Cohen, Doug Weaver não percebia nada do nervosismo que normalmente sentia antes de entrar no tribunal. Com um caso como o de Cohen, a pressão cedia, pois ele sabia que não tinha nenhuma chance de vencer. Se Hannah Graves tivesse oferecido alguma coisa, Doug teria aceitado prontamente, mas ela não propusera nenhum acordo. A promotora realmente acreditava que Jacob era um maluco perigoso e Doug desconfiava de que ela apreciava a ideia de dar-lhe uma sova diante do júri. Tudo o que lhe sobrara era um farto desjejum, café forte e sua fleuma.

O Tribunal de Justiça do Condado de Multnomah era um edifício de oito andares feito de concreto cinza que tomava todo o quarteirão entre a Quarta e a Quinta e a Main e a Salmon, no coração do centro de Portland. O caso de Jacob seria julgado na corte do quinto andar, da juíza Anita Rome. Ninguém, exceto os envolvidos, ligava para o que aconteceria com Jacob, então as únicas pessoas presentes para assistir ao julgamento eram uma mulher mais velha, muito bem vestida, e dois homens idosos, que Doug reconheceu serem espectadores da corte, que achavam os julgamentos mais divertidos do que as novelas da televisão. Os espectadores da corte assistiam a todos os julgamentos espetaculares ou casos que envolviam seus advogados prediletos. Estes três tinham adotado Doug depois do caso Hayes, embora ele não soubesse a razão, pois seu desempenho tinha sido terrível. Talvez gostassem de pobres-diabos. Doug imaginava que eram o tipo de gente que torce por times de beisebol como o Chicago Cubs, que se especializara em desapontar seus torcedores. Qualquer que fosse o motivo de sua fidelidade, era bom saber que alguém ainda se importava, então Doug sorriu para eles quando passou pelo corredor. Mas seu sorriso se transformou numa expressão de horror assim que viu Jacob Cohen, que vestia seu macacão cor de laranja em vez do terno de executivo, camisa branca e uma gravata conservadora na cor vinho que Doug tinha comprado para ele numa loja barata. Jacob deu um largo sorriso ao ver quanto seu advogado ficara irritado com sua aparência.

— Onde está o terno? — Doug perguntou, esperando que Jacob dissesse que um guarda carcerário sádico o impedira de vesti-lo. Aí, Doug poderia clamar pelos direitos constitucionais de seu cliente, o juiz gritaria com o guarda e Jacob seria julgado parecendo uma imitação de uma pessoa normal.

— Não me vestirei com os trajes deles — Jacob disse com firmeza.

— *Eu* comprei aquele terno, Jacob. "*Eles*" não têm nada a ver com isso.

O sorriso de Jacob revelava a Doug que seu cliente não estava aceitando seu argumento. Decidiu tentar raciocinar com Cohen.

— Escute, Jacob, ninguém vai ao julgamento com o uniforme da prisão. Como espera que os jurados lhe deem um julgamento justo se você se veste como um condenado?

— Eu sou condenado. Se Deus quiser me dar um julgamento justo, terei um julgamento justo, não importa o que esteja vestindo. Jesus disse: "'Guardai-vos dos falsos profetas, que vêm a vós disfarçados em ovelhas, mas interiormente são lobos devoradores". Mateus, 7:15.

Hannah Graves escolheu esse momento para fazer sua entrada em cena. Estava sorrindo, e seu sorriso dobrou de tamanho quando viu como Jacob estava vestido.

— Bom dia, Doug — ela disse, com animação. — Pronto para a briga?

Doug olhou de modo feroz para Hannah, que estava se divertindo a valer.

— Talvez tenhamos de adiar a seleção do júri. Houve um erro com relação às roupas de meu cliente.

Jacob cruzou os braços sobre o peito e ficou olhando fixamente para a frente.

— Não vou usar a roupa deles.

— Pronto, aí está — Hannah disse. — Seu cliente tem o direito de ser julgado vestindo o uniforme da prisão. Creio que não devemos contrariá-lo, não acha?

— Isso não é da sua conta, então por favor dê o fora — Doug disse, furioso consigo mesmo por deixar que a promotora chegasse até ele e ainda mais furioso com seu cliente por tornar um caso impossível ainda mais difícil.

— Me desculpe, tem razão — Hannah disse, e seguiu, rindo, até a mesa da promotoria.

— Jacob, eu lhe imploro. Por favor, vista o terno. Vai parecer muito mais bonito com ele.

Nesse momento, o oficial de justiça ordenou a todos que se levantassem, e a juíza Anita Rome subiu ao púlpito. A juíza era uma mulher atraente em seus quarenta e cinco anos que já conhecera três maridos e — segundo boatos — estava atualmente tendo um caso tórrido com um policial. Na corte, ela escondia seus penetrantes olhos azuis por trás de óculos grossos e nada atraentes, prendia seu longo cabelo preto num coque e disfarçava seu corpo bem feito por baixo da toga preta. Quando socializava, a juíza deixava o cabelo solto, se vestia de modo vistoso e usava lentes de contato.

A juíza Rome franziu a testa quando o meirinho leu o nome e o número do caso para os autos. Quando ele terminou, ela indagou se as partes estavam prontas para continuar.

— O Estado está pronto — Hannah Graves respondeu animadamente.

— E o senhor, Sr. Weaver? O senhor e seu cliente estão prontos para prosseguir? — a juíza perguntou, olhando para os trajes de Jacob.

Doug pôs-se de pé.

— Percebi que a meritíssima está olhando para o macacão de meu cliente.

— Sim, estou.

— O Sr. Cohen possui um belo terno executivo e uma camisa branca e gravata, mas escolheu usar o uniforme da prisão. Pergunto-me se a meritíssima poderia informá-lo sobre como isso dificultará um julgamento justo por parte do júri, se ele estiver usando suas roupas da prisão.

Hannah Graves deu um pulo.

— Se me permite, meritíssima, eu estava presente quando o Sr. Cohen manifestou seu profundo desejo de ir a julgamento vestido do modo como está agora, para não enganar o júri quanto à sua condição de prisioneiro. Penso que essa é uma atitude louvável e acho que a corte deveria honrar o desejo do Sr. Cohen.

— Agradeço a opinião da promotoria — a juíza disse, lançando um olhar gelado igual ao de Hannah para que a promotora soubesse que ela estava de olho nela.

— Sr. Cohen — a juíza perguntou —, o Sr. Weaver explicou-lhe os problemas que estará causando a si mesmo ao ser julgado com as roupas que está usando agora? O senhor compreende que queremos lhe propiciar um julgamento justo e que alguns jurados podem formar uma opinião negativa do senhor e ficar menos propensos a ouvir sua defesa de forma neutra se souberem que o senhor está preso?

Jacob sorriu para a juíza. Como ele não respondeu à pergunta, a juíza voltou-se para Doug.

— O Sr. Cohen compreende o que está acontecendo aqui?

— Aleluia! — Jacob disse. — A salvação, a glória e o poder pertencem ao nosso Deus, pois verdadeiros e justos são os seus juízos. Ele condenou a grande prostituta que corrompia a Terra com a sua luxúria. Ele cobrou dela o sangue dos seus servos. E mais uma vez a multidão exclamou: Aleluia! Livro de Apocalipse, 19.

A juíza Rome encarou Jacob e ele retribuiu o olhar.

— O Sr. Cohen foi entrevistado por um psiquiatra? — ela perguntou a Doug.

— Ele se recusa a falar com qualquer médico.

Hannah levantou-se.

— Talvez eu consiga ajudar a corte. Como Vossa Excelência sabe, o Sr. Cohen é um criminoso sexual condenado acusado de não ter se registrado. Eu conduzi o caso de tentativa de estupro que levou à sua condenação. Durante o curso do julgamento, o juiz Novak ficou preocupado com o estado mental do Sr. Cohen porque ele ficava constantemente citando versos da Bíblia, como faz hoje. Ele ordenou que um psiquiatra viesse ao julgamento para observar o depoimento do Sr. Cohen e seu comportamento na corte.

Hannah entregou uma pilha de papéis à juíza e uma cópia a Doug.

— Este é o relatório do Dr. Terrell, que contém sua opinião, segundo a qual o Sr. Cohen tinha competência para compreender os procedimentos e ajudar em sua própria defesa.

— Sr. Cohen, o que acha que vai acontecer nesta corte? — a juíza perguntou a Jacob após ler o relatório do médico.

Jacob apontou para Hannah.

— Esta agente de Belzebu irá conclamar falsos testemunhos que me acusarão de intencionalmente não ter me registrado como criminoso sexual, e o júri, que é controlado por Satã e seus lacaios na Terra, me condenará e eu retornarei ao inferno.

— O senhor compreende que seu advogado o ajudará a combater tais acusações?

— Assim ele diz.

— Bem, eu conheço o Sr. Weaver há algum tempo e ele sempre respeitou o governo e lutou por seus clientes.

Jacob deu de ombros.

— Se Deus desejar que eu seja libertado, então eu serei.

A juíza voltou a ler o relatório e refletiu durante alguns minutos. Quando se dirigiu aos advogados, parecia perturbada.

— Me preocupa o estado mental do Sr. Cohen, mas ele parece compreender as acusações e que haverá um julgamento delas. Vou permitir que a seleção do júri prossiga, mas ficarei de olho em seu cliente, Sr. Weaver. Se eu mudar de ideia sobre a capacidade dele para sustentar o julgamento, abortarei os procedimentos e mandarei recolhê-lo para observação.

A seleção do júri andou depressa, e a juíza Rome pediu às partes que fizessem seus pronunciamentos de abertura. Hannah Graves disse ao júri que Jacob tinha sido condenado por tentativa de estupro, sentenciado para a Penitenciária Estadual de Oregon e obtido condicional dois anos antes. Explicou que o Estatuto Revisado de Oregon 181.595 exigia que os criminosos sexuais que estivessem sob condicional se registrassem dez dias após saírem da prisão, e uma vez por ano, dez dias antes de seu aniversário. Disse que apresentaria o depoimento de um detetive e provas documentadas que atestariam, sem nenhuma dúvida, que o réu era um criminoso sexual condenado que fora libertado da prisão e não se registrara.

Doug não tinha fatos a seu favor. Isso não era coisa incomum na prática da defesa criminal, então, como era de praxe quando a única esperança de ganhar o caso era um milagre, ele passou quinze minutos discursando sobre o grande sistema legal americano, nossa sagrada constituição e sobre as maravilhosas proteções que a constituição e o sistema legal forneciam a homens inocentes como Jacob Cohen. Também pediu aos jurados que mantivessem a mente aberta e os louvou por serem bons cidadãos, fazendo sacrifícios pessoais para servir no júri de Jacob.

Assim que Doug se sentou, a juíza Rome decretou recesso para o almoço e ordenou à acusação que chamasse a primeira testemunha quando a corte voltasse a se reunir, logo após o intervalo.

— O Estado chama Stephen Hooper, meritíssima — Hannah Graves disse.

Os jurados assistiram ao detetive Hooper caminhar pelo corredor e atravessar a sala do tribunal para fazer seu juramento. Vestia um terno escuro de bom gosto, seus sapatos estavam brilhando e ele parecia confiante, como se esperaria de alguém que já testemunhara dezenas de vezes.

— Poderia dizer ao júri sua ocupação? — Hannah Graves disse assim que Hooper terminou o juramento.

— Sim, senhora. Sou detetive da polícia de Portland.

Graves conduziu Hooper por seu histórico profissional e fez com que ele contasse ao júri sobre as condecorações que recebera por seu trabalho como policial.

— Foi designado para investigar crimes sexuais durante sua carreira na polícia? — Graves perguntou.

— Muitas vezes.

Graves apontou para a mesa da defesa, e todos os jurados olharam para Jacob. Na verdade, eles haviam olhado disfarçadamente para ele o dia todo, porque Jacob passara o período da seleção do júri e do pronunciamento de abertura murmurando coisas para si mesmo e se contorcendo na cadeira como se estivesse sendo espetado por um bastão de tocar gado. Logo depois que a seleção do júri começara, a juíza chamou os advogados à bancada para discutir o problema sem que os jurados pudessem ouvi-los. Doug havia conseguido acalmar Jacob durante algum tempo, mas este não tinha muito autocontrole; a juíza pedira que os representantes se aproximassem novamente um pouco antes do juramento de Hooper.

— Durante suas investigações de crimes sexuais, já tinha conhecido o réu, Jacob Cohen? — Graves perguntou.

Jacob apertou o queixo contra o peito, os olhos fixos no tampo da mesa, e colocou as mãos sobre os ouvidos. Os olhos de três jurados se arregalaram, e um deles fez uma anotação.

Doug inclinou-se para falar com Jacob.

— Por favor, tire as mãos dos ouvidos, Jacob. Preciso que você ouça o depoimento de Hooper para que possa pegá-lo quando mentir. Você saberá quando ele inventar alguma coisa, mas eu não. Por favor, me ajude.

Jacob baixou as mãos e inclinou-se para a frente, fixando os olhos no detetive. Doug suspirou aliviado.

— Sim, senhora. Conheci o réu quando investigava um crime sexual — Hooper respondeu.

— Qual foi o motivo desse encontro?

— Eu era o detetive principal em um caso no qual o réu tinha sido acusado de agressão e tentativa de estupro.

— O réu foi considerado culpado das acusações depois de ser julgado neste tribunal?

— Sim.

Graves ficou de pé.

— Desejo passar para a prova número um da acusação: um certificado de condenação por tentativa de estupro e agressão, apresentado como prova.

— Alguma objeção, Sr. Weaver? — a juíza perguntou.

Doug tinha visto o documento antes do julgamento, como parte das descobertas que a promotora enviara a ele, e não fez objeção.

— Será aceita — disse a juíza Rome. — Prossiga, Srta. Graves.

— Detetive Hooper, quando um criminoso sexual condenado sai da penitenciária, precisa se registrar?

— Sim, senhora. Dentro do prazo de dez dias depois de sair, ele deve preencher um formulário.

Graves deu a Hooper uma folha de papel.

— Acabo de entregar ao detetive Hooper a prova da acusação número dois. Detetive Hooper, poderia identificar esse documento, para constar dos autos?

— É a cópia de um formulário de registro para criminosos sexuais que foi preenchido pelo réu há pouco mais de dois anos, logo depois que ele deixou a penitenciária.

— Que endereço o réu indicou como sua residência?

— O Hotel Monte Carlo, na Burnside com a Portland.

Graves entregou o formulário de registro para que constasse como prova. Doug não tinha base para objetar.

— Detetive Hooper, um criminoso sexual é obrigado a se registrar dez dias antes de seu aniversário todos os anos, tenha ou não mudado de endereço?

— Sim.

— O senhor verificou se o réu se registrou novamente neste ano?

— Sim, senhora. Eu tenho ficado de olho no Sr. Cohen e...

— Objeção — Doug disse. — Peço exclusão do que o Sr. Hooper disse após "Sim, senhora" como irrelevante e não responsivo.

— Mantida. Detetive Hooper, limite-se a responder às perguntas da Srta. Graves. Não acrescente mais nada.

— O que descobriu, detetive Hooper?

— Foi enviado um formulário para o réu por carta registrada, mas ele retornou.

— O que o senhor fez quando viu que tinha voltado?

— Eu queria ser justo, então verifiquei o formulário que o réu tinha preenchido no ano passado e encontrei um novo endereço.

— Então ele não morava mais no Hotel Monte Carlo?

— Não de acordo com esse formulário — Hooper disse.

Graves introduziu o formulário de registro do ano anterior como prova número três.

— A carta registrada foi enviada para esse segundo endereço?

— Sim.

— O que o senhor fez então?

— Fui até o endereço que o réu havia anotado como sendo sua casa no último formulário e descobri que é um edifício comercial no centro de Portland.

— Existe algum apartamento no edifício?

— Não.

— Estou oferecendo como prova uma cópia da certidão de nascimento do réu, marcada como prova da acusação número quatro.

— Sem objeções — Doug disse.

— Detetive Hooper, verifique a data de nascimento do réu. O réu se registrou neste ano, dentro do prazo de dez dias antes dessa data?

— Não, senhora. Não existe nenhum formulário de registro para este ano no arquivo dele e o formulário enviado para ele voltou em branco.

Hannah entregou a carta registrada e o envelope no qual ela havia sido enviada como prova e informou à juíza que não tinha mais perguntas para essa testemunha.

— Senhor Weaver — a juíza chamou.

— Obrigado, meritíssima — Doug disse. — Detetive Hooper, pelo que entendi, o senhor foi até o local que constava como endereço do Sr. Cohen e deparou-se com um edifício comercial no centro de Portland.

— Sim.

— O senhor chegou a entrar?

— Sim.

— Há muitos escritórios no edifício?

— Sim. Na verdade, ele é apenas comercial, não residencial.

— Um desses escritórios é o Departamento de Sursis e Condicional?

— Acredito que sim.

— O senhor ficaria surpreso em saber que o Sr. Cohen perdeu seu emprego e estava morando num carro abandonado dentro de um terreno baldio?

— Não, ele estava morando num terreno baldio quando ocorreu a tentativa de estupro e foi lá que o prendemos com essa acusação.

— Não é possível entregar cartas num terreno baldio, não é?

— Provavelmente não.

— O senhor ficaria surpreso ao saber que o Sr. Cohen tinha dado como endereço de correspondência o Departamento de Sursis e Condicional?

— Não sei nada sobre isso. O que sei é que seu cliente tem o dever de se registrar dez dias antes do seu aniversário, e não se registrou.

— Peço que o comentário seja excluído, meritíssima, como não responsivo.

— Mantido. Detetive Hooper, já o alertei uma vez. Não me force a detê-lo por desacato.

— Me desculpe, meritíssima.

Um pensamento ocorreu a Doug no momento em que estava prestes a pressionar Hooper para saber o que ele tinha feito dentro do edifício. Em sua mente, ele repassou uma lista das provas que Hannah Graves havia apresentado.

— Senhor Weaver? — a juíza indagou.

Como não tinha nada a perder, Doug decidiu correr o risco.

— Sem mais perguntas, meritíssima.

— Pode descer, detetive. Alguma outra testemunha, Srta. Graves?

— Não, meritíssima. O Estado encerrou.

— Alguma moção, Sr. Weaver?

— Sim, meritíssima.

A juíza voltou-se para o júri.

— Faremos um recesso enquanto os representantes e eu discutimos alguns assuntos legais. O oficial os conduzirá até a sala do júri e nós os chamaremos quando estiverem prontos para prosseguir.

Os jurados saíram em fila. Diversos deles lançaram olhares rápidos para Jacob, que estava curvado sobre sua cadeira, murmurando coisas para si mesmo novamente.

— Pode fazer suas moções, Sr. Weaver — a juíza disse assim que os jurados deixaram a sala do tribunal.

— Peço um juízo de absolvição, meritíssima.

Hannah Graves arregalou os olhos.

— Baseado em quê?

— A Srta. Graves encerrou sem provas um elemento do crime.

A testa de Graves se franziu. Era algo inesperado. Ela pegou o indiciamento e ficou olhando para ele.

— O Sr. Cohen é acusado de não se registrar como criminoso sexual — Doug afirmou. — Na acusação, o Estado afirmou que ele foi condenado por um delito de origem sexual e, intencionalmente, não informou que mudara de endereço, mas a ORS 181.595 afirma que a exigência de registro se aplica somente a alguém que — citando textualmente — "seja absolvido, obtenha condicional ou seja libertado sob qualquer forma de supervisão ou liberdade condicional" de certas instituições correcionais específicas. A Srta. Graves não apresentou nenhuma prova de que o Sr. Cohen foi libertado da prisão porque tenha sido absolvido, obtido condicional ou libertado sob qualquer forma de supervisão ou liberdade condicional.

Graves tomou a palavra.

— Isso é ridículo, meritíssima. O réu serviu na Penitenciária Estadual de Oregon. Como ele poderia ter saído?

— Não é sua função, meritíssima, nem do júri, adivinhar por que o Sr. Cohen não está preso — Doug respondeu. — A condenação do Sr. Cohen poderia ter sido anulada ou o governador poderia tê-lo perdoado. Não sabemos por que ele saiu, uma vez que a Srta. Graves não provou que ele foi libertado da prisão sob uma condição que exigia que se registrasse.

— O que tem a alegar contra o argumento do Sr. Weaver, Srta. Graves? — perguntou a juíza, claramente perturbada pela lógica de Doug.

Graves parecia em pânico.

— Pode me dar um momento? — pediu.

— Certamente — a juíza disse.

Graves vasculhou seus papéis, relendo os documentos que tinha entregado como prova e as anotações que usara para inquirir o detetive Hooper.

— Meritíssima, o Sr. Weaver perguntou ao detetive Hooper se o Departamento de Sursis e Condicional ficava no edifício anotado no último formulário de registro do Sr. Cohen — Graves disse, mas sua voz tremia e ela não parecia confiante.

— Perguntei, meritíssima — Doug concordou —, mas a pergunta e a resposta diziam respeito somente à localização do escritório. A discussão nada teve a ver com a questão de o Sr. Cohen estar ou não sob condicional.

— Mas ele estava recebendo sua correspondência lá — Hannah disse. — Obviamente, ele estava sob condicional.

— Talvez ele tenha um amigo que trabalha no escritório que estivesse recebendo a correspondência dele porque o Sr. Cohen estava morando num automóvel abandonado.

— O Sr. Weaver tem razão — disse a juíza Rome. — Averiguei o estatuto e ele, de fato, limita a exigência de registro às pessoas que saíram da penitenciária por razões específicas.

— Podemos resolver esse problema reabrindo o caso — Graves disse. Ela parecia desesperada.

— Não acho que eu possa fazer isso — a juíza respondeu. — A acusação encerrou. Tem algum outro argumento, Srta. Graves?

Graves estava atormentada. Vasculhou seus papéis novamente, na esperança de que um novo documento pudesse aparecer milagrosamente. Depois de alguns instantes, ela balançou a cabeça.

— Sr. Weaver, vou acatar sua moção e anular as acusações contra o Sr. Cohen — a juíza Rome disse a Doug. Em seguida, voltou-se para Jacob.

— Sr. Cohen, teve sorte hoje. Por causa de um erro por parte da promotoria e do excelente trabalho de seu advogado, sairá sem punição por sua óbvia omissão em registrar-se. Assim que esta sessão for suspensa, eu o advirto para que se registre e que continue se registrando a cada ano. O senhor me entendeu?

Cohen parecia confuso.

— Sr. Cohen, o senhor compreende que está livre, que anulei seu caso?

— Nós vencemos, Jacob. Nós os derrotamos — disse Doug, que estava tão chocado quanto seu cliente com a vitória. — Você está livre. Vão soltá-lo hoje.

— Nós ganhamos? — Jacob disse, incrédulo.

— Sim. Deus estava do seu lado desta vez.

Jacob começou a tremer.

— Eu não preciso voltar para lá?

— Não vai voltar para a prisão — Doug assegurou.

Jacob apoiou a cabeça com as mãos e começou a chorar descontroladamente. Doug sentou ao lado de seu cliente e colocou a mão no ombro de Jacob.

— Você vai ficar bem — confortou-o.

— Não mereço isso — Cohen exclamou, para ninguém em particular. — Eu deveria ser punido pelo que fiz.

— Não foi culpa sua. Alguém na condicional devolveu sua carta. Deviam ter entregado a carta para você.

Jacob voltou seu rosto coberto de lágrimas para Doug.

— Você acha que eu me importo com a carta? — disse, com a voz quase em sussurro. — Aquela carta não significa nada. Eu matei, matei todos eles. Morreram por minha causa.

Doug não sabia se ouvira Jacob corretamente.

— Vamos reunir o júri para que eu possa explicar o que aconteceu e liberá-los — disse a juíza Rome.

Doug olhou para seu cliente, ainda atordoado pelo que ele acabara de dizer. Hannah Graves olhava diretamente para a frente, as mãos cruzadas e o rosto pálido como nunca. Obviamente, não tinha ouvido a confissão de Jacob.

Assim que os jurados voltaram à bancada do júri, a juíza Rome explicou que o caso havia sido resolvido por meio de uma moção legal. Ela agradeceu aos jurados pelo seu serviço e os dispensou. Depois que o júri saiu, a juíza Rome suspendeu a sessão e os guardas conduziram Jacob até a cadeia. Doug seguiu seu cliente e viu quando os guardas o conduziram pelo corredor que levava ao elevador da cadeia, no saguão dos fundos do edifício.

— Espero que esteja orgulhoso do que fez.

Doug virou-se. Hannah Graves e o detetive Hooper estavam parados atrás dele. Estavam muito irritados.

— Escute, Hannah...

— Não, escute você. Deve estar se achando muito esperto, mas vamos voltar a conversar depois que seu cliente estuprar a próxima vítima.

Hannah deu meia-volta e saiu apressadamente na direção do elevador, com Hooper logo atrás. Normalmente, Doug teria revidado a invectiva de Graves ou se deleitado com a aflição da arrogante promotora, mas não conseguia tirar as palavras de Jacob da cabeça. Jacob teria matado alguém? Mais de uma pessoa? Teria confessado algo que realmente fizera ou sua confissão era fruto de um de seus delírios? Doug esperava que fosse a segunda opção, mas não conseguia colocar de lado a possibilidade de que acabara de ser responsável por libertar um assassino.

Capítulo 13

Na tarde em que Doug Weaver participava do julgamento do caso *O Estado contra Cohen*, Frank Jaffe estava no fim do corredor, na audiência preliminar de *O Estado contra Prochaska*. Não havia muitos espectadores para esse caso, tampouco. Art Prochaska era figura notória entre os criminosos e nos círculos policiais, mas não era uma celebridade, e a vítima era um viciado que tinha morrido num motel barato. Não era o tipo de história que ganhava manchetes nos jornais. Frank reconheceu alguns espectadores habituais na galeria: o repórter do *Oregonian*, que cobria os eventos da casa; e Charlie LaRosa, que relataria os acontecimentos do dia para Martin Breach. Frank também viu Billie Brewster e Bernard Cashman, as testemunhas de Mike Greene, sentados nos fundos, perto da porta.

— Olá, Billie, Bernie — Frank disse.

Billie virou-se para o perito forense:

— Você não odeia quando o advogado de defesa tenta parecer amável?

— Eu *sou* amável — Frank disse, fingindo estar ofendido.

— Só quando está planejando algum truque maquiavélico para usar no interrogatório.

Frank estalou os dedos.

— Droga, e eu pensei que tinha conseguido enganar você.

— Não nesta encarnação, queridinho — Billie respondeu, com um sorriso forçado.

Frank riu e foi até a frente da sala do tribunal, onde Mike Greene estava repassando suas anotações. Frank gostava de

Mike, mas odiava enfrentá-lo no tribunal. Ele era tão bonzinho e educado que os jurados acreditavam em tudo o que dizia, e era tão justo que raramente dava ao réu alguma base para apelação. Se Mike Greene o mandava para a prisão, você ficava preso.

O promotor Mike era frequentemente confundido com um ex-jogador de basquete, porque tinha quase dois metros de altura, mas deixara de praticar esportes competitivos quando ainda estava na escola. Suas paixões eram o sax tenor, que tocava com um quarteto nos clubes locais, e o xadrez. Greene era casado quando trabalhava no Gabinete da Promotoria do Distrito de Los Angeles, mas sua esposa o traíra; a infidelidade dela e o divórcio tinham acabado com ele. Mike largou o emprego e foi para a Europa. Quando finalmente concluiu que o divórcio não era culpa sua, ligou para um amigo da faculdade de direito que morava em Portland. O amigo lhe arranjou uma entrevista de emprego na Promotoria do Condado de Multnomah. Greene rapidamente passou para a sessão de crimes capitais por sua experiência na Califórnia, e agora era um dos primeiros promotores da casa.

— Como vai a gripe? — Frank perguntou.

Mike olhou para cima e sorriu. Ele e Frank travavam combate cerrado na corte, mas se davam bem quando não estavam litigando.

— Fiquei mal por alguns dias, mas estou bem melhor agora. Só tenho acessos de tosse ocasionais. Obrigado por perguntar.

Frank ficou olhando para Greene. Alguma coisa nele estava diferente.

— Você raspou o bigode.

— É — Mike respondeu, tímido.

— Não está passando pela crise da meia-idade, está? — brincou Frank.

— Não se preocupe. Não haverá nenhum Porsche nem correntes de ouro no meu futuro imediato. Não com esse salário de promotor — Mike hesitou por um instante antes de perguntar: — Como vai Amanda?

— Ela vai bem.

O tom de voz do promotor não mudou quando ele perguntou sobre Amanda, mas Frank tinha certeza de que ela magoara Mike quando parou de sair com ele. Frank nunca tinha perguntado a Amanda por que ela parara de sair com Greene. Ele sabia que não deveria fazer comentários sobre a vida social da filha. Greene era meio sem jeito às vezes, e não era bonito, mas era inteligente, honesto e tinha os pés no chão; Frank ficara contente ao saber que Mike e Amanda estavam tendo um romance.

Greene tinha começado a dizer alguma coisa quando dois guardas escoltaram Art Prochaska para dentro da sala.

— Seu cliente chegou — Mike disse.

Frank colocou sua pasta e os livros de direito que estava carregando sobre a mesa da defesa. Os guardas trouxeram Art até Frank e tiraram suas algemas. Ao contrário de Jacob Cohen, o cliente de Frank não tinha objeção quanto a parecer respeitável. Um dos capangas de Martin Breach havia trazido um terno para o escritório de Frank, que tinha sido feito à mão para Art durante uma viagem a Hong Kong, onde ele se reunira com diversos asiáticos de reputação duvidosa interessados em fornecer heroína a Breach. A secretária de Frank tinha levado o terno para o Centro Judiciário naquela manhã. Vestindo-o Prochaska parecia um lutador bem-sucedido.

Frank apontou para a cadeira à sua esquerda, e Art sentou-se. Enquanto Frank servia um copo de água de uma jarra que o auxiliar do juiz tinha colocado sobre a mesa da defesa, Art levantou um pouco o punho da camisa e esfregou os pulsos onde as algemas tinham prendido.

— Como está se sentindo? — Frank perguntou.

— Não posso reclamar. Alguma chance de eu sair hoje?

— Não. Esta é uma audiência preliminar. A promotoria está tentando convencer o juiz a certificar seu caso para julgamento. Eles não precisam provar sem sombra de dúvida que você assassinou Vincent Ballard. É uma medida bem inferior. É muito raro um caso ser rejeitado numa audiência preliminar.

— Então, por que se importa se sabe que vamos perder?

— Descoberta. Eu posso ouvir testemunhas-chave sob juramento e inquiri-las. Vou ficar sabendo muito sobre o caso da acusação e teremos o depoimento gravado das testemunhas para usar contra elas se disserem alguma coisa diferente no julgamento.

— Vamos montar um caso?

— Não. Não quero dar à promotoria a chance de examinar nossas testemunhas nem de conhecer nossa estratégia.

O oficial de justiça bateu o martelo do juiz e todos na sala se levantaram. O juiz Arthur Belmont sentou-se em seu banco. Belmont era um afro-americano de baixa estatura, com os ombros caídos e cabelo grisalho, que construíra sua reputação fazendo defesas para seguros numa grande firma de Portland. Dirigia sua corte com mão firme e seu senso de humor mantinha até o mais irascível dos advogados num patamar semelhante.

— Bom dia, senhores. Entendo que temos uma audiência preliminar hoje. Quantas testemunhas chamará, Sr. Greene?

O promotor se levantou.

— Não muitas, meritíssimo. O Sr. Jaffe concordou em estipular o mínimo de testemunhos e descobertas dos peritos médicos para acelerar as coisas.

— Isso é bom — disse o juiz.

— O réu é acusado de assassinar Vincent Ballard, no Motel Continental, e de ser um ex-condenado reincidente em posse de arma de fogo. Vou começar com a detetive Billie Brewster. Ela dirá como o corpo foi encontrado e descreverá a cena do crime. A detetive Brewster também relatará a busca na casa do réu, na qual acabou encontrando uma pistola Glock 9mm e munição Remington 9mm. Elas são a base para a acusação de ex-condenado em posse de arma de fogo.

— Minha próxima testemunha será o criminalista Bernard Cashman, do laboratório de criminalística. Ele explicará como o réu estava ligado ao crime. Isso é tudo.

— Está disposto a seguir com essas estipulações, Sr. Jaffe? — o juiz perguntou.

— Estou, para o propósito desta audiência, somente.

— Muito bem. Parece-me algo que poderemos terminar nesta tarde.

— Espero que sim, juiz — Greene concordou.

— Então chame sua primeira testemunha.

Billie Brewster estava usando a calça preta que reservava para a corte e uma blusa de gola aberta, estilo masculino. Depois de tomar o juramento, Greene pediu que a detetive resumisse os depoimentos do vizinho do Motel Continental que tinha encontrado o corpo de Vincent Ballard, do funcionário que chamara a polícia e dos primeiros policiais na cena do crime. Em seguida, Brewster descreveu o que havia observado quando chegou à cena do crime e identificou Bernard Cashman e Mary Clark como os cientistas forenses que haviam examinado o quarto do hotel.

— Detetive Brewster, um dia depois de Vincent Ballard ser assassinado, a senhora recebeu um telefonema de Bernard Cashman?

— Recebi.

— O que ele disse?

— Ele disse que tinha encontrado uma digital de polegar numa lata de cerveja que havia coletado da mesa de cabeceira do quarto de Vincent Ballard.

— O Sr. Cashman conseguiu identificar de quem era a digital?

— Ele me disse que sim.

— De quem era?

Brewster voltou-se para a mesa da defesa e apontou.

— Arthur Prochaska, o réu.

Prochaska sustentou o olhar da detetive. Nenhum dos dois piscou. Em seguida, Mike Greene fez outra pergunta e Brewster voltou-se para ele. Prochaska inclinou-se e sussurrou no ouvido de seu advogado.

— Besteira. Eu nunca estive naquele quarto.

Frank colocou a mão sobre o braço de seu cliente.

— Escreva tudo o que quer discutir. Vamos conversar antes de eu inquirir Brewster. Agora preciso me concentrar no depoimento dela.

Quando Prochaska começou a escrever, Frank olhou para seu cliente. Prochaska tinha a reputação de ser um assassino frio que raramente demonstrava qualquer emoção, mas agora estava realmente agitado.

— Detetive Brewster, depois que o criminalista Cashman lhe telefonou, a senhora usou a informação que ele lhe deu para obter um mandado de busca na casa do réu?

— Sim.

— Por favor, descreva o que fez depois de obter o mandado de busca.

Depois que Brewster contou ao juiz sobre a equipe que tinha montado e os procedimentos que a equipe tinha utilizado ao revistar a casa de Art Prochaska, Greene apresentou os autos de um julgamento para provar que Prochaska era um criminoso condenado.

— Estava ciente de que o Sr. Prochaska era um ex-condenado quando revistou sua casa? — Mike Greene perguntou.

— Sim.

— No estado de Oregon, é permitido que um ex-condenado possua arma de fogo?

— Não.

— Encontrou alguma coisa enquanto revistava o quarto do Sr. Prochaska, envolvendo uma arma de fogo?

Brewster relatou ao juiz que encontrara a Glock e munição para ela no *closet* de Prochaska.

— Detetive Brewster, a senhora esteve no laboratório de criminalística recentemente? — perguntou Greene.

— Sim, senhor. Estive lá quando a Dra. Grace conduziu a autópsia do Sr. Ballard.

— Meritíssimo, de acordo com estipulação, estou submetendo o relatório de autópsia da Dra. Grace, que conclui que Vincent Ballard morreu como resultado de ferimentos de bala no cérebro.

— Será aceito — disse o juiz Belmont.

Greene pegou um saco plástico de provas e deu-o à sua testemunha. No saco havia diversos pedacinhos de metal.

— Detetive Brewster, poderia identificar o conteúdo desse saco para o juiz?

Brewster virou-se para o juiz Belmont.

— Durante a autópsia de Vincent Ballard, a Dra. Grace abriu o crânio da vítima e encontrou estas duas balas lá dentro.

— De que calibre eram?

— Bem, elas estão muito fragmentadas, mas o criminalista Cashman conseguiu afirmar que os fragmentos são coincidentes com a munição encontrada na casa do réu.

— Por que as balas estão tão destroçadas? — Greene perguntou.

— Elas quebram quando encontram os ossos do crânio. São projetadas desse modo para causar múltiplos ferimentos.

— A senhora levou esses fragmentos ao laboratório e entregou-os a Bernard Cashman?

— Sim.

— Não tenho mais perguntas para a detetive Brewster — disse Mike Greene.

Frank conferenciou com seu cliente, que afirmava veementemente não ter estado no quarto de motel de Ballard, mas não dizia nada sobre a arma e a munição encontradas em seu *closet*. Frank não conseguia pensar em muitas perguntas para a detetive. Tinha lido o mandado de busca juramentado, que parecia consistente, e os relatórios laboratoriais de Cashman. Mas havia uma área que ele queria questionar.

— Detetive Brewster, foram encontradas digitais do Sr. Prochaska nos fragmentos de bala achados durante a autópsia? — Frank perguntou.

— Não. O criminalista Cashman os julgou fragmentados demais para conter digitais.

— Obrigado. Não tenho mais perguntas.

— O Estado chama o criminalista Bernard Cashman — disse Greene.

Frank olhou para os fundos da sala. Quando Cashman se dirigiu para o banco de testemunhas, Frank não conseguiu conter o riso. O criminalista sempre fazia uma entrada triunfal, como o ator principal de uma peça da Broadway. Frank não ficaria surpreso se, um dia, o perito forense aparecesse na corte vestindo uma capa de ópera sobre os ombros.

— Eu juro — Cashman entoou, em seu barítono profundo, assim que o oficial perguntou se diria a verdade, toda a verdade, nada mais que a verdade, que Deus o ajude.

— Criminalista Cashman, para os autos, qual é a sua profissão?

— Sou cientista forense e trabalho no Laboratório de Criminalística do Estado de Oregon.

— O juiz Belmont conhece o trabalho de peritos forenses, então não é necessário descrever seu trabalho, mas eu gostaria que seu histórico educacional e sua experiência de trabalho constassem dos autos — Greene disse.

— Naturalmente — Cashman arrumou o punho da camisa e sorriu para o juiz. — Estudei química na Universidade de Oklahoma e me formei em ciência forense na Universidade de Nova York. Passei três anos no Colorado, trabalhando no laboratório de criminalística do estado, e depois vim para o Oregon. Estou aqui há dez anos.

— Sr. Cashman, foi chamado para ir ao Motel Continental recentemente?

— Sim.

— Por que foi convocado a ir lá?

— Um cavalheiro chamado Vincent Ballard foi encontrado morto em seu quarto de motel. Mary Clark e eu conduzimos a investigação forense da cena do crime.

— Poderia fornecer ao juiz uma breve visão geral das medidas que tomou para analisar a cena do crime?

Cashman relatou ao juiz Belmont o que ele e Mary Clark tinham feito no local do crime.

— Durante sua busca no quarto do motel, notou uma lata de cerveja no criado-mudo? — Mike perguntou após Cashman terminar.

— Notei.

Greene pegou um cartão que era branco em um lado e preto no outro, e um saco plástico de provas contendo uma lata de cerveja e um pedaço de fita. Uma parte da lata estava coberta com pó preto para revelar impressões digitais. Ele levou os itens para a testemunha.

— Poderia identificar estes itens para o juiz, por favor? — Greene pediu.

— Certamente. A prova número seis é um saco plástico para provas contendo a lata de cerveja. Quando examinei a lata, passei pó para digitais para ressaltar a impressão digital. Em seguida, removi a impressão da lata usando a fita que está no saco e coloquei a impressão sobre o lado branco do cartão, a prova sete, para que ela aparecesse contra o fundo branco.

— O que fez em seguida?

— Coloquei-a no AFIS, o sistema automático de identificação de impressões digitais, para ver se o computador poderia encontrar uma idêntica.

— E o computador localizou de quem era a digital?

— Bem, o AFIS não encontra exatamente a pessoa. Ele faz uma lista de indivíduos com a maior semelhança. A pessoa listada como tendo mais probabilidade de ser portadora da digital era o réu. Naturalmente eu comparei as impressões do Sr. Prochaska com a digital na lata pessoalmente antes de chamar a detetive Brewster.

— Acredita que a digital na lata de cerveja fora colocada lá pelo réu, Arthur Wayne Prochaska? — perguntou o promotor.

Cashman sorriu para o juiz.

— Sim, acredito. Encontrei dezesseis pontos de semelhança entre a digital na lata de cerveja e as impressões digitais do Sr. Prochaska. Isso é o suficiente para que eu afirme, sob juramento, que a impressão digital na lata foi deixada pelo réu.

— Criminalista Cashman, o senhor conseguiu encontrar alguma outra prova que ligasse o réu ao assassinato de Vincent Ballard? — Greene perguntou.

— Ah, sim.

— O que encontrou?

— Os fragmentos de bala que o legista concluiu serem os instrumentos que mataram o Sr. Ballard são coincidentes com a munição encontrada na casa do réu.

— Está se referindo às balas de 9mm mencionadas pela detetive Brewster em seu depoimento?

— Sim.

Prochaska se manteve calmo durante o depoimento de Cashman, mas seu rosto estava vermelho de ódio. Inclinou-se para falar com Frank.

— Estão armando para mim, Frank. Não é possível que as balas sejam iguais.

— Não se preocupe, Art. Não vou aceitar a palavra de Cashman para nada. Tenho meu próprio perito. Ele repassará todas as conclusões de Cashman. Se o laboratório tiver feito algo errado, ficaremos sabendo.

— Por favor, diga à corte como concluiu que as balas que a detetive Brewster encontrou no *closet* do réu combinam com as balas que mataram Vincent Ballard.

— Certamente. Pode ser que o senhor juiz se lembre, dos tempos de ginásio ou das aulas de química na faculdade, de que existem noventa e dois elementos listados na tabela periódica, que podemos encontrar na natureza. Se pegarmos uma bala e a colocarmos sob uma fonte de nêutrons, ou seja, partículas atômicas, o material absorverá os nêutrons e se tornará radioativo. Mais de cinquenta dos elementos conhecidos emitem raios gama quando se tornam radioativos, e temos instrumentos que medem quantos desses raios gama são liberados pelo elemento e sua energia específica.

Frank sempre ficava impressionado com as explicações de Cashman. Ele parecia mais um palestrante numa universidade do que um policial do laboratório de criminalística.

— Como realizou essa medição, criminalista Cashman? — perguntou Mike Greene.

— Temos uma parceria com a Faculdade Reed, que possui um reator nuclear. Neste caso, peguei um pequeno fragmento de uma das balas encontradas numa caixa na casa do réu...

— De que tamanho? — perguntou o promotor.

— Ah, não preciso de muito, só uma lasquinha.

— Prossiga.

— Retirei uma lasquinha, peguei outro pequeno fragmento de uma das balas encontradas na vítima e pedi ao encarregado do reator que colocasse os dois fragmentos no reator, nossa fonte de nêutrons. Os fragmentos foram colocados em pequenos frascos que haviam sido limpos para remover qualquer impureza que pudesse contaminá-los, e foram levados para dentro do reator.

"Quando o material se tornou radioativo, foi removido do reator para uma área onde existe um contador, uma máquina que detecta raios gama e mede sua energia. Analisamos essa informação para descobrir quais elementos estavam presentes e quanto de cada um se concentrava em cada fragmento. Depois, comparamos os resultados para determinar o grau de semelhança dos fragmentos. Eu poderia acrescentar que uma vantagem de fazer essa análise com balas é que o chumbo, um dos principais componentes de uma bala, não se torna radioativo, então fica mais fácil ver que outros elementos se encontram nos fragmentos de bala e se esses elementos e suas energias são parecidos."

— E o que encontrou? — Greene perguntou.

— Descobri que os elementos antimônio, arsênico e cobre estavam presentes em ambas as amostras nas mesmas quantidades.

— E o que concluiu a partir disso?

— Concluí que a bala que matou Vincent Ballard é coincidente com as balas encontradas no *closet* do réu, e que é muito provável que essas balas tenham sido produzidas no mesmo lote.

— Sem mais perguntas — disse Mike Greene.

Frank recebera todos os relatórios de Cashman, incluindo as provas feitas no reator nuclear. Ele não entendia nada da ciência que Cashman usara para sustentar suas conclusões e não conseguia pensar em nenhuma pergunta para fazer ao criminalista sobre os testes que este conduzira. Frank consultaria seus próprios peritos e revelaria as falhas de Cashman diante do júri, no julgamento. Mas queria fazer algumas perguntas ao criminalista.

— Sr. Cashman, o lote de balas que produziu a munição encontrada no *closet* do Sr. Prochaska e as balas que mataram o Sr. Ballard é muito grande, não?

— Sim.

— Estamos falando de milhares de balas que são distribuídas para todo o país, não estamos?

— Sim.

— Então, não está afirmando que seu teste mostra que as balas que mataram o Sr. Ballard vieram da caixa encontrada na casa do Sr. Prochaska.

— Poderiam ter vindo — Cashman respondeu —, mas não consegui provar que tenham vindo.

— Todas essas balas vieram desse lote enorme?

— Isso mesmo.

— Sr. Cashman, conseguiu encontrar estrias nas balas que mataram Vincent Ballard criadas quando as balas foram disparadas?

— Sim. As balas estavam muito fragmentadas, mas consegui achar estrias na base.

— O senhor conduziu um teste de balística para ver se a arma encontrada na casa do Sr. Prochaska disparou as balas que mataram Vincent Ballard?

— Sim.

— Qual foi sua conclusão?

— Na minha opinião, a Glockk 9mm encontrada durante a busca na cada do réu não disparou as balas que mataram o Sr. Ballard.

— Obrigada, Sr. Cashman. Sem mais perguntas.

Assim que a porta do tribunal se fechou atrás de Bernard Cashman, ele liberou o sorriso que vinha contendo. Quase sentiu pena de Frank Jaffe, mas não muita. A maioria dos advogados de defesa ficava impotente quando ele testemunhava. Eles não tinham conhecimento científico para desafiar sua perícia. Cashman sabia que Jaffe consultaria um cientista forense particular antes do julgamento, mas não adiantaria nada.

O peito de Cashman inflava quando ele pensava no poder que exercia. Ele era o instrumento da justiça que mandaria Arthur Wayne Prochaska para a câmara de morte pelo assassinato de Vincent Ballard. Michael Greene estaria encarregado da acusação, o júri entregaria o veredicto e o juiz Belmont definiria a sentença, mas nada disso poderia acontecer sem suas provas. Bernard Cashman sabia que ele era a chave. Outros levariam o crédito, mas isso nunca o incomodava. Ele ficava absolutamente satisfeito em trabalhar em prol da justiça quase no anonimato, um vingador dos mortos e indefesos.

Enquanto Cashman se dirigia aos elevadores, um prisioneiro usando macacão laranja virava a esquina a caminho do elevador que levava à cadeia. Quando se cruzaram, Bernie não conseguiu tirar os olhos dele. O cabelo crespo e desgrenhado do prisioneiro se projetava para todas as direções, e sua cabeça se contraía de um lado para o outro. A impressão imediata de Cashman foi a de que o homem era louco, e ela foi reforçada pelo fato de o prisioneiro resmungar coisas para si mesmo, zangado, completamente alheio ao que se passava ao seu redor.

Cashman virou a esquina e imediatamente perdeu interesse pelo louco. Adiante dele, Hannah Graves estava repreendendo Doug Weaver, supervisionada por Steve Hooper, vermelho de raiva. Cashman conhecia o advogado de defesa de *O Estado contra Hayes* e alguns outros casos em que fora testemunha da acusação. O rosto de Doug estava vermelho de vergonha e ele parecia querer rastejar para dentro de um buraco.

— Deve estar se achando muito esperto, mas vamos voltar a conversar depois que seu cliente estuprar a próxima vítima — Cashman ouviu Graves dizer. Em seguida, a promotora e o detetive deram meia-volta e foram embora. Cashman foi ao encontro do advogado de defesa.

— O que foi aquilo? — o detetive forense perguntou.

Doug rodopiou na direção dele, assustado.

— Por Deus, Bernie, não ouvi você se aproximar.

— Desculpe. Acho que estava distraído com a Srta. Graves. Posso presumir que você se deu melhor do que ela no julgamento?

— É — Doug respondeu, parecendo estranhamente subjugado por um trabalho de defesa vitorioso. — Eu simplesmente venci um caso que nunca deveria ter ido a julgamento. Graves deveria ter resolvido tudo com uma contestação. Mas ela estava tão segura de si que colocou tudo a perder no tribunal e agora está fula comigo, quando deveria aceitar a responsabilidade por sua própria incompetência.

Doug parou.

— Eu não deveria ter dito que ela é incompetente. Esqueça que ouviu isso, Bernie.

Cashman sorriu.

— Aqui entre nós, Doug, Graves não é a promotora mais brilhante com quem já trabalhei.

— Quem não é? — perguntou Amanda Jaffe, que acabara de dobrar a esquina, a caminho da sala onde acontecia a audiência de *Prochaska*.

— Amanda — disse Cashman. Ele havia testemunhado em diversos casos que Amanda defendera e a considerava uma adversária à sua altura. — Conhece Doug Weaver?

— Claro. Almoçamos juntos num curso que fizemos no ano passado.

Doug sentia-se um pouco intimidado por Amanda, que personificava o sucesso que ele desejaria ter. Ele apreciou o fato de ela não ter mencionado que Doug cursara o seminário de extensão em direito onde ela deu palestras sobre as últimas tendências sobre as leis de busca e captura.

— É um prazer revê-la — Doug disse.

— Estávamos falando sobre Hannah Graves — Cashman disse. — Doug acaba de derrotá-la no tribunal e ela não aceitou muito bem.

— Ela nunca aceita — disse Amanda. — Eu a derrotei num caso recentemente e ela saiu correndo da sala como uma criança de dois anos. Hannah precisa de mais leveza.

— Eu a ouvi mencionar um estupro — Cashman disse. — Era essa a acusação?

— Não. Era um criminoso sexual que esqueceu de se registrar.

Doug deu a Amanda e Cashman uma versão resumida dos fatos e contou o que tinha acontecido no tribunal. Logo depois que Doug começou, o criminalista percebeu que o prisioneiro perturbado que acabara de passar no corredor era o cliente de Doug.

— Boa saída — Amanda disse, quando Doug terminou.

— Acha que seu cliente é perigoso? — Cashman perguntou.

Doug hesitou. O que ele realmente achava de Jacob? Tinha como julgar uma pessoa tão perturbada quanto seu cliente?

— De fato, não — decidiu responder. — Nem tenho certeza de que Jacob cometeu a tentativa de estupro, para começar. Conversei com o último advogado dele e a versão de Jacob sobre os fatos parece tão plausível quanto a versão da acusação. O problema é que Jacob causa uma impressão horrível diante do júri porque é doente mental. Ele mora num carro abandonado num terreno baldio na Queen Anne com a Hobart e não aceita ajuda de ninguém. Ele acha que somos todos parte de uma enorme conspiração do governo.

— Parece um caso perdido — Cashman disse.

— É um caso triste. Só espero que ele não se meta em encrenca e se cuide, mas não tenho muita esperança.

Doug ergueu sua pasta.

— Bem, foi um prazer ver você, Bernie, e você, Amanda. Preciso voltar ao escritório.

Assim que se despediram e Doug seguiu seu caminho, Bernie lembrou-se de *Prochaska.*

— Que coincidência. Acabo de depor num caso que seu pai está defendendo. Ele está na corte do juiz Belmont. Acho que estão quase terminando.

— Não é coincidência. Eu vim encontrar papai. Estou ajudando no caso.

— Eu devia ter imaginado.

— Foi um prazer encontrá-lo — Amanda disse ao criminalista.

— O prazer foi meu — Cashman respondeu.

Amanda distanciou-se e Cashman a observou por alguns instantes antes de prosseguir rumo aos elevadores que o levariam ao térreo. Dali, ele voltaria para o laboratório de criminalística e continuaria analisando as provas para outro caso que sabia que poderia resolver.

Capítulo 14

Amanda entrou na sala do tribunal momentos depois de o juiz Belmont intimar Art Prochaska para o julgamento e entrar em recesso. Frank estava conversando com seu cliente, então Amanda esperou nos fundos da sala. Mike Greene aprontou sua valise e começou a subir o corredor. Um olhar de surpresa se instaurou em seu rosto ao ver Amanda. Em seguida, ele sorriu e foi até ela.

— Como tem passado?

— Bem — respondeu Amanda, tentando esconder seu desconforto.

— Não a vejo há algum tempo. Trabalhando muito, ou esteve fora?

Amanda riu.

— Nem me lembro de minhas últimas férias.

— Então deve ser o trabalho — disse Mike, porque queria continuar conversando com Amanda.

— Estive muito ocupada, e depois as coisas começaram a ir mais devagar. Tenho alguns casos de drogas, algumas acusações por dirigir embriagado. Nada muito emocionante. E você?

— Bem, tenho este caso e mais dois homicídios, mas é possível que haja acordos.

— Então também não está muito ocupado.

— É, parece que nenhum de nós está ganhando dinheiro.

— Ouvi Belmont intimar Prochaska — disse Amanda.

Mike deu de ombros.

— Montei um caso muito forte.

— Não se sente mal derrotando meu pai?

Mike deu um sorriso forçado.

— Frank sabe se cuidar. Além disso, ele me disse que você o ajudará a me derrotar.

— Estive praticando boxe a semana toda.

Quando Mike terminou de rir, ele e Amanda perceberam que não tinham mais assuntos corriqueiros para falar. Mike queria saber se Amanda estava saindo com alguém, mas não teve coragem de perguntar. Os dois advogados se mexiam sem sair do lugar, constrangidos.

— Bom, preciso voltar ao escritório — Mike disse, depois de alguns segundos de silêncio. — Foi bom ver você.

— Eu também gostei.

— Nos vemos por aí — concluiu o promotor. Em seguida, saiu pela porta, deixando Amanda um tanto inquieta. Para se distrair, ela voltou a atenção para a frente da sala, onde Frank apertava a mão de Prochaska. Assim que os guardas carcerários colocaram as algemas e o levaram embora, Amanda juntou-se ao pai.

— Vai voltar para o escritório? — perguntou.

— Vou. Vi que estava conversando com Mike.

— Só conversa profissional.

— Vocês dois não saem juntos há bastante tempo.

— Eu estava namorando outra pessoa, mas já terminou.

— Acha que você e Mike podem voltar? — Frank perguntou, sabendo que estava entrando em campo minado.

— Nem sei se ele está interessado, papai.

— Pode estar. Ele perguntou sobre você quando estávamos esperando a audiência começar.

— Provavelmente estava só puxando conversa.

— Não foi o que pareceu.

— Mike acha que tem muitas chances de condenar Art Prochaska — ela disse, para mudar de assunto. — O que você acha?

— É muito cedo para dizer. As provas que ele tem são circunstanciais. Não há testemunhas e não existe nada nos relatórios da polícia que sugira que Art conhecia a vítima.

— O que eles têm? — Amanda perguntou.

— A pior prova para nós é uma digital de Art numa lata de cerveja que estava na mesa de cabeceira do quarto de Ballard. As faxineiras fazem a limpeza todo dia, então Mike pode provar que a lata foi trazida para o quarto depois das três da tarde. Isso o coloca junto de Ballard em algum momento do dia.

"E depois há as balas. Bernie Cashman afirmou que as balas que mataram Ballard são coincidentes com a munição que foi encontrada no *closet* durante uma busca na casa de Art."

— Alguma maneira de suprimir as provas?

— Parece que o mandado de busca estava correto, mas você deveria dar uma olhada nele.

— Está bem. Vai usar Paul Baylor para o trabalho forense?

— Sim, mas não estou esperando muito; impressões digitais não mentem, e eles usaram nêutrons ativados para analisar as balas.

Amanda olhou o relógio.

— O que vai fazer de noite?

— Vou jantar com você.

— Quer comer alguma coisa no Signorelli's, aquele novo restaurante italiano na Vinte e Um?

— Parece boa ideia. Ainda tenho mais umas duas horas de trabalho no escritório. Podemos sair por volta de cinco e meia.

Charlie LaRosa já havia fornecido a Martin Breach um resumo da audiência preliminar, então estava preparado para o telefonema de Frank. Jaffe contou a Breach o que ficara sabendo sobre o caso da acusação. Breach parecia calmo ao telefone, mas por dentro estava fervilhando. Quando desligou, olhou para o outro lado da mesa, para Henry Tedesco, que tinha ouvido a conversa no viva-voz.

— O que acha? — Breach perguntou, mal conseguindo controlar a raiva.

— Parece que a acusação tem um caso sólido — Henry respondeu, em seu grosseiro sotaque irlandês. Tedesco era um dos poucos homens na folha de pagamento de Breach que diziam a verdade. Breach dominava pelo terror, mas desprezava homens servis e valorizava a honestidade de Henry.

— Alguém está querendo nos prejudicar, Henry, e quero saber quem é.

— Acha que armaram para Art?

Martin recostou-se e pegou um palito. Ficou remoendo seus pensamentos enquanto tentava soltar um pedaço de frango frito que estava preso entre os dentes.

— Vamos começar com as digitais e as balas — Breach disse. — As digitais não são de Arthur nem a munição que apagou Ballard, porque Artie não o matou. Então, precisamos descobrir quem foi.

— Alguma ideia? Algum lugar por onde eu possa começar?

— Sim, dois lugares. Veja o que consegue descobrir sobre aquele cafetão, Dorado. Ele adoraria tirar Artie do caminho. Mas são as impressões e as balas que estão me incomodando de verdade.

Tedesco encolheu os ombros.

— A resposta óbvia para as digitais é a de que a pessoa que matou Ballard pegou uma lata de cerveja que Art usou e a plantou na mesa de cabeceira.

— Foi a primeira coisa em que pensei, mas Art não bebe aquela marca e jura que não se lembra de ter tocado na lata.

Breach ficou olhando para o ar durante algum tempo e Tedesco deixou que ele meditasse. Breach era uma das pessoas mais inteligentes que ele já conhecera, e suas ideias eram sempre interessantes.

— Henry, conhece alguma maneira de falsificar uma impressão digital?

— Não, mas posso descobrir se é possível.

— Faça isso.

Breach ficou pensativo novamente, enquanto palitava os dentes. Henry esperou pacientemente. De súbito, Breach sentou-se na cadeira, ereto.

— Os caras do laboratório! — Olhou para Tedesco. — Acha que Dorado pode ter chegado a algum dos caras do laboratório?

Henry encolheu os ombros.

— Dá para chegar em qualquer pessoa se tentar com vontade.

Breach atirou o palito na direção de Tedesco.

— Cheque os caras do laboratório. Descubra se há alguém na folha de pagamento de Dorado. — Em seguida, Breach murmurou: — É melhor que ninguém esteja.

PARTE 3

Horror Indescritível

Capítulo 15

Martin Breach deu a Henry Tedesco cópias dos relatórios policiais do caso de Art Prochaska, e Henry os leu detalhadamente. Diversos relatórios de entrevistas com os moradores do Motel Continental tinham sido escritos logo depois do assassinato, mas não houve quase nenhuma investigação depois que o laboratório identificou a impressão digital do polegar de Prochaska na lata de cerveja. Tedesco concluiu que Billie Brewster, a principal investigadora, estava convicta da culpa de Art e se concentrava somente em Prochaska, excluindo qualquer outro possível suspeito. As evidências que levavam à culpa de Art eram fortes, mas Henry sabia que Prochaska nunca mentiria para Martin Breach; os dois eram mais próximos que irmãos. Se Art disse a Martin que era inocente, ele era inocente; e isso significava que o verdadeiro assassino deveria estar se sentindo seguro e muito satisfeito.

Tedesco acreditava que sua melhor chance de encontrar o assassino de Ballard estava entre as pessoas que moravam no Motel Continental. A polícia não tinha entrevistado todos os residentes na noite do crime, e a maioria dos entrevistados alegou não saber nada que pudesse ajudar. Henry conhecia bem o tipo de gente que morava em espeluncas como o Motel Continental. Muitos deles já tinham ficha na polícia ou estavam nos Estados Unidos ilegalmente. Essas pessoas, por questão de princípios, não seriam sinceras com um policial. E, é claro, os policiais precisavam seguir regras quando entrevistavam uma testemunha. Henry Tedesco nunca teve muito respeito por regras.

Henry conversou com três pessoas antes de encontrar uma pista. Dinheiro e a ameaça de usar a força soltaram a língua de uma mãe solteira que estava saindo de um quarto do outro lado do pátio, em frente ao quarto onde Vincent Ballard fora assassinado. Ela contou a Henry sobre a conversa que tivera, ao lado da máquina de salgadinhos, com outro morador, na noite do crime.

Clarence Edwards e Edgar Lewis dormiam profundamente quando Charlie LaRosa abriu a porta do quarto com a chave-mestra que tinha alugado do gerente noturno por cem dólares. Edgar Lewis tinha morrido para o mundo, mas Clarence sentou-se, com os olhos pesados de sono, quando Henry acendeu a luz.

Edwards era um afro-americano magro, com tatuagens e cabelos rastafári, que tinha passado seis meses na cadeia local por furto depois de ser condenado pela quarta vez. Roubava somente quando estava sem trabalho. Acabara de conseguir um emprego numa loja de vídeo e estava dividindo o aluguel do quarto com Edgar, que conhecia desde os tempos de escola.

— Mas que merda... — Clarence começou a perguntar. Depois viu as armas e perdeu a coragem.

— Sr. Lewis ou Sr. Edwards? — Henry perguntou, educadamente.

A boca de Clarence estava seca, mas ele conseguiu responder à pergunta. Edgar estava acordando, na outra cama.

— Você e seu amigo poderiam, por favor, deitar, puxar os cobertores até o pescoço e colocar os braços debaixo das cobertas? — Henry pediu.

— Quem são esses caras? — Edgar perguntou ao amigo. Henry balançou a cabeça e Charlie deu um tapa na cara de Edgar.

— Nós fazemos as perguntas, imbecil — explicou. Edgar, que pesava setenta quilos quando comia bem, ficou tão atordoado que só conseguiu desabar sobre a cama.

— Por que fez isso? — Clarence reclamou. Charlie deu um passo na direção dele, mas Henry levantou a mão e o deteve.

— Meu amigo bateu no Sr. Lewis para que fiquem sabendo que usaremos de violência se necessário. Agora, por favor, deitem e se cubram. Se fizerem tudo certinho, não vai acontecer nada com você nem com seu companheiro, e podem até ganhar alguma grana.

Assim que Clarence e Edwards se puseram debaixo dos cobertores, Charlie meteu para dentro do colchão os lençóis e cobertores e usou fita adesiva para prendê-los na cama.

— Confortáveis? — Henry perguntou, enquanto puxava uma cadeira para perto de Clarence. Clarence não respondeu. Henry sorriu.

— Há pouco tempo, seu vizinho Vincent Ballard foi morto do outro lado do pátio. Lembra?

Clarence estava nervoso. Edgar olhou para o amigo por um instante. Henry notou.

— Clarence, vamos estabelecer algumas regras básicas. Se eu faço uma pergunta, você deve responder a verdade. Entendeu?

— Sim — Clarence respondeu, rispidamente. Henry suspirou.

— Não estou gostando muito da sua atitude, meu rapaz. Vamos ver se conseguimos ajustá-la um pouquinho. — Tirou um isqueiro e produziu uma chama. — Você já viu alguém queimar até morrer?

— O quê?

— É horrível mesmo. O fedor da carne queimando é de virar o estômago, e os gritos, então... — Henry balançou a cabeça. — Então, Clarence, se não começar a cooperar logo, vou atear fogo em você. Grudado na cama do jeito que está, não vai conseguir fazer nada a não ser sofrer. Imagino que a dor vai ser insuportável. Tenho esperança de que esse exemplo torne seu amigo mais cooperativo. Mas nenhum de vocês vai sofrer se pararem de agir com recalcitrância. Sabem o que a palavra quer dizer, não?

— Sim, senhor — Clarence respondeu, embora, dos quatro homens na sala, somente Henry tivesse conseguido decifrar a resposta.

— Bom — Henry disse, gostando do "senhor". — Quanto mais rápido responderem minhas perguntas, mais rápido iremos embora. Então, lembra-se da noite do crime?

— Sim, eu lembro — Clarence respondeu.

— Seu apartamento fica do outro lado do pátio, em frente ao do Sr. Ballard. Conte-me o que viu.

— O que vai acontecer com a gente se eu contar o que vi?

— Nada. Vamos soltar vocês e nunca mais nos verão. E não vamos dizer nada para a polícia — Henry sorriu. — Isso não seria bom para nenhum de nós, seria? — Henry atirou um rolo de dinheiro em cima da cama. — Vocês até vão ganhar um extra, pelo tempo que nos dedicaram. Então, vejam, vocês não têm nada a perder e tudo a ganhar dizendo a verdade. De fato, só poderão ter problemas se não forem completamente sinceros. Se mentirem e nós os soltarmos, vamos atrás de vocês e isso não seria nada bom.

Clarence olhava de um lado para o outro, do dinheiro para o isqueiro. A escolha não envolveu muito raciocínio.

— Eu não disse nada para a polícia, mas vou ajudar vocês.

— Vá em frente.

— Eu levantei para mijar. Foi aí que ouvi a música. Estava muito alta. Então, dei uma olhada pela persiana para ver de onde ela vinha. Foi aí que eu vi eles saindo.

— Quem você viu?

— Um cara de tamanho médio e um outro. De um dos caras eu não posso falar muito, porque não vi o rosto dele. Também não vi o rosto do outro cara, mas ele era grande como um lutador. Mas grande mesmo. E foi só isso o que eu vi, sinceramente.

— Esse homem grande... Pense bem... Pode descrever o rosto dele?

Clarence fechou os olhos. Quando os abriu, fez que não com a cabeça.

— Só me lembro do cabelo dele. Era muito curto, que nem o de um soldado. Isso eu lembro. Mas eles estavam usando capa e a gola estava levantada.

Henry apontou para Charlie LaRosa.

— O homem grande era tão grande quanto meu amigo?

Clarence analisou o gângster.

— Ele não era tão alto, mas era mais largo.

— Notou que carro eles tinham?

— Não. Eu fui mijar e, quando voltei, já tinham ido embora.

Henry voltou-se para Edgar.

— Eu não vi nada — ele disse, depressa. — Eu estava dormindo. Clarence só me contou o que viu depois que os tiras foram embora.

Henry estudou os dois homens por alguns momentos. Em seguida, fechou o isqueiro e fez um sinal para LaRosa, que começou a retirar a fita que prendia os homens à cama.

— Espero não ser necessário lhes dizer que esta visita fica entre nós — ele disse, pouco antes de sair. Nem Clarence nem Edgar responderam.

— A descrição que o Sr. Edwards forneceu lhe diz alguma coisa? — Henry perguntou a Charlie quando se dirigiam ao carro.

— Felix Dorado tem um sujeito que trabalha para ele, Reuben Corrales, que é viciado em esteroides. Dorado o usa para fazer trabalhos pesados, e eu acho que era um dos caras que estavam protegendo Juan Ruiz quando o raptamos.

— Interessante. Se Dorado descobriu que Ballard dedurou Ruiz, ele poderia ter ordenado a nosso homem musculoso que o assassinasse como castigo por ter perdido Ruiz. O que acha?

— Faz sentido.

— Veja se consegue encontrar esse cavalheiro, Charlie. Faremos uma visita para ele.

Capítulo 16

Logo depois da meia-noite, um transeunte encontrou o gerente de uma loja de bebidas da região norte de Portland seriamente ferido, estatelado no chão, atrás do balcão. Dois ladrões chutados de metanfetamina tinham batido nele com suas armas depois de roubar bebidas alcoólicas e o dinheiro do caixa. Antes de a ambulância levar o gerente para o hospital, ele disse para os detetives que os agressores não estavam usando luvas.

Bernard Cashman e Mary Clark analisaram a cena do crime e descobriram impressões digitais nas garrafas que os ladrões haviam tocado para escolher as bebidas que colocariam numa sacola de ginástica. Os ladrões também quebraram uma série de garrafas durante o ataque e haviam feito o favor de pisar no rum, no uísque e no Bailey's que cobriam o piso. A bebida havia amolecido a lama na sola do tênis de um deles, deixando uma pegada parcial encontrada por Mary Clark.

Uma chuva fina caía quando os peritos forenses terminaram o trabalho. A picape de Cashman estava estacionada numa rua lateral, na esquina da loja de bebidas. Ele estava dando ré quando Mary veio ao seu encontro. Ela havia ficado em silêncio a noite toda e Cashman tinha achado estranho, pois a animada criminalista sempre gostara de conversar enquanto trabalhava na cena de um crime.

— Tem um minuto? — Clark perguntou. Ela parecia nervosa, e seus lábios estavam retesados numa expressão assustada.

— Claro — Cashman respondeu, com um sorriso. Ela não olhava nos olhos dele.

— Isso é muito estranho para mim, Bernie. Eu queria falar com você em particular antes de dizer qualquer coisa.

— Sobre o quê? — ele respondeu, realmente intrigado.

— Há uma semana, revisei um monte de casos velhos para ver se poderíamos devolver as provas para as vítimas ou para os parentes, ou destruí-las, sei lá.

Agora Cashman estava ainda mais confuso. Dar recomendações sobre o que fazer com as provas de casos encerrados era parte da rotina de um criminalista. Havia muito pouco espaço para armazenar coisas, e o crime nunca tirava férias.

Clark levantou o rosto e olhou diretamente nos olhos do colega.

— Um dos casos era *O Estado contra Raymond Hayes*. Você trabalhou nesse caso, não é?

— Sim.

— Foi aquele em que a impressão digital no martelo era a prova crucial.

Cashman sorriu com orgulho.

— Steve Hooper me disse que Hayes nunca teria sido condenado se eu não tivesse achado a digital.

Clark fez uma pausa, como um mergulhador antes de pular na água. Então ela pulou.

— Acho que não havia nenhuma digital naquele martelo, Bernie.

Uma sensação repugnante percorreu as entranhas de Bernie.

— O que está querendo dizer? — ele respondeu calmamente, não deixando transparecer sua preocupação.

— Eu sei o que você fez. O que eu não sei é por quê.

— Honestamente, não tenho ideia do que você está falando.

— Você disse ao júri que Raymond Hayes deixou uma impressão digital naquele martelo, mas sabe que ele não deixou. Verifiquei alguns de seus outros casos depois que descobri o que aconteceu em *Hayes*. Dois deles estão realmente me incomodando.

— Está afirmando que cometi erros em alguns dos meus casos?

— Vai muito além de cometer um erro.

Cashman estava aturdido.

— Está sugerindo...? — O criminalista parou. Estava estarrecido. — Somos colegas e... eu espero amigos há anos, Mary, então eu vou passar uma borracha em suas... Bem, são acusações. Não há outra maneira de interpretá-las. Vou considerar que são fruto do cansaço e esquecer que tivemos esta conversa.

— Eu o considero meu amigo, Bernie. É por isso que estamos conversando agora, só nós dois. Acha que é fácil para mim?

— Mary, não sei o que pensa que descobriu, mas agora não é hora de discutir isso. São quase duas da manhã. Estou molhado e exausto. Tenho certeza de que você também está.

— Precisamos falar sobre isso. Estou fazendo isso agora para dar a você uma chance de explicar o que aconteceu antes que eu fale com Carlos — ela disse, referindo-se a Carlos Guzman, chefe do laboratório de criminalística.

— Olhe, eu aprecio o fato de ter vindo me procurar, mas não vou ficar aqui na chuva me defendendo de... Bom, eu nem sei do que estou me defendendo, sei? Preciso ver os arquivos dos casos antes de explicar por que você está enganada. Então vamos descansar um pouco. De manhã você me mostra os casos que a preocupam. Sei que há uma explicação razoável, porque nunca fiz nada antiético. Se ainda não estiver convencida depois que conversarmos, informe a Carlos. E, acredite, não guardarei mágoa de você. Levo meu trabalho a sério, e qualquer crítica é bem-vinda.

Agora era a vez de Mary ficar confusa. Ela estava certa de que Bernie ficaria defensivo ou bravo perante suas acusações, mas ele estava compreensivo, calmo e razoável.

— O que me diz, Mary? Isso pode esperar até que tenhamos uma boa noite de sono?

Clark ainda hesitava. Bernie sorriu e levantou as mãos, com as palmas para cima, a fim de aparar os pingos de chuva.

— Por favor, querida. Estou ensopado.

Bernie tinha razão. Ela também não se sentia confortável debaixo da garoa persistente. Já teria saído de lá se a adrenalina produzida quando reunia coragem para confrontar Cashman não estivesse ainda correndo em suas veias. E não era justo forçar Bernie a se defender sem que ele visse o que a incomodava.

— O.k., Bernie. Vou esperar. Mas sua explicação vai ter de me satisfazer, senão falarei com Carlos.

— Se eu não conseguir lhe provar que não há problemas nos casos que analisou, você deve procurar Carlos. Acredite, se eu fiz besteira, vou assumir a culpa. Não vou deixar um inocente apodrecer na cadeia.

A adrenalina baixou alguns minutos depois que Mary Clark tomou o rumo de casa, deixando-a com um cansaço esmagador. Logo depois de pegar a via expressa, seus olhos fecharam por um segundo e logo depois se arregalaram, quando o carro saiu da pista. O medo a fez sentar-se ereta no banco e manter-se alerta durante o resto do trajeto.

Mary Clark fora casada com um dentista por dez anos, até que os horários dela e os namoricos dele com a assistente levaram ao divórcio. Ela morava numa casa de fazenda reformada, que havia conseguido na partilha. O cascalho fez barulho sob seus pneus quando ela parou na entrada da casa. Mary tinha deixado a luz da varanda acesa quando saíra para ir à loja de bebidas. Abriu a porta e o alarme soou, parando quando ela digitou o código de segurança.

A criminalista pendurou sua jaqueta no cabideiro e dirigiu-se à cozinha para fazer um lanche. Já eram quase três da manhã, mas ela estava morrendo de fome. Depois de engolir três biscoitos e um copo de leite, Mary acionou o alarme e subiu, com esforço, as escadas para o segundo andar. Queria cair na cama, mas estava cheirando a uísque, Bourbon e suor, e seus lençóis estariam fedendo pela manhã se não tomasse um banho rápido.

Enquanto escovava os dentes, Mary pensou nos protestos de inocência de Bernie. Era o trabalho de um criminalista avaliar as provas objetivamente, e era isso o que ela fizera assim que suspeitou da impressão digital no martelo do caso Hayes. Ela havia raciocinado sobre a hipótese de que Bernie: não fizera nada errado. Mas agora, em cada caso, ela acreditava ter provas claras e conclusivas de um erro proposital.

Se ela estivesse certa, Bernie a tinha enganado completamente. Ele tinha jogado com a confiança construída entre os dois ao longo dos anos, e ela estava cansada demais e dominada demais pela culpa para perceber. Ela era uma cientista e uma perita forense muito boa. Tinha certeza de que havia algo errado com os casos que revisara e não conseguia ver como os erros podiam ter sido produto de um engano. Por um momento, Mary ventilou a ideia de chamar Carlos Guzman para vir até sua casa, mas já era muito tarde e ela precisava dormir para estar bem alerta quando se encontrasse com Cashman, pela manhã. Além disso, por mais segura que estivesse, devia isso a Bernie: dar-lhe a chance de provar que ela estava errada.

E se estivesse errada? Esperava não ter destruído o relacionamento entre eles com acusações falsas de inaptidão e conduta criminal desonesta. Tinha certeza de que havia problemas com *Hayes* e com os outros casos, mas sua certeza havia fraquejado depois da conversa entre eles. Bernie parecia tão seguro de si... Ela queria acreditar que ele não tinha feito nada do que ela suspeitava. Ainda bem que ela não tinha ido correndo falar com Guzman e contado suas suspeitas. Talvez houvesse uma boa explicação para as digitais e as outras coisas que havia encontrado. Precisava haver. Bernard Cashman era um dos criminalistas mais respeitados do estado. Fora seu mentor quando ela começara no laboratório de criminalística, quatro anos antes. E, acima de tudo, era seu amigo, a pessoa que a consolou quando sua mãe morreu, o ombro onde ela chorou quando seu casamento estava acabando.

Mary terminou de remover a maquiagem e entrou debaixo do chuveiro. A água estava bem quente, e ela quase adormeceu no banheiro. Depois de se enxugar, vestiu o pijama de flanela e usou sua última gota de energia para andar até a cama e ir para baixo das cobertas. As dúvidas ainda a afligiam, mas ela estava exausta demais para alimentá-las por muito tempo; logo caiu no sono.

Capítulo 17

Bernard Cashman parecia calmo enquanto falava com Mary Clark, mas por dentro estava furioso. Quando deixou a cena do crime, agarrou o volante com tanta força que as articulações de sua mão ficaram brancas, e foi preciso usar todo o seu autocontrole para evitar que a raiva se transformasse numa velocidade desenfreada enquanto ele pegava a I-205 na direção do laboratório de criminalística. Cashman não podia acreditar no que Mary estava planejando fazer com ele. Nunca havia feito nada para magoá-la; sempre tinha sido gentil e compreensivo, dando-lhe força quando ela tinha dúvidas, estimulando-a quando estava certa. Era assim que ela retribuía? Como ousava bisbilhotar os casos dele? Como ousava interferir em seu trabalho? Ela tinha ideia do que estava em jogo?

Cashman estacionou nos fundos do laboratório, que ficava num prédio de dois andares feito de metal cinza e vidro fumê que tomava um quarteirão inteiro a algumas quadras de vários *shopping centers* suburbanos. Um gramado bem cuidado circundava o edifício, e havia um pequeno parque com mesas para piquenique em sua lateral.

As provas do roubo na loja de bebidas tinham sido embaladas em diversos sacos de papel, selados na cena do crime. Cashman colocou-os em seu esconderijo particular, um dos muitos dentro de uma área segura na saída do estacionamento. Pela manhã, ele levaria as provas para dentro do laboratório e as guardaria no cofre até que fosse trabalhar nelas. Agora tinha assuntos mais urgentes para tratar.

Cashman digitou um código no teclado e em seguida passou seu cartão de acesso para entrar no edifício deserto. Percorreu vários corredores estreitos até chegar ao armário de provas, passou seu cartão para abri-lo e entrou na área onde eram mantidos os arquivos de casos encerrados. O saco de provas que continha o martelo não estava no arquivo do caso *O Estado contra Hayes*. Cashman puxou os outros casos que poderiam ter levantado as suspeitas de Mary. Não havia nada faltando, mas a prova do que ele havia feito estava lá; era só saber onde procurar.

Cashman e Mary Clark tinham mesas interligadas dentro de um cubículo perto do escritório do diretor. Cada criminalista tinha um computador, arquivos de metal preto e caixas de saída e de entrada. As mesas não eram trancadas. Cashman revistou a mesa de Mary, mas não encontrou o martelo nem nenhuma outra prova dos casos nos quais ele tinha trabalhado. Onde estava o martelo? Ele estaria arruinado se ela o mostrasse para Carlos Guzman. Poderia até ser preso.

Cashman despencou sobre sua cadeira. No momento em que se sentou, seus olhos se fecharam e ele precisou fazer força para abri-los. Dormir era um luxo que ele não podia se dar. Olhou para o relógio. Passava das duas e meia. Mary normalmente chegava ao trabalho por volta das oito. O que fazer? O que fazer? Ele não podia deixar que ela contasse a Carlos sobre o martelo. Respire fundo e acalme-se, disse a si mesmo. Faça o que sabe fazer melhor: pense! Ele precisava abordar o problema calmamente. Se agisse com precipitação, seria mais fácil cometer um engano, como o que acabara de saber que fizera no caso *Hayes*.

Quando Raymond Hayes assassinou sua mãe, Cashman era novo no laboratório de criminalística, e o respeito dos detetives e de seus companheiros criminalistas era mais importante para ele do que é hoje. Foi por causa de à sua necessidade de ser respeitado que Bernie descobriu que possuía poderes para lutar contra a injustiça e consertar erros que se comparam aos poderes do Super-Homen, do Marvel e de outros super-heróis das histórias em quadrinhos que ele lia quando garoto. O jovem Bernie invejava esses super-heróis. Eles não eram presa fácil para os valentões, eram adorados por todos e moldavam seu próprio destino — eram especiais. Até sua epifania, Bernard Cashman nunca fizera nada especial.

Quando criança, Cashman era um fracote extremamente tímido, alvo fácil dos provocadores da escola. Seu pai, um homem bruto, fanático pelo trabalho, que tinha subido na vida sozinho, ignorava o filho doentio, a quem considerava uma desilusão. A mãe superprotetora mimava Bernard e se recusava a deixá-lo brincar com outras crianças ou se exercitar de alguma outra forma, por medo que o esforço físico lhe fizesse mal. Ela sempre se gabava da inteligência dele, o que o deixava constrangido, principalmente depois que ele percebeu que não havia nada tão impressionante assim em seus poderes mentais. Claro, era esperto o bastante para fazer a lição de casa, mas logo descobriu que lhe faltava a imaginação, que transformava a inteligência em genialidade. Era sempre outro aluno o primeiro da classe. Mais tarde, era sempre outra pessoa que conseguia o melhor emprego. Cashman já havia aceitado sua mediocridade quando, um dia, testemunhou perante o júri no caso *Hayes*.

Com uma percepção tardia, Cashman notou que podia ter cometido um erro em *Hayes* porque agira depressa demais, mas não teve escolha. Tinha trabalhado na cena do crime com Michael Kitay, um criminalista mais experiente. Kitay, que deveria verificar possíveis impressões digitais no martelo, sofreu um ataque cardíaco no trabalho e morreu no hospital um dia antes do julgamento do caso *Hayes*. Cashman recebeu ordens de testemunhar no lugar de Kitay. Na confusão, presumiu que Kitay tinha verificado as impressões do martelo, e não soube que isso não havia sido feito até a manhã do julgamento, quando leu os relatórios que Kitay preparara antes de adoecer. Quando procurou a evidência física no laboratório de criminalística, informaram a Cashman que o promotor público as tinha pegado naquela manhã.

Cashman pretendia explicar o problema ao promotor que estava cuidando do grande júri, mas o promotor já estava na sala do tribunal quando Cashman chegou à corte. Então, Steve Hooper mencionou casualmente que a acusação estava contando com o criminalista para fornecer provas forenses que ligariam Raymond Hayes ao homicídio. O detetive confidenciou que o promotor estava preocupado, pensando que não conseguiria um indiciamento se as provas forenses não relacionassem Hayes ao crime. Cashman não tinha prestado muita atenção ao caso Hayes, porque Kitay pegara o caso para si. Ele não tinha ideia de que a descoberta de uma digital pertencente a Hayes no martelo era crucial para o caso da acusação até que Hooper explicou que Hayes havia jurado que nunca vira o martelo coberto de sangue antes de ele ser encontrado ao lado do corpo de sua mãe, e que ele nunca o tocara.

Cashman lembrou que se sentira mal do estômago enquanto fazia o juramento. Em poucos minutos, o promotor-assistente perguntou a Cashman o que tinha revelado a análise do martelo sujo de sangue. Se ele afirmasse que ninguém havia examinado o martelo em busca de digitais, deixaria na mão o promotor e todos os policiais e detetives que haviam trabalhado tão arduamente no caso. Ou, ainda pior, seria responsável por deixar um assassino cruel ser colocado em liberdade. Cashman entrou em pânico. Ele imaginava que poderia até ser despedido se deixasse o promotor sem argumentos. Então, alegou que a análise do cabo do martelo havia revelado as digitais de Raymond Hayes. Ele convenceu a si mesmo de que seu testemunho não era perjúrio. Quando terminou o depoimento, Cashman planejava levar o martelo para o laboratório e procurar as digitais. Tinha certeza de que estariam lá. Todos sabiam que Raymond Hayes havia assassinado a mãe.

Cashman foi dispensado depois de depor, e o promotor o acompanhou até a sala de espera, onde a próxima testemunha estava aguardando. Quando a porta do grande júri se fechou e os jurados não podiam mais ouvir, o promotor apertou a mão de Cashman e disse que o testemunho dele havia salvado o caso da acusação. Cashman perguntou se poderia levar a prova física de volta ao laboratório. Para seu horror, o promotor informou que manteria todas as provas físicas em seu gabinete até o julgamento terminar. Cashman retornou ao laboratório completamente atordoado e mal conseguiu dormir até chegar a notícia de que Hayes havia alegado culpa devido ao testemunho da impressão digital.

Todos começaram a tratar Cashman como um herói quando Hayes confessou-se culpado. Tinha sido um dos melhores momentos de sua vida. Ele ficara aterrorizado quando mentira sob juramento, mas, depois que Hayes confessara o crime, Cashman soube que tinha feito a coisa certa. Fora feita justiça, e a mãe de Hayes havia sido vingada. O martelo ficara guardado como prova até depois da execução, e Cashman nunca mais o vira. Nunca lhe ocorreu que uma análise do martelo poderia não revelar impressão digital alguma, ou revelar as impressões digitais de outro homem. Ao alegar culpa, Hayes admitira ter tocado nele, então deveria haver alguma impressão no cabo.

Depois do caso *Hayes*, Cashman, como seus ídolos super-heróis, usara seus poderes de modo comedido e sábio, escolhendo somente os casos mais hediondos, com os vilões mais malvados. Quando a polícia tinha certeza de saber quem era o culpado, mas não tinha provas definitivas para condená-lo, Cashman trazia a salvação. Nos últimos anos, havia fabricado provas em poucos casos e se sentira satisfeito todas as vezes. Quando tinha dúvidas sobre sua missão, abria o arquivo do caso, olhava o corpo machucado e profanado da vítima e suas dúvidas desapareciam. E agora Mary, que não tinha ideia do bem que ele havia feito, queria destruí-lo. E, o pior de tudo, ao expor Cashman, Clark estaria abrindo caminho para recursos legais que abririam as portas da prisão para assassinos, estupradores e toda a escória que se encontrava atrás das grades. Precisava ser detida, mas como? No instante em que ele se perguntou o que faria para deter Mary, deu-se conta de que não teria problemas se Mary Clark não existisse.

De repente, Cashman despertou totalmente; seu coração pulava dentro do peito. Gostava de Mary, tinha muito carinho por ela, mas ela era a única que sabia; era a única pessoa que poderia estragar tudo. Cashman engoliu em seco. O que ele estava pensando? Para tirar Mary de cena, ele teria que... não. Balançou a cabeça, em negativa. Uma coisa dessas era impensável.

Cashman deu um giro com a cadeira e recostou-se. Mas e se — digamos — ele bolasse uma maneira de... remover Mary e evitar a prisão? As chances de ser bem-sucedido estavam a seu favor. Ele estaria começando com uma vantagem enorme sobre o criminoso comum, porque poderia ele mesmo investigar a morte de Mary, dando a si mesmo, desse modo, a oportunidade de apontar as suspeitas para outro lado.

A imagem de um homem desgrenhado com roupas na cor laranja veio à mente de Cashman. Endireitou-se na cadeira. Jacob Cohen, o louco que morava no terreno baldio na Queen Anne com a Hobart! O que Doug Weaver tinha dito? Cohen causava uma impressão horrível no tribunal; não era crível. Weaver achava que seu cliente não era perigoso, mas o que ele podia dizer? Hannah Graves e Steve Hooper obviamente achavam que ele era um perigo para as mulheres. Não seria errado se alguém como Cohen fosse para a prisão. Tirá-lo das ruas seria uma boa coisa. Era um criminoso sexual condenado e obviamente louco. Se pudesse impedir todas aquelas pessoas terríveis de voltar para a sociedade e, ao mesmo tempo, prender um estuprador perigoso, isso seria errado?

Por volta das três e meia da manhã, Cashman já havia bolado um plano e analisado suas falhas. Foi até o armário de provas e encontrou oito pelos pubianos que haviam sido recolhidos de Cohen durante o caso de tentativa de estupro. Usando pinças, transferiu dois deles para um pequeno frasco. Em seguida, substituiu os dois pelos que acabara de pegar por outros, de outro caso. Quando coletou o resto dos itens de que precisava, deixou o edifício.

Cashman percebeu rapidamente que uma coisa era fantasiar sobre um assassinato, e outra era matar alguém de verdade. Assim que tomou o rumo da casa de Mary, seu corpo o traiu. Gotas de suor começaram a brotar de sua testa, e seu estômago se contorcia. A certa altura, se sentiu tão mal que precisou parar o carro no acostamento. Deixou a porta aberta, respirou ar fresco e lutou para afastar todos os pensamentos sobre Mary, mas não conseguiu e quase deu meia-volta. Foi somente ao imaginar os homens malévolos, hoje encarcerados, que seriam libertados, que ganhou forças para continuar. Gostava de Mary, mas ela era somente uma pessoa. Dúzias de inocentes estariam em perigo se ele não a detivesse.

Às quatro e quinze, Cashman estacionou na frente da casa de Mary. Estava vestindo as roupas que usava nas cenas dos crimes. Sua mão tremia ao levar um grande saco preto e um encerado dobrado até a porta da frente; colocou-os na varanda e apertou a campainha. Não houve resposta depois do primeiro toque. Uma sensação de alívio o invadiu quando não ouviu nenhum som dentro da casa depois do segundo toque. Talvez Mary não estivesse em casa. Uma parte de Bernard Cashman esperava que o destino tivesse poupado Mary das terríveis coisas que ele planejava fazer. Foi então que uma luz se acendeu no quarto de Mary, e o estômago dele deu um nó. Instantes depois, Cashman ouviu passos na escada. Mary olhou através da vidraça da porta da frente. Cashman encheu-se de coragem e forçou um sorriso. Mary parecia confusa, mas desarmou o alarme e abriu a porta. Ficou ainda mais confusa quando percebeu que Cashman estava usando as botinhas protetoras e as luvas de látex.

Ela começou a dizer "Bernie" quando Cashman tomou coragem e a golpeou com toda a força no plexo solar. Mary cambaleou em zigue-zague para dentro da casa e caiu no saguão de entrada. Ele se sentiu horrível ao colocar algemas de plástico nas mãos e nos tornozelos de Mary e selar sua boca com fita adesiva, mas esse único ato de violência o libertou. Ele havia cometido agressão, um delito passível de prisão. Agora não havia mais como voltar atrás.

Cashman tirou uma seringa do bolso de sua jaqueta enquanto Mary procurava respirar pelo nariz. Quando viu a seringa, os olhos de Clark se arregalaram de medo, e ela reagiu. Cashman a atordoou com outro golpe, em seguida subiu a manga de seu pijama e injetou o líquido. Quando ela começou a relaxar, Cashman deu-lhe um tapinha no ombro.

— É heroína de um de seus casos — ele lhe disse, com voz calma e reconfortante. — Vai ver como é agradável.

Era vital para o plano de Cashman que a equipe de peritos forenses não encontrasse nenhum indício de luta na casa de Mary. Quando percebeu que ela estava dócil o suficiente para não precisar contê-la com os braços, o criminalista saiu e trouxe o saco preto e o encerado, que abriu e estendeu sobre o piso. Não foi difícil para Cashman levantar Mary e colocá-la sobre o encerado. Desde que saíra da faculdade e se separara da mãe, Cashman tinha modelado seu corpo com exercícios físicos, e hoje se encontrava em plena forma. Antes de subir até o quarto, ele pressionou os dedos de Mary contra a seringa e o envelope de papel celofane no qual a heroína tinha sido guardada. Havia um cesto de lixo no banheiro de Clark, onde ele jogou a seringa e o envelope.

Alguns minutos depois, Cashman voltou para a entrada. Levava uma muda de roupas velhas, meias e um par de tênis que havia encontrado no quarto de Mary. Tirou o pijama dela. Ela gemia e rolava languidamente. A heroína havia aliviado a dor e a tornara apática. A nudez de Mary deixou Cashman constrangido. Ele se sentia horrível por ter batido nela, mas ainda pior por vê-la nua. Afinal, eram amigos. Mas ele voltou a se convencer de que não podia permitir que ela destruísse seu trabalho. Cashman desviou os olhos o máximo possível quando precisou colocar a calcinha em Clark. Precisou abraçá-la e colocá-la ereta enquanto vestia o sutiã e a camiseta. O cheiro do sabonete que ela usara no banho ainda permanecia em sua pele, e os seios dela exerceram pressão contra ele por um momento. Havia bastante roupa entre eles, mas ainda assim ele se sentiu extremamente desconfortável.

Quando Mary estava vestida, Cashman enrolou-a no encerado, jogou-a nos ombros, levou-a até a picape e a ajeitou na traseira do modo mais suave que conseguiu. Parte dele esperava que a heroína entorpecesse os sentidos dela e impedisse que se apavorasse. Cashman olhou o relógio. Ainda estava escuro. Voltou para dentro da casa e começou a procurar o martelo e qualquer outra prova que pudesse incriminá-lo. Sua ansiedade aumentava a cada minuto que passava sem encontrar nada. Começou a pensar que talvez ela tivesse pedido para alguém guardar as provas, ou talvez elas ainda estivessem no laboratório e ele não as encontrara. Depois de meia hora de busca inútil, Cashman decidiu parar. Precisava da escuridão para encobrir a chegada de Mary na casa dele.

Cashmam morava num chalé de madeira com telhas vermelhas de dois andares, que tinha um porão ainda inacabado e ficava num terreno de mil metros quadrados na zona sudoeste de Portland. A garagem ficava nos fundos da casa, ao final de um longo caminho para a entrada de carros. Gretchen Studer, sua vizinha do lado da garagem, era uma viúva abelhuda de setenta e quatro anos que dormia em horários bem peculiares. Ele já a surpreendera bisbilhotando sua casa através das cortinas do seu quarto, no segundo andar. Cashman pretendia estacionar de modo que a traseira de seu furgão ficasse no nível da porta do porão. Se a Sra. Studer estivesse espionando de seu quarto, pareceria que Cashman estava trazendo um tapete para casa.

Por sorte, a casa de Studer estava às escuras quando Cashman estacionou o furgão. Quando Cashman trancou Mary Clark no porão, já eram quase cinco e meia. Ele teve uma vontade imensa de dormir um pouco, mas precisava chegar ao trabalho no horário a fim de manter as aparências, então preferiu tomar um banho frio e várias xícaras de café. Cashman ficou tentado a interrogar Mary antes de sair para o trabalho, mas não queria apressar as coisas. Queria que ela ficasse assustada o bastante para contar-lhe o que ele precisava saber, sem ter de causar mais dor do que era necessário. Ficar deitada no escuro daria a ela tempo para pensar.

Capítulo 18

Carlos Guzman era um homem troncudo de pele morena, com cabelos pretos e grossos e olhos cor de chocolate. Tinha mestrado em ciência forense, cursara justiça criminal e havia sido promovido a chefe do laboratório de criminalística depois de quinze anos no emprego. Parou Cashman assim que Bernie chegou ao laboratório.

— Viu Mary? — Guzman perguntou. Sua voz era áspera, e soou como Edward G. Robinson em um daqueles filmes de gângster dos anos quarenta. Para manter-se a caráter, Guzman deveria dar baforadas num charuto barato, mas não era permitido fumar em prédios do governo.

— Deve estar num sono pesado — Bernie disse. — Trabalhamos no roubo de uma loja de bebidas ontem à noite e só terminamos de madrugada.

— Muito bem. Peça para ela vir até meu escritório assim que chegar.

Assim que Guzman saiu, Cashman tentou lembrar se Mary tinha mencionado quantos casos dele a estavam preocupando. Havia se referido ao caso *Hayes* pelo nome, mas ele achava que ela não dissera quantos casos tinha analisado. Ou talvez tivesse. Seriam o *Hayes* e outros dois? O que realmente o incomodava era o fato de não conseguir encontrar o martelo do caso *Hayes* no laboratório de criminalística nem na casa de Mary.

Cashman verificou seu relógio. Ele pretendia pegar o carro e passar diante do terreno de Jacob Cohen durante o horário de almoço para avaliar as possibilidades. Em seguida, voltaria para casa e daria a Mary mais um pouco da heroína que havia pegado de dois outros casos e voltaria ao laboratório. Era importante que os resultados toxicológicos estabelecessem a presença do opioide no sistema de Mary para que seu plano desse certo.

Depois de voltar do almoço, Cashman permaneceria lá até as cinco da tarde, seu horário normal de sair. Depois do trabalho, verificaria novamente o terreno baldio e se dirigiria em seguida até o ponto de ônibus mais próximo da casa de Mary. Deixaria seu carro em um lugar discreto perto do ponto de ônibus e correria até a casa de Mary para pegar o carro dela. Ela morava a pouco mais de três quilômetros da linha de ônibus, e Cashman corria de nove a dezesseis quilômetros para se exercitar, então cobrir a distância não seria problema. Além disso, no Oregon ninguém olharia duas vezes para alguém correndo para se exercitar. Usaria o carro de Mary para transportá-la até o terreno de Jacob. Em seguida, pegaria o ônibus até seu carro e levaria a picape para casa. No final, o cadáver no terreno baldio seria identificado como de Mary Clark, e o carro dela seria encontrado nas redondezas. Quando o laboratório encontrasse heroína no sistema de Mary e visse que faltava heroína nos casos em que ela trabalhou, seria lógico concluir que ninguém sabia, mas ela era viciada e tinha ido ao bulevar Queen Anne para comprar droga.

Depois do trabalho, Cashman aproximou-se do terreno de Jacob por uma rua lateral e estacionou na Hobart, sob um grande carvalho. O carro abandonado de Jacob ficava nos fundos do terreno, quase tocando o muro de um edifício de quatro andares. Um bar ocupava o nível da rua, e apartamentos de baixo padrão tomavam os outros andares. O edifício que anteriormente ocupava o terreno tinha sido destruído por um incêndio, as ruínas foram demolidas, mas ninguém queria construir nada numa área com alta incidência de crimes, e o grande terreno estava cheio de lixo e entulho.

Chovia muito. Somente uma intrépida prostituta, desesperada para arranjar dinheiro para comprar droga, desfilava na Queen Anne. Mesmo se não chovesse, ainda era cedo para haver muito movimento. Alguns pedestres, encolhidos sob seus guarda-chuvas, passavam correndo pela rua principal. Depois, um grupo de adolescentes, alheio à chuva, passou a pé, gritando insultos para a ensopada prostituta. Ninguém passou pela rua lateral onde Cashman havia estacionado.

O criminalista pensou ver algum movimento no carro abandonado, mas só teve certeza quando Jacob saiu, vestindo *jeans* surrado e um agasalho com capuz, carregando um saco de lixo preto. Ele correu para atravessar o terreno, encolhendo os ombros por causa da chuva forte, até chegar a uma lixeira que ficava perto de uma porta lateral do bar. Cashman viu Jacob abrir a lixeira e fuçar dentro dela, e concluiu que deveria estar procurando algo para jantar. Ficou observando durante alguns minutos, depois foi para casa.

Ainda chovia quando Cashman embicou o carro na entrada de automóveis, um pouco depois das sete. Jantou rapidamente e mudou de roupa, colocando uma camiseta de manga curta e *jeans*. Em seguida, colocou luvas de látex e um boné de beisebol para evitar que qualquer evidência fosse transferida para o corpo de Mary. Se descobrisse qualquer prova que o ligasse ao assassinato de Mary enquanto estivesse trabalhando na cena do crime, ele a jogaria fora, mas sempre era prudente tomar precauções.

Antes de abrir a porta do porão, Cashman pegou um pé-de-cabra. O medo e a culpa mais uma vez o tomaram, mas ele respirou fundo, acendeu a luz e desceu as escadas. Mary estava algemada, amordaçada e deitada no encerado. Ele a deixara no escuro, sem água nem comida o dia inteiro, para que ficasse mais amedrontada. No fundo não desejava assustá-la, mas era essencial que ela lhe contasse onde escondera o martelo, e ele esperava que ela dissesse mais facilmente se estivesse aterrorizada.

— Olá, Mary — Cashman disse, agachando-se para poder soltar a fita que a amordaçava.

— Por favor, Bernie — ela começou a implorar. Cashman endureceu e deu-lhe um tapa.

— Você se colocou nessa posição ao ficar bisbilhotando, e eu não quero ouvir nenhum lamento. Entendeu?

Mary fez um sinal com a cabeça. Mordeu os lábios e tentou, sem sucesso, conter as lágrimas que lhe molharam o rosto. A visão das lágrimas irritou Cashman, mas ele se lembrou do que estava em jogo e reuniu forças para prosseguir.

— Não há motivo para choro — Cashman disse. — Se fizer o que eu digo, não vai sofrer. Compreendeu?

Mary fez que sim com a cabeça.

— No que você estava pensando? — Cashman perguntou, fazendo um movimento brusco com a cabeça. — Ainda bem que consegui detê-la antes que falasse com Carlos. Não percebe que sua interferência poderia resultar na liberdade de pessoas condenadas? Você quer que aqueles monstros que eu mandei para a prisão sejam libertados?

— Eu não estava...

Cashman bateu-lhe com o pé-de-cabra, quebrando sua clavícula. Mary gritou e ficou branca de dor. A camiseta que usava ficou manchada de sangue na altura do ombro. Cashman sentiu-se horrível, mas, quanto mais cedo Mary contasse, mais cedo ele terminaria com seu sofrimento. Ela precisava saber que Cashman estava determinado.

— Me desculpe por precisar fazer isso, mas você precisa me ouvir. Nada de desculpas e mentiras.

Mary jogava a cabeça de um lado para outro, contorcendo se de dor. Cashman esperou pacientemente que ela se recuperasse.

— Onde escondeu o martelo do caso *Hayes*, Mary?

Clark começou a chorar novamente. Balançou a cabeça.

— Por favor, não me faça feri-la novamente. Sinto-me horrível fazendo isso. Se me ajudar a encontrar o martelo e me disser os nomes dos outros casos que investigou, deixarei você viva.

— Eu sei que vai me matar — ela disse, soluçando.

Cashman começou a se irritar. Havia acabado de dizer a Mary que não choramingasse, e ela não estava respondendo a suas perguntas. Isso era desobediência direta. Ele fechou os olhos com força e cerrou os dentes antes de bater duas vezes no rosto de Mary, quebrando seu nariz e esmagando sua face. O sangue jorrou sobre a camiseta dele quando o pé-de-cabra a atingiu.

Mary desmaiou, e Bernie sentiu as lágrimas que caíam sobre seu rosto. Ele se sentiu nauseado. Ela achava que ele gostava disso? Por que tinha de ser tão teimosa? Ele, sinceramente, esperava que não demorasse muito para convencê-la de que seria mais fácil dizer a verdade do que sofrer.

— Está pronta para responder minhas perguntas agora? — Cashman perguntou, mas Mary não respondeu. Não recobrava os sentidos. Cashman deu-lhe um tapa no rosto, sujando sua luva de sangue. Ela não reagiu. Ele tinha certeza de que ela ainda respirava, mas não conseguia acordar. Cashman começou a suar. E se ele tivesse batido muito forte e ela permanecesse inconsciente? Como a interrogaria, como encontraria o martelo? Cashman ajoelhou-se e sacudiu o ombro de Mary.

— Mary, não faça isso comigo. Acorde.

Ela não se mexeu. Cashman entrou em pânico. Bateu novamente no rosto dela e a sacudiu. Ela gemeu, mas não acordou. Cashman levantou-se e respirou fundo várias vezes. Não podia acreditar que isso estava acontecendo com ele. O perito médico conseguiria dizer se alguém tinha mudado Mary de lugar depois de morta. Mary precisava estar viva quando ele a levasse para o terreno, para que a polícia acreditasse que havia ido à Queen Anne comprar heroína e que fora assassinada por Jacob Cohen durante uma tentativa de estupro.

Cashman verificou o relógio. Tinha planejado levar Mary lá pelas duas ou três horas da manhã. Presumia que até esse horário haveria muita atividade no local. Mas, com esse aguaceiro, poderia ser diferente. O que ele faria? Poderia aguardar e torcer para que Mary recobrasse a consciência e fosse interrogada, mas seu plano falharia se ela morresse enquanto ele esperava.

Cashman tomou uma decisão. Pegaria o carro e iria até o terreno. Se ela acordasse durante o trajeto, ele perguntaria sobre o martelo. Se ela ainda estivesse inconsciente quando chegassem ao terreno, ele a mataria e confiaria na sorte. Se o martelo permanecesse perdido, tudo ficaria bem. Se alguém o encontrasse, teria de chegar às mesmas conclusões que Mary para perceber que as digitais de Raymond Hayes nunca estiveram no martelo.

Bernie deixou Mary no porão e foi para o andar de cima, onde vestiu um agasalho cinza com capuz parecido com o que Jacob estava usando. Se ele estivesse usando o agasalho e *jeans*, as pessoas que o avistassem a distância debaixo dessa chuvarada poderiam confundi-lo com Cohen. Quando voltasse para casa, queimaria tudo o que tivesse usado para ir ao terreno.

Antes de descer as escadas, Cashman abriu a gaveta de sua mesa de cabeceira e tirou uma 38 Special que havia roubado da cena de um crime havia dois anos. A arma pertencera a um cafetão que tinha sido esfaqueado vinte e sete vezes por uma mulher que trabalhava para ele e de quem tinha abusado mais de uma vez. Cashman guardou a arma para proteção. Nunca a usara, mas o terreno ficava numa parte perigosa da cidade e ele se sentiria mais seguro sabendo que poderia defender-se.

Quando voltou ao porão, usou uma seringa para tirar um pouco do sangue de Mary, que colocou num pequeno frasco. Em seguida, enrolou Mary no encerado e colocou-a na parte traseira do carro dela. Durante o percurso até o terreno, ficou atento a qualquer som que indicasse que ela estava consciente, mas ela ainda não havia despertado quando o carro parou sob o carvalho, ao lado do terreno, às dez da noite.

A sorte estava com ele. A chuva tinha piorado e não havia viva alma na rua. Cashman carregou Mary e seu saco preto para o meio do terreno e jogou sua carga no chão. Desenrolou o encerado e empurrou Mary pelo chão cheio de entulho. Em seguida, pegou o pé-de-cabra e uma faca de trinchar muito afiada de dentro do saco. Era essencial que Mary não fosse identificada pelo máximo de tempo possível. Cashman estava de plantão nessa noite, e seria chamado até o terreno para analisar a cena do crime. Nunca permitiriam que viesse se a vítima fosse alguém que ele conhecia. O DNA comprovaria, finalmente, que o corpo pertencia a Mary Clark, mas o teste era demorado. Até lá, ele já teria concluído seu trabalho.

Cashman desviou o olhar e começou a esmagar o rosto de Mary com o pé-de-cabra até que ficasse irreconhecível. Em seguida, usou a ponta da faca para remover os olhos. Achou que vomitaria quando ele os puxou das órbitas e os colocou dentro de um saco de lixo preto parecido com o que ele vira Cohen carregando quando estava procurando comida na lixeira do bar. A profanação do corpo de Mary o deixou nauseado, e ele parou para tomar fôlego antes de voltar ao trabalho. Quando os dentes de Mary estavam destruídos para evitar a identificação da arcada dental, ele usou a faca para decepar suas mãos e impedir a identificação das digitais.

Em seguida, Cashman rasgou a camiseta e o sutiã de Mary e esfaqueou-a repetidas vezes. Mary já estava morta, mas havia sangue suficiente em suas roupas e no chão para o perito médico concluir que havia sido morta no terreno.

De vez em quando, Cashman dava uma olhadela rápida para o carro de Jacob e para as ruas próximas, mas a sorte estava com ele. A chuva estava mantendo Cohen e todo mundo dentro de casa.

Cashman estava suando e quase sem fôlego quando abaixou as calças e as calcinhas de Mary até os joelhos para parecer que ela havia sido vítima de uma tentativa de estupro. Antes de machucá-la ainda mais, Cashman colocou os dois pelos pubianos que tinha pegado do armário de provas sobre as pernas de Mary, perto de seus genitais, e esfregou um pouco do sangue dela neles para que parassem no lugar. Em seguida, esfaqueou Mary no abdômen e na área do púbis e cortou seus genitais. Tentou não olhar quando a faca deslizou sobre a carne. Estava nauseado e tonto, mas o desespero o fazia continuar.

Quando considerou que o assassinato parecia o trabalho de um louco, Cashman puxou um lado da calcinha de Mary até que protegesse os pelos pubianos que ele havia colado ao corpo com o sangue de Mary. Em seguida, largou o pé-de-cabra e a faca sobre o chão perto do corpo, esperando que Cohen os tocasse. Depois de recolher as mãos decepadas, ele as colocou no saco de lixo que continha os olhos e enfiou esse saco dentro de sua sacola de provas. Colocaria as partes do corpo numa lixeira próxima o suficiente da área para implicar Jacob, mas não tão próxima que uma conexão imediata com o assassinato fosse estabelecida.

A chuva castigava Cashman, e ele estava molhado até os ossos. Levantou-se e deu uma última olhada na direção do carro abandonado que Cohen considerava sua casa. Ao olhar na escuridão, pensou ter visto algum movimento dentro do carro. Estaria Jacob vendo tudo? Cashman agarrou o encerado, o saco de lixo e sua sacola preta e saiu do terreno, mantendo os olhos no carro. Não relaxou até o terreno ficar fora de vista.

Havia diversas lixeiras ao longo do caminho do ônibus. Ele largou o encerado dentro de uma delas e o saco com os olhos e as mãos em outra, a várias quadras de distância. Logo depois de se livrar de sua bizarra coleção, veio um ônibus. O motorista estava cansado e deu-lhe somente um olhar rápido. Cashman manteve o capuz enfiado na cabeça e os olhos no chão ao rumar para os fundos do veículo. O ônibus estava vazio. Ele escolheu um assento virado para o corredor, então o máximo que o motorista podia ver era seu perfil.

Cashman tinha os olhos turvos quando deu partida em sua picape, uma hora depois. Precisava desesperadamente dormir, mas sabia que teria de esperar. Precisava chamar a polícia, mas não podia fazê-lo de seu telefone residencial nem do celular. Quando estava verificando o terreno e o entorno, havia visto uma loja de conveniência com um telefone público. Foi até a loja e esperou até que não houvesse ninguém perto do telefone. Quando tinha certeza de não estar sendo observado, fez um telefonema anônimo para emergência e relatou ter visto um homem com agasalho de capuz atacar uma mulher no terreno de Jacob.

O criminalista estimava que teria uma hora antes de ser chamado para a cena do crime. Quando chegou à frente de sua casa, estava gelado, exausto e infeliz. No instante em que fechou a porta, Cashman tirou a roupa, começou a fazer café na cafeteira que tinha no banheiro e tomou uma ducha escaldante. Depois da ducha, vestiu as roupas que usaria para visitar a cena do crime. Sabia que deveria comer, mas tinha medo de vomitar, então decidiu beliscar uma torrada e tomar mais café. Tinha acabado de comer duas fatias quando o telefone tocou.

Capítulo 19

Não havia vidro no para-brisa do carro abandonado que servia de lar para Jacob Cohen, então o banco da frente ficava encharcado quando chovia. Milagrosamente, ainda havia vidro nas janelas laterais, e como Jacob tinha pendurado uma folha de plástico opaco sobre a janela de trás, o assento traseiro era um dos poucos lugares secos do carro. Jacob se arrastara para o banco de trás quando escureceu, mas sabia que não deveria dormir até bem depois da meia-noite. Alguém poderia atacá-lo de surpresa. Já tinha acontecido mais de uma vez. Às vezes outros sem-teto furtavam coisas dele, embora, exceto pelos livros, ele possuísse poucas coisas que os sem-teto valorizassem. Em outras ocasiões, os garotos do bairro batiam nele para se divertir. Se estivesse alerta, teria mais chance de sair correndo e eles só danificariam o seu carro.

Mesmo quando Jacob queria dormir, o sono nunca vinha facilmente. Havia a constante tensão de viver do modo como vivia. Pior ainda eram as vozes das pessoas que havia matado. Elas sussurravam no ouvido dele durante o dia, mas eram muito mais altas quando fechava os olhos e tentava descansar. E depois havia Deus, que falava com Jacob em raras ocasiões, para lembrar-lhe de que arderia no fogo do inferno pelo que havia feito.

Não havia postes de luz no lado de Jacob que dava para a Hobart, e a chuva e as nuvens espessas bloqueavam a lua. A escuridão era quase impenetrável. Se Jacob não estivesse alerta, nunca teria avistado a massa cinza e disforme que se movia rapidamente pelo terreno. Jacob inclinou-se para a frente e ficou olhando fixamente. Na ausência de luz, a aparição dava a impressão de estar flutuando, mas não devia estar.

Quando chegou ao meio do terreno, a massa encolheu-se na direção do chão e lá ficou. Jacob imaginou que a coisa havia ajoelhado. Então, o que Jacob pensou ser um braço ergueu-se e caiu diversas vezes. Depois disso o fantasma ocupou-se de tarefas que Jacob não conseguiu discernir e depois saiu em disparada, atravessando a Hobart e indo para oeste na Queen Anne.

A inércia manteve Jacob no carro até que o tumulto em sua mente o levou para debaixo da chuva. Ele precisava saber o que havia acontecido, mesmo que fosse correr algum risco. Jacob moveu-se devagar e furtivamente. Não tinha nenhuma arma, pois nem podia imaginar ferir alguém. Todos acreditavam que havia agredido a prostituta, mas fora ela quem o atacara quando ele tentou alertar uma de suas potenciais vítimas de que ter relações sexuais com Jezebel mandaria sua alma diretamente para a perdição. Quaisquer ferimentos que ele infligira nela eram resultado de seus braços e pernas se agitando em defesa própria.

Jacob começou a distinguir uma forma entre os escombros que cobriam o terreno. A princípio pensou que fosse um tapete grande ou uma sacola cheia de lixo. Logo em seguida, começou a ver detalhes. Estava nervoso por deixar a segurança de seu carro. Agora, o medo o invadia. Aquilo era cabelo? Aquilo era um braço? Jacob começou a murmurar preces em hebraico bem baixinho enquanto se aproximava devagar. Quando chegou perto o bastante para ver com clareza, o horror o pregou ao chão e fez com que ficasse olhando em silêncio para o corpo profanado.

Onde deveria haver mãos, Jacob viu sangue que havia formado poças em volta de dois tocos pontudos. Onde deveria haver um rosto, Jacob viu uma massa gelatinosa em carne viva. As órbitas dos olhos estavam vazias. Deixou-se cair de joelhos, colocou o rosto nas mãos e chorou. Como alguém podia fazer isso e chamar a si mesmo de ser humano? Onde estava Deus enquanto essa abominação ocorria?

Às vezes Jacob conversava com Deus e às vezes Deus conversava com ele, mas havia ocasiões em que Jacob duvidava da existência de Deus e pensava que os médicos estavam certos quando lhe diziam que as vozes que ouvia não eram reais. Nessa noite, ajoelhado ao lado dessa alma infeliz, ele ficou profundamente perturbado. Nenhum Deus permitiria que algo assim acontecesse; nenhum Deus teria permitido que Jacob existisse depois do que ele havia feito. Jacob tentou libertar-se da ideia de Deus, mas a possibilidade de que não existisse nenhum Criador era assustadora demais para acreditar por muito tempo. Se Deus não existisse, Jacob nunca seria punido, e a única coisa de que tinha certeza era de que merecia sofrer um tormento eterno.

Os pensamentos de Jacob voltaram à terra e ele viu o pé-de-cabra e a faca ao lado do corpo. Estendeu a mão até seus dedos quase tocarem a faca e parou. A lâmina parecia irradiar calor; parecia haver vapor se desprendendo dela. Ele podia ver filões de sangue que permaneceram na superfície, apesar da chuva. Jacob agarrou a faca e apontou-a para o céu. Se existia um Deus justo, um raio atingiria a lâmina prateada e a percorreria, perfurando seu coração e pondo um fim ao seu sofrimento. Mas nada aconteceu.

A lâmina escorregou dos dedos de Jacob e seu queixo desabou sobre o peito. Ele começou a chorar desenfreadamente. Pedaços afiados de concreto atravessavam sua roupa e feriam seus joelhos, mas ele permanecia alheio à dor. Seria o corpo um sinal? Se fosse, o que significava? Ocorreu-lhe que ele poderia virar a faca para si. Estaria Deus pedindo que desse um fim à sua existência inútil? Levantou os olhos para o céu e gritou: "O que o Senhor quer de mim?".

Steve Hooper estava se sentindo com sorte. No dia anterior, um time de basquete de faculdade no qual ele havia apostado tinha virado o jogo e batido o adversário. Agora ele e seu parceiro, Jack Vincenzo, haviam parado para tomar um café e, a caminho do restaurante, Hooper ganhou vinte e cinco dólares numa raspadinha. Então o rádio chamou informando sobre uma denúncia anônima de agressão num terreno abandonado. Mas não era um terreno qualquer. Era um terreno que Hooper conhecia intimamente, um terreno que visitava de vez em quando na esperança de apanhar seu único morador fazendo algo ilegal para que pudesse arrancá-lo de lá e bater nele até cansar, por resistir à prisão.

Até agora, ele não tinha conseguido. Normalmente, Jacob Cohen estava fora procurando comida ou enfiado em seu carro nas raras vezes em que Hooper passara por lá, mas nessa noite — se realmente houve alguma atividade criminal na Hobart com a Queen Anne — ele teria uma desculpa para travar diálogo com seu pervertido predileto. E quem sabe aonde isso poderia levar?

Hooper e Vincenzo já estavam há algum tempo na chuva, à procura de uma testemunha de um homicídio, e não estavam muito longe do terreno. Hooper respondeu ao rádio dizendo que verificaria o chamado. Não pediu reforços porque não queria nenhuma testemunha se tivesse a oportunidade de acabar com Cohen. Não se preocupava que Vincenzo pudesse dar queixa. Assim como Hooper, o troncudo ex-policial militar tinha uma atitude relaxada com relação aos direitos dos acusados.

— É o terreno de Cohen, não é? — Vincenzo perguntou assim que Hooper desligou o rádio.

— Isso mesmo. Eu sabia que não demoraria muito para esse imbecil se encrencar novamente.

Hooper estacionou a um quarteirão de distância do terreno; ele e Vincenzo se aproximaram a pé. Se o chamado fosse procedente, ele não queria alertar Jacob sobre sua presença. Ainda chovia, mas a chuva agora estava reduzida a neblina e garoa. Hooper amaldiçoou o tempo, de qualquer maneira. Seu uniforme ficaria uma droga quando terminasse o turno, e ele teria de mandá-lo para a lavanderia.

Uma cerca de madeira atravessava os fundos do terreno. O detetive olhou em volta. Exceto pelos ratos, nada se movia. Hooper deu aos seus olhos algum tempo para se adaptarem ao escuro antes de voltar a examinar os escombros, procurando algo fora do comum. Da primeira vez, ele não viu. Na segunda vez que examinou, avistou alguém ajoelhado ao lado de um objeto branco e encrespado.

— O que é aquilo? — Hooper perguntou ao parceiro, apontando.

Vincenzo apertou os olhos e perscrutou a escuridão. A visão dele costumava ser vinte por vinte, mas ultimamente achava que estava precisando de óculos para ler.

— Cohen costuma usar esses agasalhos com capuz, não costuma? — Vincenzo perguntou.

— É.

— Seja quem for, está ajoelhado ao lado de... Cara, é difícil dizer, mas pode ser uma pessoa.

Hooper sacou sua arma e avançou lentamente, margeando o terreno, agachando-se para atravessar o chão desnivelado. Um rato, incomodado com a aproximação do policial, passou em carreira por uma lata de cerveja vazia, fazendo com que ela girasse.

Jacob, que estava em transe, não tinha ideia de quanto tempo permanecera ajoelhado ao lado do corpo. O ruído da lata batendo numa pedra foi alto o bastante para tirá-lo do torpor. O capuz de seu agasalho girou na direção de Hooper.

— Parado! — o detetive gritou ao se aproximar. Ele golpeou Cohen na cabeça e Jacob caiu. Vincenzo tirou as algemas. Agarrou Jacob na altura do estômago, puxou violentamente os braços dele para trás e segurou suas mãos.

— Filho da mãe — Vincenzo ouviu Hooper dizer, com a voz quase em sussurro. Vincenzo não vira mais nada além de Jacob enquanto o dominava. Virou-se na direção do cadáver.

— Puta merda! — Vincenzo soltou.

Os dois detetives ficaram por demais atordoados para sentir algo além de terror. Já haviam visto muita violência, mas isso ia além de tudo o que eles podiam imaginar. Então, uma ira cega tomou Vincenzo e ele começou a levantar o punho. Hooper deteve o braço do parceiro.

— Não, Jack. Esta noite vamos fazer tudo como se deve.

Vincenzo olhou para Hooper, que balançava a cabeça em afirmativa. Estava tão ultrajado quanto Vincenzo pela violência que havia sido infligida à pobre mulher que jazia aos pés deles, mas sua raiva estava sob controle.

— Nenhum advogado de defesa espertinho vai nos enganar, Jack. Vamos ficar lá na fileira da frente. Não vamos tocar nele, não vamos fazer perguntas a menos que ele permita, e não vamos revistar aquele buraco onde ele mora sem um mandado — Hooper olhou dentro dos olhos de Jacob. — Este maldito não vai sair dessa.

Vincenzo abaixou o braço. Sabia que seu parceiro estava certo. Se batesse em Cohen, estaria trocando uma possível suspensão por um momento de satisfação.

— Sr. Cohen — Hooper disse, com a voz embargada de ódio —, vou ler seus direitos *Miranda*. Por favor, informe se não entender o que vou dizer. Quero me certificar de que o senhor tenha plena consciência de seus direitos constitucionais.

Jacob não se mexeu e não falou. As vozes sussurravam novamente para ele, e ele não conseguia entender uma palavra do que Hooper estava dizendo.

Bernard Cashman estacionou em frente ao terreno, do outro lado da rua, e ficou sentado no escuro por alguns instantes. O suor lhe pingava da testa, o coração batia descompassado e a boca estava seca. Esse era o grande teste, e ele não tinha vontade de passar por ele. Seu cérebro parecia derretido, seus músculos doíam da fadiga, e o simples fato de precisar ficar acordado consumia toda a sua energia. Tentou se lembrar da última vez em que tinha dormido, mas esse cálculo já era demais para ele.

Cashman forçou-se a sair do carro e ir até a traseira pegar seu equipamento. Sentia-se como se estivesse andando em meio a uma espessa neblina. A adrenalina e a cafeína eram as únicas coisas que o mantinham de pé. Quando terminasse de analisar a cena do crime e tudo estivesse sob controle, ele desmaiaria, mas até lá ele precisava ficar alerta, e não estava tão seguro de que fosse conseguir.

O criminalista tinha acabado de trancar sua picape quando Ron Toomey parou seu carro. Toomey, um ruivo alto de cabelo escorrido, trabalhava no laboratório de criminalística havia três anos. Cashman já fora parceiro dele e o considerava competente e sem imaginação.

A chuva tinha cessado, mas ainda estava úmido e frio, e o vento era cortante. Cashman encolheu os ombros e abaixou a cabeça quando foi ao encontro de seu companheiro criminalista.

— O que está fazendo aqui? — perguntou, enquanto Toomey pegava suas coisas.

— Carlos me chamou.

— Onde está Mary? Ela não está trabalhando hoje?

— Ela não veio trabalhar e não atendeu o telefone.

— Será que está doente? — Cashman perguntou.

— Sei lá — Toomey olhou para o céu e balançou a cabeça, desolado. — Bem que Mary poderia ter escolhido outra noite para dar o cano.

Cashman seguiu Toomey enquanto ele caminhava com dificuldade pelo terreno. Um encerado havia sido estendido sobre o corpo para protegê-lo e preservar a cena do crime. Cashman esperava que a chuva não tivesse lavado as provas que implicariam Jacob Cohen.

— O que temos? — Toomey perguntou a Steve Hooper, que supervisionava vários policiais uniformizados.

— Olá, Ron, Bernie — Hooper respondeu, apontando para o corpo. — Parece um caso de estupro seguido de assassinato. — Fez um sinal com a cabeça na direção de um carro parado ao lado da guia na Hobart. — O criminoso está lá. Nós o algemamos e eu coloquei um homem cuidando dele. Se quiserem examiná-lo, podemos fazer isso na cadeia, depois que ele for fichado.

— Você o revistou? — Cashman perguntou.

— Só o apalpei, para ver se tinha alguma arma. Há um pé-de-cabra e uma faca no chão, ao lado da vítima. Não toquei em nada. O criminoso mora naquele carro abandonado. O mandado de busca chegará a qualquer momento. Podem revistar o carro assim que ele chegar.

— Você parece ter muita certeza de que ele é o nosso homem — Cashman disse, mantendo o tom de voz neutro.

— Não há dúvida. Nós o achamos ao lado do corpo e eu conheço o desgraçado. Ele odeia mulheres. Você vai ver quando der uma olhada no corpo. — Hooper balançou a cabeça, repugnado. — Esse cara é doente de verdade.

— Por que não tiram o encerado? — Toomey disse. Hooper fez um sinal para dois policiais. Cashman tirou sua câmara e começou a tirar fotos da cena assim que o encerado foi removido. Em seguida, fotografou o corpo.

Assim que Cashman terminou de fotografar, colocaram o pé-de-cabra e a faca num saco. Depois, Toomey e Cashman ajoelharam-se ao lado do cadáver.

— Isso é mau — Toomey murmurou. Estudou o rosto, e Cashman prendeu a respiração. Toomey franziu a cara, mas não disse nada. Cashman soltou o ar. Toomey não tinha reconhecido a vítima como sua colega de trabalho, tampouco Hooper e Vincenzo, que conheciam Mary. Provavelmente não a encararam durante muito tempo. Cashman tinha destruído tão bem os traços de Mary que até mesmo alguém que estivesse acostumado a trabalhar com vítimas de homicídio evitaria olhar para o rosto dela mais do que o necessário.

Enquanto Toomey e Cashman trabalhavam na cena do crime, equipes de duas emissoras de televisão estacionaram na Queen Anne. A polícia estava mantendo os curiosos na calçada, e um repórter de TV entrevistava alguns deles. Cashman olhou por sobre o ombro e viu Hooper andando na direção dos repórteres. Voltou sua atenção para Mary, examinando sua obra com olhos de profissional.

— Bingo — disse Toomey.

— O que encontrou? — Cashman perguntou.

Cashman reprimiu um sorriso quando viu Toomey usar pinças para remover os fios e colocá-los num envelope. No julgamento de Cohen, Toomey testemunharia que havia encontrado os fios de cabelo e que pertenciam ao réu.

O mandado de busca chegou enquanto os criminalistas ainda estavam trabalhando em volta do corpo. Cashman viu que

Jack Vincenzo o vinha trazendo depois de pegá-lo do policial uniformizado que tinha levado o mandado até a cena do crime. Ele se levantou.

— Temos o mandado para o carro — Vincenzo disse a eles.

— Eu verifico o carro — Cashman disse a Toomey, mantendo o tom casual. — Você termina aqui.

Vincenzo conduziu-o pelo do terreno até o Buick, que se equilibrava sobre os aros das rodas, mais inclinado no lado do motorista. Cashman tirou sua lanterna e iluminou o interior. No banco da frente havia um saco plástico de lixo fechado com um cordão vermelho feito de arame e papelão. Gotas de chuva cobriam o lado de fora do saco. Cashman fotografou o interior do carro. Em seguida, entregou a câmara a Vincenzo e subiu no banco da frente.

Cashman desamarrou o cordão. O saco estava cheio de roupas amarrotadas. Ele observou Vincenzo. O detetive estava de pé, ereto. Sua cabeça estava acima do teto do carro e ele não podia ver o que Cashman fazia dentro do carro. Cashman vasculhou o saco de lixo até encontrar duas camisetas. Meteu uma camiseta dentro da outra. Depois de dar outra olhada no detetive, o criminalista pegou o frasco com o sangue de Mary e salpicou-o na frente da camiseta de fora. Se não tivesse colocado uma dentro da outra, o sangue teria passado para o lado de trás da camiseta e um criminalista esperto perceberia que ninguém a usava quando o sangue fora espalhado na frente. Não era incomum entre os sem-teto o uso de diversas camadas de roupas, principalmente no frio, então encontrar sangue na frente da camiseta de dentro não deveria levantar suspeitas. Depois de esvaziar o frasco de sangue e colocá-lo de volta no bolso, Cashman amassou a camiseta do modo como alguém faria ao tirá-la do corpo, enrolou-a e jogou-a no saco de lixo.

— Jack — gritou, depois de recolocar as camisetas dentro do saco.

Vincenzo inclinou-se. Cashman apontou para as camisetas.

— Me passe a máquina fotográfica.

Enquanto Vincenzo observava, Cashman documentou a descoberta das camisetas. Quando terminou, devolveu a máquina para Vincenzo, tirou as camisetas do saco de lixo e colocou-as dentro de uma sacola de provas.

Havia mais dois sacos de lixo no banco de trás do Buick. Cashman arrastou-se para a parte de trás e revistou-os. Um continha comida. O outro continha livros. A maioria deles era sobre religião. Havia o Velho e o Novo Testamento, um Alcorão, livros sobre religiões orientais. Alguns eram de literatura. Havia os *Irmãos Karamazov*, de Dostoyevsky, *Sidarta*, de Herman Hesse, e obras de Sartre e Camus. Cashman não viu nada que pudesse utilizar para fechar o cerco contra Cohen.

Toomey terminou seu trabalho mais ou menos na mesma hora em que Cashman terminou o seu. Conversaram com Hooper e Vincenzo. Em seguida, Cashman entregou as camisetas para Toomey. Disse a este que tinha dormido muito pouco nos últimos dias e pediu que as registrasse. Assim que Toomey se afastou, Cashman subiu na cabine de sua picape e respirou aliviado.

Mary Clark estava morta. Jacob Cohen estava preso, acusado de matá-la, e o caso contra ele era incontestável. Cashman havia cometido o crime perfeito. Melhor ainda, os assassinos e estupradores que havia tirado das ruas permaneceriam atrás das grades. Cashman sorriu. Os moradores de Oregon estavam mais seguros porque ele tinha agido de modo decisivo para protegê-los. Ele iria para casa satisfeito e dormiria o sono dos justos.

Capítulo 20

Amanda estava livre até a audiência das onze horas, para a qual já havia se preparado, então não programou o despertador quando foi dormir. Mesmo assim, acordou logo depois das seis, seu horário habitual. Depois de uma infrutífera tentativa de voltar a dormir, fez vinte minutos de ginástica calistênica, tomou um café da manhã saudável, com cereais e frutas vermelhas, depois saiu para o escritório a pé, sob um céu coalhado de insípidas nuvens cinza.

O fim de semana se aproximava, e Amanda não tinha nada para fazer. Pensou em telefonar para uma amiga, mas a maioria delas era casada ou estava namorando. Uma coisa era dois casais saírem juntos; outra era ficar segurando vela.

Enquanto aguardava o semáforo mudar na Burnside, Amanda se lembrou de seu breve encontro com Mike Greene, na audiência preliminar de Art Prochaska. Será que Mike estava interessado em sair com ela novamente? Os poucos encontros que tivera com Mike tinham acontecido durante um período terrível da vida dela, quando se recuperava do trauma de ter escapado do Cirurgião, um assassino em série que a raptara para torturá-la até a morte. Seus nervos estavam em frangalhos, e Mike a tratara de modo muito gentil. Sabendo o que ela tinha passado, ele nunca a pressionara para fazer sexo. Amanda era muito grata pela consideração que Mike demonstrara, mas o tempo que passaram juntos foi como um tempo que ela passara com um amigo, não com um amante. Então Amanda terminou o relacionamento abruptamente, sem dar a Mike nenhuma explicação. Isso não tinha sido honesto com ele, mas Amanda estava tão estressada que não conseguia raciocinar claramente nem agir de modo apropriado. Não tinha sido seu melhor momento.

Amanda tinha saído com Toby logo depois de ter lidado com o impacto psicológico de outro incidente terrível, e estava ansiosa para voltar à sua vida normal. Lembrou-se da noite em que um grupo de assassinos invadira a casa de seu pai. Frank quase morrera, e ela havia sido forçada a matar um homem. Tinha sido Mike quem a confortara naquela noite. Ela se lembrou da compaixão no rosto dele e da ternura com que a abraçou quando ela soluçava de tanto chorar em seu ombro.

Depois da invasão domiciliar, ela havia mantido todo mundo bem perto dela. Então, um dia, decidiu parar de sentir pena de si mesma. Exercícios vigorosos eram parte importante da vida de Amanda desde que começara a nadar em competições, ainda menina, mas ela deixara tudo de lado para lidar com o trauma. No dia em que voltou ao Y para começar a malhar novamente, Toby estava treinando a equipe de professores. Eles já se conheciam, de uma sessão de exercícios de Amanda, e no dia em que ela voltou para a piscina se falaram brevemente no deque. Na semana seguinte, saíram pela primeira vez.

Mike havia telefonado para ver como ela estava se recuperando dos efeitos da invasão, mas Amanda não sugerira que eles voltassem a se encontrar. Ela acreditava que Mike estava relutante em se envolver novamente por causa do modo como ela havia terminado tudo. Tinha sido abrupto e cruel, e sua única desculpa era o sério estresse mental que ela atravessava na época. Quando Mike finalmente teve coragem de convidá-la para sair novamente, durante um encontro casual no tribunal, ela já estava saindo com Toby. Mike não demonstrava nada, mas Amanda sabia que o magoara.

Se Mike a convidasse para sair, Amanda sabia que deveria recusar, a menos que estivesse pronta para um relacionamento sério. Mas ele provavelmente não estava mais interessado. Mike não falava com ela desde a audiência preliminar. Os ombros dela baixaram um pouco. Droga, ninguém telefonava para ela. Ficava imaginando se alguém algum dia ligaria ou se ela acabaria como uma dessas mulheres que só pensam na carreira e trabalham dezoito horas por dia para evitar pensar em suas áridas vidas pessoais.

Subitamente, Amanda desatou a rir. Que boba ela era. Tinha somente trinta e três anos, seu relacionamento com Toby tinha acabado há pouco mais de um mês e já estava se resignando a uma vida monástica. Havia muitos homens por aí e muito tempo para conhecê-los. "Livre-se da autopiedade e cresça", disse para si mesma. Ela poderia ou não conhecer alguém. Era uma sobrevivente. Já tivera de matar para sobreviver, e ela mesma quase morrera duas vezes. Não precisava de um homem para sentir-se bem consigo mesma. No entanto, no fundo de sua mente havia o medo de envelhecer sozinha, de não encontrar o verdadeiro amor que tornava a vida diferente, que fazia voar. O "amor da sua vida", que seu pai encontrou quando se casou sua mãe.

Amanda empinou os ombros e enterrou os pensamentos negativos tão fundo que eles quase desapareceram. Não jogaria esse jogo. Um vento cortante vinha da direção do rio. Ela subiu a gola do casaco e avançou rapidamente. O dia seria frio e depressivo, mas ela não ficaria deprimida.

Quando Amanda estava a poucos quarteirões do escritório, comprou um café com leite na cafeteria Nordstrom para aquecer-se. Tomou um gole e planejou seu dia. Conduziria a audiência às onze, se exercitaria na piscina da academia ao meio-dia, depois desenvolveria as instruções para o júri, para um caso de roubo que iria a julgamento dentro de algumas semanas. Considerando tudo, o dia correria sem grandes novidades, mas um dia sem surpresas era bom de vez em quando.

Os pais de Jacob Cohen estavam esperando por Amanda na sala de espera da Jaffe, Katz, Lehane e Brindisi. Assim que ela abriu a porta de entrada, o rabino levantou-se e Amanda sabia que teria de esquecer seus planos.

Solomon e Valerie Cohen não pareciam os estereotípicos rabino e esposa de rabino. Somolon, que vestia terno Armani e gravata Hermès, poderia ser tomado por um banqueiro ou o sócio de um escritório de advocacia tradicional. Tinha pouco mais de um metro e oitenta, olhos azuis, queixo quadrado e cabelos pretos bem penteados, entremeados por aristocráticas mechas grisalhas. O rabino ainda se movimentava como o atleta que fora na escola, quando fizera parte do time de basquete.

Valerie Cohen, que tinha crescido num dos lares mais ricos de Portland, era alta, loira e bronzeada, e estaria perfeita na capa de uma revista feminina. Havia causado um pequeno escândalo ao terminar o noivado com um membro de seu círculo para desposar Solomon, que conhecera numa festa quando ele viera para casa num intervalo de seus estudos rabínicos.

— Amanda, precisamos conversar com você — o rabino disse. — Pode nos conceder um minuto?

Amanda pediu à recepcionista que segurasse seus telefonemas e conduziu o casal até sua sala. Assim que se sentaram, Valerie apertou as mãos sobre o colo e o rabino colocou uma mão sobre as dela.

— Peço desculpas por ter vindo sem marcar hora, mas... sabe que temos um filho?

Amanda fez que sim com a cabeça.

— O nome dele é Jacob, e ele foi preso.

O rabino falava com hesitação. Suas feições estavam tensas, e era óbvio que ele estava passando por uma grande pressão.

— Qual foi a acusação? — Amanda perguntou.

— É demais — Valerie disse. Começou a chorar.

— Um membro de nossa congregação trabalha na promotoria. Ele me telefonou ontem à noite. Disse que Jacob foi acusado de homicídio e que o caso contra ele é muito forte. Ele recomendou que contratássemos um advogado.

— Ficarei contente em ajudar, se puder. O que mais sabem sobre as acusações?

— Não sei muito, mas, antes de prosseguirmos, há algo que deve saber — disse o rabino Cohen. Sua esposa parecia devastada. — Se a contratarmos, não poderá deixar Jacob saber que estamos pagando seus honorários. Precisará dizer a ele que foi indicada pela corte, se ele perguntar. Acha que pode fazer isso? Seria um problema?

Amanda franziu a testa.

— Por que Jacob não permitiria que o ajudassem? — perguntou.

Solomon parecia sentir uma mágoa profunda.

— Valerie e eu amamos Jacob. Nunca fizemos nada para magoá-lo, mas... quanto sabe sobre nosso filho?

— Não muito — Amanda disse. Conhecia o rabino Cohen desde criança. Ele era o rabino dela, e havia presidido seu *bat mitzvah*. Mas sabia muito pouco sobre o filho dos Cohen, que vira num templo quando ele era jovem, e não o via lá havia muitos anos.

— Nosso filho viveu uma vida muito triste — Valerie disse. — Há muitos anos, algo terrível aconteceu e muitas pessoas morreram por causa de algo que Jacob fez. A culpa o desequilibrou e ele nunca conseguiu se recuperar.

— O que aconteceu? O que Jacob fez?

— Jacob era um garoto rebelde — Valerie disse, evitando a pergunta. — Ele fugiu de casa muitas vezes e estava sempre com problemas na escola. Nada criminoso: matava aulas, era revoltado. Tinha dificuldade para fazer amigos. Tínhamos esperança de que isso mudasse quando foi para a faculdade, mas ele se recusou a continuar os estudos. Pode imaginar como isso nos perturbou.

— De fato ele conseguiu um emprego muito bom, mesmo não tendo curso superior — o rabino disse no mesmo tom que havia usado quando contara a Amanda que Jacob fora acusado de homicídio. — Ele foi contratado como controlador de tráfego aéreo. É preciso ser muito bom em matemática e relações espaciais. Jacob tem um QI elevado. Ele realmente se dedicou. São necessários vários anos de treinamento para que alguém chegue a essa posição, e ele conseguiu. Depois de seis anos, ganhou um cargo no aeroporto O'Hare, em Chicago.

— Os problemas de Jacob começaram quando ele conheceu aquela mulher — Valerie disse, com amargura. — Sabíamos que ela não era para ele. Ela não tinha educação, era comum e não era judia. Nem sabemos onde se conheceram, e ele não falava sobre a vida dela. Quando tentávamos falar sobre ela, Jacob se tornava hostil.

Valerie fez uma pausa. Solomon apertou-lhe a mão e ela continuou.

— Jacob sempre foi difícil quando se tratava de religião. Quando era mais jovem, dizia-se ateu. Era uma luta constante para que ele frequentasse os serviços. Achávamos que negava sua origem para nos magoar, embora eu não saiba o porquê. Procuramos ser bons pais. É que... ele era sempre tão hostil.

"Jacob insistiu em desposar essa mulher e não quis que um rabino os casasse. Solomon ficou furioso. Eles discutiram. Depois disso, Jacob nos cortou de sua vida. Ele não retornava nossos telefonemas, e a esposa dele não falava conosco. Ela alegava estar cumprindo a vontade de Jacob."

— Vocês disseram que algo terrível aconteceu — Amanda insistiu.

— A esposa dele disse aos médicos que Jacob a surpreendeu com outro homem e ela disse a ele que a abandonaria, que pediria o divórcio. Ele foi trabalhar no dia em que ela o deixou. Não deveria ter ido; estava muito nervoso. Devia estar distraído. Jacob cometeu um erro. — A mão esquerda de Cohen se fechou, crispada. — Dois aviões colidiram. — Valerie chorou novamente. — Centenas de pessoas morreram — disse ele, com a voz trêmula. — Ninguém sobreviveu.

"Jacob teve um esgotamento nervoso. A esposa dele não sabia o que fazer, então telefonou para nós. Fomos imediatamente para lá. Foi terrível. Ele estava na ala de doentes mentais de um hospital público. Tiveram de sedá-lo. O médico disse que ele estava murmurando versos bíblicos, culpando as mulheres e a CIA pelo acidente."

— Nós o colocamos num excelente hospital particular em Portland — disse Valerie. — Ele teve os melhores cuidados, mas não adiantou, e nosso relacionamento com ele foi piorando. Ele nos via como carcereiros; disse que estávamos conspirando com o governo para mantê-lo drogado e preso. Recusou-se a admitir que fora responsável pelo acidente. Disse que a esposa havia conspirado com a CIA para provocar o acidente para que ele fosse declarado culpado e encarcerado, deixando-a livre para viver com o outro homem.

— Suas divagações não faziam sentido — disse o rabino. Parecia derrotado. — Por mais que os médicos tentassem, ele não parava de alegar que sua esposa havia feito uma aliança com o diabo.

— Vocês sabem qual foi o diagnóstico médico para os problemas mentais de Jacob? — perguntou Amanda.

— O médico disse que ele é esquizofrênico paranoico — respondeu Valerie. — Fomos informados de que isso explicaria o fato de ele ser sempre solitário, sem amigos. Supostamente, a doença pode se manter oculta até a pessoa chegar à faculdade. Então ela pode aparecer, se houver um evento que a deflagre, como os problemas com a esposa e o acidente. Foi isso que os médicos nos disseram.

Valerie fez uma pausa. Parecia envergonhada do filho. Amanda esperava que isso não fosse verdade. A esquizofrenia não era culpa de ninguém.

— Como ele saiu do hospital? — perguntou Amanda.

— Medicação — disse o rabino. — Os médicos chegaram a uma dosagem que manteria os delírios dele sob controle. Depois de um ano de progresso, decidiram tratá-lo como paciente externo. Foi um desastre.

— No começo, não — disse Valerie. — Achávamos que ele conseguiria, quando recebeu alta. — Ela torceu as mãos. — Tínhamos tanta esperança... Ele tinha seu próprio apartamento e foi contratado como funcionário de uma loja de conveniência. O gerente deu-lhe uma oportunidade. Durante algum tempo, deu certo. Mas ele parou de tomar os remédios. Só ficamos sabendo quando já era tarde demais. Ele desapareceu e foi morar naquele terreno baldio. Não sabíamos onde estava até ele ser preso por atacar uma prostituta.

— Tentamos ajudá-lo quando soubemos. Dissemos que contrataríamos um advogado para ele. Ele não falou conosco. Negou que fôssemos seus pais. A corte designou um advogado. Ele tentou ajudar Jacob, mas Jacob é seu pior inimigo. Foi condenado por tentativa de estupro e enviado para a prisão.

Subitamente, Amanda lembrou-se de seu encontro com Doug Weaver no corredor do tribunal.

— Seu filho foi absolvido recentemente de uma acusação de não se registrar como criminoso sexual?

— Sim. Como sabe disso?

Amanda contou ao casal sobre a conversa com Doug Weaver.

— Parece que Doug fez um ótimo trabalho — disse Amanda. — Por que não pediram a ele para representar Jacob?

— Nós averiguamos o Sr. Weaver — disse o rabino. — Ele fez um bom trabalho com Jacob, mas era um caso simples. Jacob vai encarar a pena de morte. O Sr. Weaver não tem tido muito sucesso nos casos de homicídio.

— Um dos clientes dele foi executado — disse Valerie.

— Jacob é importante demais para corrermos o risco com o Sr. Weaver — disse o rabino Cohen. — Você e seu pai são os melhores. Jacob precisa do melhor. Por favor, ajude-o. Se... se ele fez algo terrível, ele o fez porque não conseguiu se controlar. Ele precisa de ajuda; ele precisa de cuidados psiquiátricos, não de uma prisão.

— Está bem, mas preciso informá-los de que posso não conseguir fazer melhor que Doug.

— Nos sentimos mais confortáveis com o seu escritório — disse Valerie. — O Sr. Weaver não nos inspira muita confiança.

— O caso de Jacob será muito caro.

Valerie olhou nos olhos de Amanda.

— Jacob é nosso filho. Faremos o que for necessário para que tenha a melhor defesa e os melhores cuidados.

— Vou precisar de um sinal de cem mil dólares — Amanda disse —, mas o custo real da defesa de Jacob será muito mais caro. Não saberei quanto mais caro antes de decidir quanto tempo o caso durará, os peritos que precisaremos contratar, assistentes etc.

Valeria Cohen abriu sua bolsa e tirou um talão de cheques. Amanda chamou a secretária e pediu que trouxesse um contrato de serviços.

Quando os Cohen saíram, Amanda ficou pensando como deveria ser difícil criar um filho como Jacob. Os Cohen eram pais dedicados e haviam feito o melhor possível, mas Jacob não tinha dado certo, apesar dos esforços deles. Era algo triste, mas não incomum. Ela já havia representado muitos jovens acusados de crimes e sabia bem disso.

Amanda não tinha ideia do que era ter um filho, mas ela achava que era uma tarefa difícil; provavelmente, a mais difícil que alguém poderia encarar. Toda criança nascia com possibilidades infinitas, e todo pai ou mãe ficava repleto de esperança quando seu filho nascia. Depois, dava tudo errado. Era possível entender o porquê se uma criança tivesse algum defeito ou se os pais fossem violentos, mas como explicar o que acontecia em lares amorosos quando uma criança se tornava criminosa ou viciada, ou fugitiva? Como os pais se recuperavam dessa mágoa? Será que se recuperavam? Os Cohen estavam sofrendo. Era muito provável que o sofrimento deles nunca acabasse, mas Amanda tentaria apaziguá-lo providenciando que Jacob recebesse um tratamento justo no tribunal, não importando o que tivesse feito.

Capítulo 21

Amanda Jaffe planejava visitar Jacob Cohen na cadeia depois de sua audiência das onze horas. O relógio de seu computador dizia que ainda tinha tempo de tomar um café com leite antes da audiência se saísse naquele instante. Olhou pela janela e viu as nuvens escuras que cobriam West Hills. Pareciam ameaçadoras, mas a meteorologia não previa chuvas para o dia. Ela não confiou na previsão, colocou um pequeno guarda-chuva em sua pasta e rumou para o café, que ficava na esquina.

A rua estava movimentada, mas Amanda estava tomada pelos pensamentos do argumento legal que apresentaria. Estava pedindo a divulgação das anotações de um policial, e a Procuradoria argumentava que os Estatutos de divulgação não exigiam que o policial entregasse o material à defesa. Os fatos eram únicos, e Amanda não sabia se conseguiria. Estava pensando sobre um caso recente no Tribunal de Apelação que continha linguagem útil para os dois lados quando entrou na fila para pedir seu café com leite. Tinha acabado de pagar quando avistou Mike Greene sentado sozinho numa mesa no canto, estudando uma posição num tabuleiro de xadrez portátil que sempre carregava num bolso interno do casaco. Mike era um jogador ranqueado que havia participado da equipe da Universidade do Sul da Califórnia quando estudava, e ocasionalmente ainda competia. Mantinha um tabuleiro no aparador do escritório e era conhecido por trabalhar em seu jogo quando sobrava algum tempo.

Mike levantou a cabeça e viu que Amanda o olhava. A princípio, pareceu surpreso. Em seguida, abriu um sorriso e acenou para que ela se aproximasse. Amanda percebeu que não tinha como recusar o convite sem ser rude, então pegou seu café com leite e sentou-se à frente do promotor.

Mike apontou para a pasta.

— Está indo para o tribunal?

— Tenho uma audiência às onze horas à frente de Peterson, uma petição para divulgação. É uma questão interessante. Foi discutida numa nota de rodapé no caso *O Estado contra Lorca*, mas a corte não resolveu o problema. Dará um ótimo tema para um artigo sobre apelação se eu perder o caso. — Amanda apontou para o jogo de xadrez. — O que está fazendo?

— Vou participar de um pequeno torneio neste fim de semana e estou treinando meus movimentos de abertura. Estou muito enferrujado. Todos os garotos já usam computadores para aprender os últimos truques, e receio ser derrotado por algum pirralho de dez anos se não me preparar direito.

Mike hesitou, então tomou coragem.

— O que vai fazer neste fim de semana?

Amanda ficou constrangida, pois não tinha nada planejado.

— Acabo de pegar o caso Cohen, então é provável que tenha de vir até o escritório.

— Mas não vai estar no escritório no sábado à noite, vai?

— Não. Por quê?

— Está passando um filme de suspense francês no Cinema 21 que dizem que é ótimo. Eu estava pensando em ir.

— E o seu torneio de xadrez?

— Não jogamos de noite. Os jogos começam no sábado de manhã, bem cedo. A segunda rodada começa por volta do meio-dia. Às quatro estarei liberado. Podemos jantar mais cedo e depois ver o filme.

Sempre havia surpresas nos julgamentos, e advogados experientes sabiam como esconder suas emoções do júri para não prejudicar seus clientes. Tendo em vista a história deles, Amanda tinha certeza de que Mike estava tão nervoso quanto ela, mas, se alguém estivesse observando a conversa, nunca adivinharia que o coração de Mike e o de Amanda estavam acelerados.

— O que me diz, Jaffe? — Mike perguntou, sorrindo, como se estivesse lendo a mente dela. — O filme deve ser bom, você pode escolher o restaurante e prometo que a levo para casa antes do toque de recolher de seu pai.

Amanda desatou a rir. Mike tinha bastante senso de humor e ela gostava de ficar com ele. Se não tivesse estado um caco emocionalmente quando estavam saindo, talvez...

— Está bem — ela se pegou dizendo. — O Basta's fica perto do cinema. Vou fazer as reservas. — Amanda olhou para o relógio. — Nossa, preciso correr — ela disse, dando outro gole rápido em seu café com leite e em seguida colocando a tampa e pegando sua pasta. — Até sábado.

O escritório de Doug Weaver ficava nos arredores do centro de Portland, no terceiro andar de um prédio de cinco andares que estava caindo aos pedaços por falta de manutenção. Os melhores escritórios do prédio davam para a via expressa. O de Doug dava para uma parede de tijolos. O poço de ventilação entre os prédios era tão estreito que não deixava passar a luz em dias de sol, mas a chuva atingia suas janelas em dias de tempestade, tornando-os ainda mais escuros.

Mas nem sempre tinha sido assim. Quando se formou em direito, Doug foi contratado como associado de uma respeitável firma de médio porte que representava empresas. O trabalho de Doug se concentrava em redigir e revisar contratos. Não demorou muito para perceber que não estava gostando daquilo. O salário era bom, mas o trabalho era extremamente monótono e a perspectiva de fazer algo interessante era quase nula. Quando saiu da faculdade, Doug tinha interesse pela defesa criminal, mas Karen argumentara que ele deveria escolher o emprego que pagasse mais. Quando perguntou aos seus associados se poderia assumir alguns casos que fossem a julgamento para obter experiência no tribunal, eles explicaram que não podiam abonar suas horas de trabalho, e, de qualquer maneira, os advogados da firma raramente iam a julgamentos.

Quando Doug disse a Karen que estava pensando em sair do escritório, sua esposa foi veementemente contra a mudança. Ela tinha uma ideia definida sobre o estilo de vida que queria ter, e o salário de Doug se encaixava em seus planos. O desejo de Doug de sair da banca foi motivo de constantes atritos dentro de um casamento que já estava desmoronando. Ele cedeu por mais um doloroso ano, na tentativa de salvar o relacionamento. Finalmente, tomou a decisão de sair sem antes discuti-la com a esposa. Como o casamento ainda durou alguns anos era um mistério.

Doug gostava de trabalhar sozinho e de lidar com casos que achava estimulantes. Sua renda caiu radicalmente no primeiro ano, mas, no segundo, ele pegou diversos casos bons e estava começando a ganhar bem, embora nem chegasse perto do salário que tinha antes. Doug bebia muito quando estava no escritório, para ajudar a lidar com o estresse no trabalho e em casa. Com a clientela aumentando, a bebida diminuiu. Foi então que Raymond Hayes foi condenado à morte. Com a derrota no caso e os problemas do casamento, Doug entrou numa espiral descendente. Passou a beber muito e perdeu vários clientes bons. Quando não conseguia mais pagar o aluguel de seu escritório num bairro decente, mudou para o local onde estava agora, onde trabalhava quando a recepcionista o avisou de que Amanda Jaffe estava na recepção.

— O que a traz a este lugarejo remoto? — Doug perguntou quando a recepcionista conduziu Amanda até a sala dele. Achou que Amanda parecia desgastada.

— Tenho um problema que você talvez possa resolver. Lembra-se de Jacob Cohen?

— Como posso esquecer?

— Suponho que não tenha lido os jornais de hoje nem assistido à televisão.

— Não me diga que ele está encrencado novamente.

— Encrenca das grandes. Foi acusado de homicídio.

Doug sentiu-se mal ao se lembrar da confissão de Jacob e do alerta de Hannah.

— Hoje pela manhã os pais dele me contrataram para defendê-lo.

Nesse momento ele se esforçou para esconder sua decepção. Tinha feito uma grande defesa para Jacob — ganhando um caso impossível — e os Cohen nem o haviam procurado.

— Acabo de vir da cadeia. Jacob quer que você seja o advogado dele. Foi muito veemente nesse ponto.

Doug não conseguiu segurar um sorriso.

— Deixe-me adivinhar. Ele explicou, citando a Bíblia, que você queimará no fogo do inferno por toda a eternidade porque é mulher.

Amanda confirmou.

— Com citações bem nefastas da Bíblia com relação a essa questão.

— E você está aqui porque...? — Doug perguntou, esperando, sem muita esperança, que Amanda o convidasse para trabalhar com ela no caso.

— Eu telefonei para o rabino Cohen e expliquei o problema. Ele está ciente do ódio de Jacob pelas mulheres, mas ainda quer que eu o represente. Quero que convença Jacob a me manter como advogada dele. Eu disse ao rabino que Jacob confia em você, e eu sempre abro uma posição de assistente quando pego um caso de pena capital. Está interessado?

— Estou muito interessado. Mas o que acontecerá se eu não conseguir convencer Jacob a mantê-la como advogada dele?

— Você fez um ótimo trabalho quando ele foi acusado de não se registrar e tem muita experiência em casos de pena capital. Se Jacob rejeitar minha ajuda, recomendarei que os Cohen o contratem para representar Jacob.

A oferta apavorou Doug e, ao mesmo tempo, deu-lhe esperança. Por um momento, ele não sabia se o medo ou a esperança venceriam. O medo de falhar o impedia de agarrar a chance de participar de um caso importante. Não sabia o que faria se Jacob fosse executado por causa de um erro seu.

Mas e se ele vencesse? E se ajudasse a salvar Jacob Cohen de uma injeção letal — talvez até a obter uma absolvição? Isso não compensaria o que havia feito com Raymond? Não, ele nunca poderia ser absolvido daquele pecado. Quem sabe não recuperasse o orgulho que uma vez tivera de si mesmo e de seu trabalho se pudesse devolver a vida a Jacob?

E havia o dinheiro. Esse era um caso capital. Seus honorários seriam substanciais. Poderia amortizar uma boa parte de suas dívidas e ficar em dia com as despesas. Com esperança, a publicidade do caso geraria mais negócios. Se tudo corresse bem — se Cohen fosse absolvido ou se fosse condenado à prisão perpétua —, ele não seria mais um perdedor. Doug estava cansado de perceber como era evidente que seus colegas evitavam falar sobre o caso *O Estado contra Hayes* quando ele estava por perto. Apostava que falavam muito do assunto quando ele não estava presente. Não sabia se eles o culpavam pela execução ou se sentiam pena dele; qualquer dessas atitudes era intolerável. Uma vitória no caso *Cohen* o ajudaria a reconquistar o respeito de seus pares e sua autoestima.

Doug sabia que teria de fazer algo com sua vida, ou então continuaria a afundar sob o peso de sua própria autopiedade. Precisava correr o risco para salvar a si próprio. Subitamente, ficou claro que estaria virando as costas para seu futuro se recusasse o caso de Jacob.

Capítulo 22

Kate Ross, a investigadora interna da Jaffe, Katz, Lehane e Brindisi, tinha um metro e setenta e ficava muito bem com *jeans* agarrado ao corpo, camisa branca de corte masculino e blazer azul-marinho. Kate, a quem a pele morena, os grandes olhos castanhos e os cabelos pretos e encaracolados conferiam certa semelhança com mulheres do Oriente Médio, fora recrutada diretamente da Caltech para a divisão de crimes de informática do Departamento de Policia de Portland. Quando se cansou de ficar sentada atrás de uma mesa, mexeu os pauzinhos para ser transferida para a divisão de narcóticos. Sua carreira estava em ascensão até que ela serviu de bode expiatório num tiroteio com a polícia e foi forçada a renunciar.

Os talentos especiais de Kate com computadores e detecção renderam-lhe um emprego como investigadora na Reed, Briggs, Stephens, Stottlemeyer e Compton, o maior escritório de advocacia de Portland. Enquanto trabalhava lá, Kate tinha convencido Amanda Jaffe a representar Daniel Ames, o mais novo associado da Reed, quando ele foi injustamente acusado de assassinar um sócio sênior. Depois que as duas mulheres o libertaram, Kate e Daniel vieram trabalhar na empresa de Amanda. Agora eles moravam juntos.

No dia em que leu os relatórios da polícia sobre o caso de Art Prochaska, Kate Ross comprou, de um paquistanês que trabalhava no turno da noite, uma olhada no registro "confidencial" de hóspedes do Motel Continental. Depois de fazer uma lista de pessoas que estavam presentes na noite em que Vincent Ballard foi morto, ela começou a entrevistar os residentes que ainda moravam no motel. Somente algumas das pessoas da lista estavam lá na primeira noite, então ela havia voltado ao motel por diversas vezes para tentar falar com os outros hóspedes.

A unidade 115 ficava no andar térreo, do outro lado do pátio, em frente ao apartamento de Vincent Ballard. Não havia ninguém lá nas outras vezes em que Kate viera, mas nessa noite ela teve sorte. Depois de bater duas vezes, a porta do quarto foi ligeiramente aberta por uma afro-americana gorducha e maltratada que, na opinião de Kate, deveria ter uns vinte e poucos anos. A mulher estava usando um top vermelho e uma saia curta e apertada. Estava descalça, mas Kate avistou sandálias de plataforma chamativas ao pé da cama. O cabelo da mulher era todo trançado em estilo afro. Kate apostava que ela cobriria o cabelo com uma peruca quando saía do quarto.

— Marsha Hastings? — Kate perguntou.

— Sim — a mulher respondeu, olhando para Kate com desconfiança.

Kate mostrou suas credenciais.

— Sou detetive particular e gostaria de falar com você. Não vou tomar muito do seu tempo.

— Falar sobre o quê?

— Pelo que sei, estava morando aqui quando um dos residentes, que vivia do outro lado do pátio, foi assassinado.

— Eu disse para a polícia que não sei nada sobre isso. Eu nem estava aqui quando ele foi morto.

Kate encolheu os ombros e fez um ar desapontado.

— Hoje eu não estou conseguindo ninguém... — ela suspirou. — Meu chefe tinha certeza de que alguém ganharia a recompensa.

— Que recompensa? — Hastings perguntou, subitamente interessada.

— Estou autorizada a pagar em dinheiro por alguma informação confiável, mas parece que ninguém viu nem ouviu nada. Agradeço sua atenção.

— Espere um minuto — Hastings disse, quando Kate deu meia-volta. — Eu não estava aqui, mas sei de uma coisa que pode ajudar. Para quem você disse que está trabalhando?

Kate deu a Hastings seu cartão de visita.

— Trabalho para Frank Jaffe, do escritório Jaffe, Katz, Lehane e Brindisi. Representamos o homem que foi preso pelo assassinato.

Hastings abriu a porta o suficiente para Kate passar. As cortinas estavam abaixadas, mas um abajur sobre a mesa de cabeceira e um televisor forneciam alguma luz. Kate sentiu cheiro de sopa de tomate. Havia uma lata de sopa pronta na cômoda, ao lado de uma panela que se equilibrava sobre uma chapa elétrica. Uma menina de cinco ou seis anos, usando pijama, estava sentada no chão, diante da TV. Na frente dela, no chão, uma tigela de sopa e um prato repleto de bolachas. A menina lançou um olhar rápido e desinteressado para Kate e em seguida continuou a ver a tevê.

— Esta é Desdêmona. Não se incomode com ela. E então, o que preciso fazer para ganhar essa recompensa?

— Estamos procurando alguém que possa ter visto ou ouvido alguma coisa relacionada ao assassinato que ajude a provar a inocência de nosso cliente.

— Muito bem. Como eu disse, eu não estava aqui, mas falei com alguém que viu alguma coisa. Ele não me falou muita coisa, mas posso contar o que ele contou.

— Com quem você falou?

— Ah, entendi. Eu conto antes de você me pagar e aí não precisa mais de mim.

Kate sorriu.

— Não vou dar o cano em você. Olhe, aqui tem dez dólares pelo seu tempo. Se sua informação for boa, tem mais.

— Dez pratas não é muita coisa — Hastings disse, fungando. — O outro homem pagou muito mais.

— Que outro homem?

— Há uns dias vieram dois homens fazendo a mesma coisa que você, perguntando a todo mundo sobre o assassinato.

— Eles eram da polícia?

Hastings deu risada.

— Não parecia, não.

— Disseram para quem estavam trabalhando?

— Não, e eu nem perguntei. Eles davam medo.

— Pode descrevê-los?

— Eu levo algum extra por isso?

Kate deu a Hastings mais vinte dólares.

— Um sujeito era grande. Tinha uma cara feia, feito um gângster. O que fez as perguntas era um cara magrinho. Parecia um rato, com uns dentes saindo da boca. E falava como aqueles duendes vestidos de verde dos filmes de terror.

— Era irlandês?

— Foi o que eu disse.

— Pode me dizer mais alguma coisa sobre esses homens? Eles disseram seus nomes? — Kate perguntou.

Hastings balançou a cabeça, em negativa.

— Eu não queria ficar mais tempo com eles do que o necessário.

— O que você contou para esses homens sobre o assassinato?

— Isso é outro assunto. Precisa pagar também.

Kate deu a Hastings mais vinte dólares.

— Eu estava pegando uma Coca-Cola na máquina um dia depois que o homem foi morto, e Clarence estava junto.

— Qual é o sobrenome de Clarence? — Kate perguntou, olhando sua lista.

— Nunca perguntei. Eu vejo ele de vez em quando, e ele disse que seu nome é Clarence. Morava com outro garoto chamado Edgar.

Clarence Edwards e Edgar Lewis estavam morando no motel na noite do crime, mas se mudaram alguns dias depois.

— Muito bem. O que houve com Clarence?

— Ele me disse que tinha visto os caras que fizeram o serviço.

— Clarence viu os assassinos?

— Foi o que ele disse.

— Eu li os relatórios da polícia. Se estamos falando de Clarence Edwards, ele não disse nada à polícia.

— É, bem, ele não diria nada. Clarence já foi preso.

— Ele esteve preso?

— Foi o que ele disse. Ele fazia mistério, não me contou o que tinha feito. Mas tinha tatuagens da cadeia, e disse que era prisão federal. — Ela deu de ombros. — Pode ser mentira.

— Clarence descreveu os assassinos para você?

— Vai me dar mais dinheiro?

— Antes vamos ouvir o que você tem a dizer.

Hastings hesitou.

— Estou dizendo a verdade.

— Acredito em você.

— Clarence disse que eram dois caras. Um ele não conseguiu ver direito... Era um cara normal. Mas o outro era muito grande, parecendo um lutador profissional.

Não era isso o que Kate queria ouvir. Art Prochaska era um homem enorme.

— Ele disse alguma coisa sobre esse cara grande?

As feições de Hastings se contorceram quando ela se concentrou. Em seguida, deu um sorriso.

— O cabelo: ele disse que o cabelo do grandão era preto e curto.

O pulso de Kate acelerou. Art Prochaska era careca. Se Clarence Edwards tinha dito a verdade e Marsha Hastings não estivesse inventando tudo isso, Kate podia ter conseguido a primeira pista do caso.

Kate falou com os outros residentes da lista, mas ninguém deu mais nenhuma informação. Antes de ir para casa, ligou para Frank do celular e relatou o que Hastings dissera.

— Acha que ela está dizendo a verdade?

— Sim. Mas ela está relatando o que Clarence Edwards lhe contou. Ele pode ter mentido, para impressionar.

— E esse Edwards, sumiu?

— Sim, um dia depois de dar o nome para os dois homens.

— Pela descrição, o homem com sotaque poderia ser Henry Tedesco.

— Se foi Henry, então Martin Breach está conduzindo sua própria investigação.

— Não me surpreende. Martin não liga para muita coisa, mas faria qualquer coisa pelo Art.

— O que quer que eu faça? — Kate perguntou.

— Veja se consegue encontrar Edwards.

Capítulo 23

Steve Hooper parou o carro num terreno adjacente ao Instituto Médico Legal do Estado de Oregon, um prédio de tijolos de dois andares que já tinha sido uma casa funerária escandinava. Na recepção, perguntou pela Dra. Sally Grace, assistente de legista que faria a autópsia na mulher encontrada no terreno da Queen Anne com a Hobart.

Alguns minutos depois que a recepcionista interfonou, uma mulher esguia, de cabelos negros e ondulados, veio até a recepção.

— Olá, Steve! Pronto para a batalha?

Hooper sorriu. Gostava de Sally. Ela era esperta e competente, e tinha grande senso de humor. A detetive apontou para um corredor que levava para os fundos do prédio.

— Minha garota está esperando?

— Está, sim. Venha por aqui.

O detetive seguiu a Dra. Grace para os fundos.

— Quando você disse que queria estar presente na autópsia, liguei para o laboratório e pedi que apressassem o relatório toxicológico — a Dra. Grace disse enquanto eles vestiam roupões impermeáveis azuis, máscaras, óculos de proteção e pesados aventais de borracha. — Eles acharam heroína.

— Foi o que imaginei quando vi as marcas. Ela devia ser viciada ou então uma prostituta tentando faturar um cliente.

— Essa é uma dedução que eu deixo para vocês, os Sherlock Holmes. No entanto, notei uma coisa que você talvez deva considerar. Você não deve ter percebido na cena do crime, porque estava escuro e o braço dela estava cheio de sangue.

A legista levou o detetive para a sala de autópsia. O corpo nu da mulher morta estava em uma das mesas de autópsia de aço inoxidável que ficavam dos dois lados da sala. Eles a tinham limpado, mas não havia como disfarçar a horrível agressão que havia sofrido. Hooper, que já tinha visto de tudo, fez uma careta quando olhou o corpo mais de perto. A Dra. Grace apontou para as marcas de agulha nos braços da vítima.

— Essas marcas são relativamente recentes, e eu não encontrei marcas de agulha em nenhuma outra parte do corpo.

— E daí?

— Eu diria que ela começou a usar a droga há pouco tempo. Também não acho que ela seja o tipo de prostituta que faria ponto na região da Queen Anne. Estão faltando as mãos, mas os pés estão intactos. O criminoso não tirou seus tênis e meias. Está vendo aqui?

A Dra. Grace, sempre respeitosa com os mortos, gentilmente levantou o pé direito da vítima. Hooper inclinou-se. A princípio, ele não entendeu. Depois de um instante, franziu a testa.

— Os dedos, certo?

— Isso e os calos.

Hooper analisou o pé novamente. Ficou confuso.

— Ela não tem nenhum calo.

— Exatamente — disse a Dra. Grace, esfuziante. — Esta mulher cuidava muito bem dos pés, ou alguém fazia isso para ela, o que custaria dinheiro. — A Dra. Grace apontou para os dedos da morta. — O que está vendo é uma pedicure francesa. Existem dois tipos de esmalte nas unhas dos pés dela: esmalte transparente, na maior parte da unha, e cinza claro nas pontas. As unhas não cresceram muito depois que foram pintadas, então a pintura é recente.

A legista mostrou a Hooper as solas dos pés da vítima.

— Suponho que alguém tenha usado pedra-pomes nos calcanhares dela, provavelmente a mesma pessoa que fez a pedicure.

— O que está tentando me dizer?

A Dra. Grace levantou os ombros.

— É estranho. Quem é viciado de verdade gasta todo o dinheiro para comprar droga, não em pedicure.

— Talvez ela não fosse totalmente viciada. Talvez fosse rica e estivesse experimentando. Ela se amarrou, ficou descontrolada e foi procurar mais no lugar errado.

— É uma boa explicação. Mas tem outra coisa me incomodando. Decepar as mãos, esmagar o rosto e destruir os dentes... Isso foi feito para encobrir a identidade da vítima.

Hooper sorriu e balançou a cabeça.

— Jacob Cohen odeia mulheres; odeia de verdade. Ele estava tentando obliterar esta pobre mulher. Se pudesse, ele acabaria com todas as mulheres deste planeta.

Hooper apontou para o rosto da mulher morta. Os olhos haviam sido arrancados e as órbitas estavam vazias; era possível ver os ossos fraturados da face onde o pé-de-cabra a atingira por repetidas vezes, com força suficiente para atravessar a carne; o nariz estava completamente achatado, e a mandíbula, desconjuntada.

— Isto é obra de um louco, e Jacob Cohen é um maluco violento.

— Não o conheço.

— Com esperança, nunca o conhecerá. Ele já esteve preso por tentativa de estuprar uma prostituta no mesmo terreno.

— Bem, aqui não houve estupro. O assassino mutilou os genitais da vítima, mas não encontrei indícios de atividade sexual na minha primeira análise.

— Ela já devia estar morta antes de ele tentar alguma coisa. Não consigo imaginar que ficasse excitado depois de ter feito isso.

Hooper balançou a cabeça, repugnado.

— Esse é um ato de puro ódio, Sally, e Cohen odeia as mulheres, puramente. E não esqueça que temos as digitais dele na faca e o que encontramos ao lado do corpo.

— Como eu disse, meu trabalho é aqui. O detetive é você.

— Ah, este caso nem precisa de detetive, mas obrigado pelas informações. Vou repassá-las para a promotoria. Se você pensou nisso, o advogado de defesa também pensará. Não podemos dormir no ponto.

A Dra. Grace ajustou seus óculos de proteção e subiu a máscara. Em seguida, pegou uma serra elétrica e se preparou para começar a autópsia.

— Podemos? — ela perguntou.

— Por favor — Hooper respondeu.

Capítulo 24

O guarda da cadeia deixou Doug Weaver entrar na sala de visitas da cadeia do Centro Judiciário e em seguida a fechou a porta que dava para o corredor atrás dele. Doug sentou-se e tirou a pasta com as descobertas que Kate Ross tinha recolhido no gabinete da promotoria de manhã. Quando Doug soube que Hannah Graves estava encarregada do caso de Jacob, pediu a Amanda que enviasse Kate para pegar as evidências, porque não queria ver a promotora até que fosse absolutamente necessário. Doug tinha certeza de que, da próxima vez em que se vissem, Graves diria: "Eu avisei", ou daria aquele silencioso olhar de satisfação, e ele não teria a mínima vontade de dar a réplica, principalmente agora, quando tinha visto a autópsia e as fotos da cena do crime. Doug estava acostumado a ver fotos horríveis, mas o horror infligido àquela mulher do terreno ia muito além de tudo o que já vira.

Muito pouco nos relatórios da polícia, nos relatórios do laboratório ou da autópsia ajudavam na defesa. Os detetives Hooper e Vincenzo haviam detido Jacob ao lado do corpo. Duas camisetas tinham sido encontradas no carro abandonado onde Jacob morava. O laboratório confirmou que o sangue encontrado nelas era da vítima. Não fora encontrado nenhum esperma na vítima, e nenhum sinal de sexo forçado; mas dois pelos pubianos de Jacob foram encontrados no sangue que cobria a coxa da vítima, e os genitais dela tinham sido mutilados.

A mulher desconhecida tinha sido esfaqueada e agredida. Uma faca e um pé-de-cabra, ambos com o sangue da vítima, foram achados perto do corpo. O laboratório não encontrara as digitais de Jacob no pé-de-cabra, mas a faca continha várias. A única boa notícia era que Jacob não havia confessado. De acordo com os detetives, ele mal abrira a boca, e, quando o fazia, falava em hebraico.

Doug estava relendo o relatório da autópsia quando as trancas eletrônicas da porta que dava para o corredor que conduzia às celas se abriram. Levantou a cabeça e dois guardas conduziram Jacob para dentro da sala. Da primeira vez em que se encontraram na cadeia, algo em Jacob fizera Doug lembrar-se de um animal selvagem em alerta. Nessa tarde ele se mexia de modo apático. Seus ombros estavam caídos, ele arrastava os pés no chão e não olhava para Doug.

— O que é que ele tem? — Doug perguntou aos guardas.

— Não tenho ideia — um deles respondeu, dando de ombros.

— Ele não está dopado, está?

— Precisa perguntar para as enfermeiras.

Os guardas ajudaram Jacob a se sentar na cadeira do outro lado da mesa. Ele desmoronou no assento quando o largaram. Seus olhos estavam injetados de insônia, e tinham enormes olheiras. O cabelo selvagem e desgrenhado era a única coisa que lembrava Doug da energia exasperada que aprendera a esperar de seu cliente.

— Jacob, você está bem? — perguntou Doug, assim que os guardas saíram.

A cabeça de seu cliente levantou-se vagarosamente até que ele olhou para Doug. Quando falou, parecia assustado.

— Eu o vi.

— Viu quem?

— O diabo.

— Onde? — Doug perguntou, forçando-se a fazer a pergunta parecer sincera, porque queria manter Jacob falando.

— Ele é cinza como uma sombra.

— Onde você viu o diabo, Jacob?

— Em meu terreno. Ele castigou aquela mulher e depois foi embora voando.

— Você viu alguém matar a mulher no seu terreno?

Jacob fez um sinal afirmativo com a cabeça. Doug puxou seu bloco de notas mais para perto e apoiou a caneta sobre ele.

— Conte-me o que aconteceu. Conte-me tudo o que viu — disse, acreditando que havia estabelecido um diálogo.

— Eu estava no banco de trás do carro. Estava muito escuro, e no começo eu não tive muita certeza. Havia alguma coisa flutuando pelo chão, como um espectro, um fantasma. Então, ele... a destruiu — Jacob falava para si mesmo e para Doug, mas, de súbito, seus olhos se concentraram em seu advogado. — Ela devia ter muitas máculas para merecer um castigo assim. Devia ser uma verdadeira filha de Sodoma. — Balançou a cabeça e sussurrou: — Nunca vi tanto sangue.

A cabeça de Jacob inclinou-se para o lado, e suas mãos começaram a se agitar, uma contra a outra.

— Jacob — chamou Doug. Como ele não respondeu, Doug repetiu o nome dele. Jacob conseguiu erguer a cabeça.

— Quero que pense muito bem, está certo?

Seu cliente não entendeu a pergunta, e Doug não sabia se Jacob tinha ouvido, mas insistiu.

— Não responda com pressa, certo? Pense por algum tempo. Eu sei que acredita ter visto o diabo, e pode ser que tenha visto, mas há outra possibilidade que eu gostaria que você considerasse. A coisa que você viu poderia ter sido um ser humano, um homem ou uma mulher? Você disse que estava escuro. De acordo com os relatórios da polícia, estava chovendo e as nuvens estavam encobrindo a lua. Seu terreno devia estar um breu. Pense nisso. Você pode ter visto uma pessoa e pensou ter visto o diabo. Às vezes as pessoas fazem coisas terríveis, Jacob. Elas criam um horror que é digno do diabo.

— Uma pessoa não pode flutuar nem voar — afirmou Jacob.

— Não, mas pode parecer que flutua ou voa, numa noite muito escura e se estiver usando roupas escuras. — Doug levantou a mão. — Não me responda agora. Pense no que viu. Não estou afirmando que você não viu o diabo. Só quero que abra sua mente para outras possibilidades, está bem?

Jacob assentiu.

— Bom. Agora eu tenho mais algumas coisas para lhe dizer. Se quiser, serei seu advogado novamente e vou me esforçar tanto para ajudá-lo desta vez como me esforcei da primeira vez, quando vencemos. Então, você quer que eu o represente neste caso?

— Você me libertou — disse Jacob. — Não deixou que eles me colocassem de volta lá.

— Isso mesmo, Jacob. Eu o protegi e vou tentar protegê-lo novamente. Desta vez será mais difícil, mas vamos batalhar juntos, certo?

Jacob concordou.

— Jacob, você confia em mim?

— Sim.

— Sabe que farei o que é melhor para você?

Jacob fez que sim com a cabeça.

— Vou pedir um favor e quero que pense antes de responder. E quero que me prometa que não vai ficar bravo nem nervoso. Promete?

Jacob olhou com desconfiança.

— O que você quer?

— Uma advogada veio visitá-lo ontem. O nome dela é Amanda Jaffe.

Jacob começou a ficar tenso.

— Você acabou de prometer que não ficaria bravo nem nervoso.

— Ela é um deles.

— Não, não é. Ela é alguém em quem eu confio muito e é uma advogada brilhante. Preciso que ela me ajude a ganhar seu caso. Ela é especialista em pesquisa e é uma das melhores advogadas de defesa do estado.

Jacob olhou para Weaver de modo penetrante, mas segurou a língua. Doug encarou isso como um progresso.

— Veja bem, Jacob, ou você confia em mim ou não confia. Pense no que eu fiz para você. Ninguém achava que eu conseguiria ganhar aquele caso e libertá-lo, mas eu ganhei. E quero ganhar este também, especialmente agora que você me disse que não matou aquela mulher. Mas preciso de ajuda. Um caso de pena de morte é difícil demais para um advogado sozinho. E a pessoa que mais pode me ajudar, ou ajudar você, é Amanda. Confie em mim. Diga que podemos trabalhar com ela. É muito importante.

Jacob fechou os olhos e Doug rezou enquanto esperava pela resposta de seu cliente. Ele podia conduzir o caso de Jacob sem Amanda; podia chamar outro advogado, como Marge Cross, para assisti-lo. Mas as chances de obter um bom resultado subiriam muito com Amanda Jaffe na equipe de Jacob.

Finalmente, Jacob consentiu e Doug deu um sorriso de alívio.

— Boa decisão — garantiu ao seu cliente. — Não vai se arrepender. Agora, vamos voltar ao caso. Acaba de me dizer que viu alguém, que pensa ser o diabo, matar aquela mulher no seu terreno. Mas você tocou na faca?

— Sim.

— Como foi isso?

Os olhos de Jacob olharam para baixo e ele apertou as mãos contra os lados da cabeça.

— Deus me deu tantas provas. Eu estava cansado de tudo, cansado de viver como um animal, cansado das vozes na minha cabeça.

Lágrimas encheram os olhos de Jacob.

— Tanto sofrimento, tanta dor... Pensei que talvez fosse um sinal. Que Deus estava me dizendo que eu podia terminar com tudo.

Jacob suspirou.

— Eu sei que vou para o inferno quando morrer, mas não pode ser pior do que aquilo... — Deixou a cabeça cair. — Pensei que o sangue, que o sofrimento dela fosse um sinal.

— Você ia se matar?

Jacob levantou os olhos.

— Eu já estou morto. Seria fácil.

— Então, por que parou?

Jacob balançou a cabeça.

— Eu não sei, não sei.

Jacob fechou os olhos e Doug parou por um momento para pensar. Se Jacob estava dizendo a verdade, ele era testemunha de um assassinato, e não o assassino, mas as provas diziam que estava mentindo — ou era tão louco que tinha convencido a si mesmo que o diabo havia assassinado a mulher para que não tivesse de aceitar a responsabilidade pelo que tinha feito.

— Vamos voltar um pouco, está bem? — Doug propôs. — Você está no seu carro e vê alguém ou alguma coisa atravessar o terreno, certo?

Jacob fez um sinal afirmativo.

— O que viu essa coisa fazer em seguida?

— Ela caiu, como se estivesse ajoelhada, ou rezando.

— Muito bem.

Jacob apertou os olhos e cerrou os pulsos. Doug podia ver que estava se esforçando muito. De repente, arregalou os olhos.

— Uma mão subia e descia. Ele estava batendo nela. Fez isso muitas vezes. Algumas vezes parava. E depois continuava.

— Isso parece correto. A mulher foi esfaqueada muitas vezes e foi golpeada com um pé-de-cabra também. Isso coincide com o que você viu. O que aconteceu depois?

— Fiquei com medo. Eu não queria ir lá, mesmo depois que ele foi embora.

— Você viu o homem indo embora?

Jacob fez que sim com a cabeça.

— Os detetives encontraram você ao lado do corpo. Como foi parar lá?

— Eu precisava ver. Eu estava com medo, mas precisava ver.

— Então você foi até lá para ver o que tinha acontecido?

— Sim.

— Fez isso imediatamente?

— Não, eu estava com medo. Fiquei no carro por algum tempo.

— Tem ideia de quanto tempo?

— Não, mas ele tinha desaparecido.

— O assassino?

Jacob confirmou.

— Muito bem. Então, depois de algum tempo, você foi até o corpo.

— Quando eu vi... minha cabeça pegou fogo. Não me lembro de tudo com clareza.

— Você me disse que pegou a faca.

Jacob confirmou.

— Você a tocou com a faca, mesmo sem querer?

— Não.

— E quanto ao pé-de-cabra, você tocou nele?

— Não, só na faca.

— Jacob, a polícia encontrou algumas provas físicas que ligam você ao crime. Preciso saber se você tem alguma explicação para o que eles encontraram, está bem?

— Está bem.

— Aqui estão as provas contra você. Para começar, os detetives o encontraram ao lado do corpo, o que você já explicou. Depois, suas digitais estavam na faca, e você já me contou como isso aconteceu. E eles também revistaram seu carro. Havia sacolas plásticas que você usava para guardar livros e roupas. Havia uma no banco da frente, e o criminalista que a examinou achou duas camisetas sujas com sangue que foi identificado como sendo da vítima. Pode me dizer como o sangue dela foi parar nas suas camisetas?

Jacob parecia confuso.

— As camisetas estavam no meu carro?

Doug achou a fotografia das camisetas que Cashman havia tirado dentro do carro. Jacob ficou olhando para ela por alguns instantes.

— São suas? — Doug perguntou.

— Sim, mas eu não estava usando nenhuma delas quando aquela mulher foi morta e não tinha nenhum sangue nelas quando eu as tirei.

— Tem alguma ideia de como o sangue da vítima manchou suas camisetas?

— Não.

— Alguém foi até o seu carro depois que a mulher foi morta e antes de a polícia chegar?

— Eu não vi ninguém, mas pode ser. — Ficou olhando para o espaço enquanto tentava lembrar como tinha caído de joelhos perto do corpo destruído e coberto de sangue. — Minha mente ia embora, às vezes. Eu nem sentia a chuva.

— Mudou de roupa depois que foi até o corpo? Poderia ter feito isso e não se recordar?

— Não. Quando eles me levaram para a cadeia, eu estava usando as mesmas roupas. A polícia está com elas. Você pode ver. Não sei de nada sobre o sangue.

— Está dizendo que não saiu de perto do corpo desde que o descobriu até quando a polícia chegou?

Jacob confirmou.

— Você olhou bem o corpo? — Doug perguntou.

Jacob apertou os lábios e confirmou novamente.

— Os relatórios da polícia afirmam que o assassino removeu as mãos e os olhos da vítima — Doug disse, tentando descrever a profanação do modo mais delicado possível. — Você viu as mãos e os olhos?

O rosto de Jacob se contorceu. Ele balançou a cabeça.

— Não me lembro de ter visto.

— Não estavam no chão, perto do corpo?

— Podiam estar. Não olhei em volta. Fiquei rezando.

Doug decidiu prosseguir.

— Muito bem. Vamos falar da última prova. Não quero que fique constrangido, mas homicídio é a acusação mais séria que existe, e este homicídio envolveu tortura, então é provável que a promotoria peça a pena de morte. Compreende isso, não é?

Jacob fez que sim com a cabeça.

— Eu gostaria que houvesse um modo delicado de colocar isso, mas quero salvar sua vida, não quero que você morra. Então, você precisa ser absolutamente honesto comigo. Se não me disser a verdade e eu acreditar no que você me diz, usarei o que me disser para tomar decisões. Se eu não souber a verdade eu poderia fazer alguma coisa que prejudicasse você. Compreende o que digo?

— Sim. Não vou mentir.

— Bom. A mulher morta estava parcialmente nua.

Jacob ficou vermelho e se contorceu na cadeira.

— Não há evidências de agressão sexual, não encontraram sêmen — Doug disse, depressa —, mas a polícia achou uma coisa perto dos genitais de mulher que compromete você.

Jacob olhou para o outro lado e começou a falar sozinho. Era difícil entendê-lo, mas Doug achava que repetia algumas citações bíblicas sobre mulheres caídas, que ele já ouvira antes.

— Jacob, por favor, é importante. A polícia encontrou dois pelos pubianos colados na coxa da mulher, com o sangue dela.

Jacob tapou os ouvidos com as mãos.

— Eu sei que é constrangedor, Jacob... Eu sei o que você acha das mulheres... mas precisamos falar sobre isso. Preciso saber se você... se você abaixou as calças daquela mulher e tocou nela.

Jacob sacudia a cabeça de um lado para o outro e começou a balançar a cadeira.

Doug respirou fundo e se recostou. Tudo ia bem até ele mencionar sexo. Agora o perdera.

— Por favor, Jacob. A acusação vai dizer ao júri que os pelos só poderiam ter chegado lá se você tivesse se deitado, nu, em cima da mulher. Se não fez isso, precisa me dizer como eles foram parar na coxa dela, no sangue dela.

Capítulo 25

Bernard Cashman era fascinado pela mente criminosa. Ao ir para casa, saindo de alguma cena de crime particularmente horrível, ele sempre imaginava como a pessoa que fizera aquilo se sentia na manhã seguinte. O criminalista lera livros sobre histórias de crimes verdadeiros com assassinos em série, assistia a entrevistas na televisão com assassinos encarcerados e tinha lido interrogatórios policiais de assassinos que ajudara a levar à justiça. Sabia que havia assassinos que eram consumidos pela culpa e que acabavam confessando para aliviar a consciência. Alguns não pareciam ser afetados pelo que tinham feito, enquanto outros ficavam incomodados com suas ações, mas conseguiam conviver com elas. De vez em quando Cashman se pegava imaginando como se portaria se matasse alguém. Agora ele sabia.

Bernie se sentira horrível quando Mary estava presa, e machucá-la o deixara muito aflito. Como a maioria dos criminalistas, Cashman conseguia se distanciar da violência que via numa cena de crime, mas não conseguiu fazer isso enquanto estava matando e desfigurando um conhecido. No entanto, para sua surpresa, superou esses sentimentos negativos bem depressa.

Cashman acreditava que conseguia dormir bem à noite e se eximir da culpa que sentiu, a princípio, porque, ao contrário de alguém como Bundy, ele não era um verdadeiro assassino. Tinha matado Mary, é verdade, mas agira em prol de um bem maior. Os soldados matavam pessoas nas batalhas, e ninguém achava que eram assassinos. Os soldados acreditavam estar fazendo a coisa certa quando matavam, porque estavam defendendo sua pátria. Embora lamentasse ter de tirar a vida de alguém que conhecia e de quem gostava, Cashman acreditava estar defendendo os cidadãos de Oregon quando matou Mary.

Alguns dias depois do desaparecimento de Mary, Bernie se sentia muito alegre quando Carlos Guzman se aproximou. Cashman estava terminando de comparar uma impressão digital do caso do assalto à loja de bebidas no qual tinha trabalhado com Mary Clark na noite em que ela o acusara de mentir sobre as digitais do caso *Hayes*.

— Teve sorte? — perguntou Guzman.

— Fui premiado. Usei o AFIS no dia seguinte ao assalto — Cashman disse, referindo-se ao sistema automático de identificação de impressões digitais — e não consegui nenhuma identificação. Mas acabo de receber as digitais dos dois homens que foram presos na noite de ontem por assaltar outra loja de bebidas, com um *modus operando* parecido. — Cashman deu um largo sorriso. — Identifiquei um número suficiente de pontos de comparação para implicar os dois no primeiro caso.

— Ótimo trabalho, Bernie.

— Obrigado.

Guzman ia saindo, mas Cashman o chamou. Já havia esperado bastante tempo para falar de Mary Clark com seu superior. Era natural que os colegas de Mary estivessem preocupados com a ausência dela e a falta de justificativa, e Bernie queria ter certeza de que tudo o que fizesse fosse coerente com as ações de uma pessoa inocente. Além disso, a análise das provas tinha acabado e tudo apontava para Jacob Cohen. Cashman tinha ouvido, por vias secretas, que os detetives e Hannah Graves estavam convencidos de que Cohen havia assassinado a mulher ainda não identificada no terreno baldio. Nenhum mal poderia atingi-lo agora se as autoridades a identificassem.

— Estou preocupado com Mary Clark — disse Cashman. — Ela não aparece há vários dias. Tem notícias dela?

Guzman franziu a testa. — Também estou preocupado. Já deixei vários recados na secretária eletrônica dela e no celular, mas ela não retornou nenhum telefonema.

— Também não consigo falar com ela. Acha que aconteceu alguma coisa? Não é do estilo dela sumir desse jeito sem dizer para ninguém aonde vai. Ela é muito responsável.

— Quando foi a última vez que você a viu ou falou com ela? — perguntou Guzman.

— Nós trabalhamos neste caso, o assalto da loja de bebidas. Era de madrugada... duas, duas e meia. Falei com ela pouco antes de ela sair. Ela disse que estava indo para casa.

— Isso foi o quê, há dois dias?

— Três. Espero que não tenha acontecido nada.

— Eu também.

Guzman não conseguia parar de pensar em Mary Clark depois que falou com Cashman. Assim que voltou para sua sala, pegou o telefone e ligou para um sargento da delegacia central que frequentava a mesma igreja que ele e era seu parceiro ocasional de golfe.

— Fritz, é Carlos Guzman. Eu queria lhe pedir um favor.

— Diga lá.

— Conhece Mary Clark?

— Ela é da sua equipe, não?

— É.

— Conheço, sim. Por quê?

— Ela trabalhou na cena de um crime com Bernie Cashman há algumas noites e desde esse dia ninguém mais a viu. Já deixei diversos recados na secretária e no celular dela, mas ela não retornou nenhum.

— Quer que eu mande uma viatura até a casa dela?

— É, foi o que pensei. Ela não é do tipo que fica doente nem viaja sem nos avisar.

— Pode deixar — disse o sargento.

Uma hora depois, o sargento Fritz Auslander recebeu um chamado de Philip Moreland, o policial que havia enviado à casa de Mary Clark.

— O que é que há, Phil? — perguntou Auslander.

— Não estou gostando disso, sargento — disse Moreland. — Não há nenhum carro na casa. Apertei a campainha e bati na porta, mas ninguém respondeu. Tentei abrir a porta. Ela não estava trancada. Abri e gritei que era a polícia. Ninguém respondeu. Depois notei que ela tem um sistema de alarme bem caro, mas que estava desligado. Não faz sentido que alguém pague um dinheirão por um alarme, não o deixe acionado e saia deixando a porta da frente destrancada.

— Falou com os vizinhos?

— Ainda não, mas eu estava pensando que ela pode estar na casa, ferida. Quer que eu entre? Não sabia se podia entrar sem um mandado.

— Não estamos verificando nenhuma atividade criminosa. Talvez ela tenha tido um ataque cardíaco, ou algo assim. Entre e me ligue de volta.

Quando Moreland telefonou, vinte minutos depois, parecia nervoso.

— Não tem ninguém em casa e não parece que ela tenha viajado. A escova de dentes, o pente, essas coisas, estão aqui no banheiro. Também verifiquei as gavetas e o armário. Parecem cheios, e eu vi um jogo de malas. Também não há sinal de luta. Está tudo arrumadinho.

Moreland hesitou, e o sargento Auslander percebeu que o policial queria dizer mais alguma coisa.

— O que você não está me dizendo, Phil?

— Há um cesto de lixo no banheiro com uma seringa bem à mostra. Está em cima de uns lenços umedecidos amassados. E há dois envelopes de papel cristal, do tipo que se usa para guardar heroína. Cheguei o mais perto que pude, sem tocar em nada. Existem vestígios de algum tipo de pó nos envelopes.

O sargento Auslander ficou quieto por um instante. Moreland aguardou.

— Escute — disse o sargento —, pegue o número da placa do carro e verifique com o departamento de trânsito. Envie um alerta para procurarem o carro. Talvez ela tenha sofrido um acidente. Verifique os hospitais.

— Será feito. E quanto ao conteúdo do cesto?

— Deixe aí. Vou pensar um pouco. Me chame se tiver alguma notícia sobre o carro.

— Eu volto a ligar, sargento.

Assim que Moreland desligou, Auslander telefonou para Carlos Guzman e relatou-lhe o que o policial tinha descoberto.

— Acha que Mary está usando heroína? — perguntou Guzman. Parecia incrédulo.

— Não sei o que pensar. Não conheço a moça. Mas se eu fosse você checaria os casos de narcóticos em que ela trabalhou recentemente para ver se falta alguma prova.

Guzman prometeu que o faria.

— Eu sei que não é fácil — disse Auslander. — Um de meus primeiros parceiros tinha esse hábito. A delegacia parecia um funeral no dia em que ele foi pego. Mas você precisa verificar.

— Tem razão — Guzman disse, com um suspiro. — Isso pode acabar com o dia.

Capítulo 26

Gary Brinkman tinha sido um rato de biblioteca quando cursava o segundo grau e a faculdade, onde fez mestrado em ciência da computação. A ideia de competir em esportes nunca tinha passado por sua cabeça até que seu médico lhe disse que a falta de exercícios físicos estava afetando sua saúde. Ele teria permanecido acima do peso e com a saúde ameaçada se não tivesse conhecido e namorado Wendy Franz, uma engenheira que trabalhava com ele na Intel e que havia terminado os estudos superiores com uma bolsa de estudos esportiva. Depois da consulta, Wendy insistiu que ele fizesse regime para perder peso e entrar em forma. Gary começou a correr e a fazer dieta. Quanto mais corria, mais magro ficava. Correr logo se tornou um vício que Wendy apoiava com entusiasmo. Gary se transformou, de obeso *geek* a corredor de longa distância magro e musculoso, cujo objetivo era completar a maratona de Portland.

Os caminhos cobertos por árvores da trilha Wildwood se estendiam por mais de trinta quilômetros pelo sistema de parques de Portland. Num sábado claro e frio, Gary e Wendy estavam fazendo um treino de vinte quilômetros quando Wendy escorregou em uma pedra que havia rolado da encosta íngreme e coberta de folhagens que acompanhava a trilha. Perdeu o equilíbrio e deslizou até metade do declive mais abaixo, onde um tronco de árvore aparou sua queda. Gary desceu até ela aos pulos.

— Você está bem? — ele perguntou à namorada, que apalpava um lado do corpo e franzia o rosto de dor.

Gary ajoelhou-se ao lado de Wendy e a ajudou a sentar-se. Foi quando já se encontrava sentada que ela viu alguma coisa em meio à densa folhagem à sua frente.

— Wendy, você está bem? — repetiu Gary.

Wendy apontou na direção da vegetação rasteira.

— Aquilo é...? — ela perguntou, incapaz de completar a sentença.

Gary olhou para onde ela apontava. Ele se levantou e foi até lá, inclinando o corpo ao se aproximar.

— Puta merda! — ele sussurrou, ao perceber que estava olhando para uma mão humana.

Zeke Forbus disse um belo palavrão quando tropeçou e escorregou encosta abaixo, só conseguindo deter a queda vários metros depois. Assim que recobrou o fôlego, foi avançando aos poucos até chegar ao corpo, lá embaixo.

— Por que esses criminosos desgraçados não matam suas vítimas num bar de esportes ou em algum lugar legal? — reclamava Forbus.— Por que a gente precisa ir a buracos que cheiram a xixi de gato ou para o meio do mato o tempo todo?

— Talvez a gente precise impor uma condição para tolerância — respondeu Billie Brewster. — Um criminoso pode reduzir cinco anos da sentença se matar suas vítimas onde a polícia possa tomar uma cerveja e comer um hambúrguer decente.

— Que merda — Forbus voltou a xingar quando a encosta deslizou novamente, jogando terra e pequenas pedras no caminho.

Logo abaixo deles, um criminalista e a Dra. Sally Grace estavam ajoelhados ao lado do corpo; acima deles, na trilha, os corredores que o encontraram esperavam sob o olhar atento de um policial.

— E aí, Sally, o que temos? — Brewster perguntou logo que derrapou para um ponto seguro perto dos arbustos onde o corpo estava escondido.

— Um cara morto — a legista respondeu, levantando-se.

— Eu disse que ela era brilhante, não disse? — Brewster disse a Forbus, que tirava a terra e as folhas de suas roupas. — Poderia compartilhar mais alguma informação técnica com aqueles de nós que não estudaram medicina?

— O que sobrou dele não é nada bonito. Os animais devem tê-lo comido, mas meu palpite é que a heroína acabou com ele primeiro. Vi diversas marcas de agulha. E ele não foi morto aqui.

— Então foi morto por alguém? — perguntou Brewster. — Não estamos diante de uma overdose ou de um ataque cardíaco?

A Dra. Grace fez um sinal com a cabeça, em negativa.

— Levou um tiro na nuca.

— Posso dar uma olhada? — Brewster perguntou.

— Fique à vontade.

A legista abriu caminho e Brewster ficou de joelhos, agachando o máximo possível para ver o corpo de perto. Forbus ficou atrás dela, olhando por sobre seu ombro. Quase todo o rosto do morto estava faltando. Forbus franziu a cara.

— Encontrou alguma identificação? — Forbus perguntou.

— O nome dele é Juan Ruiz — a criminalista disse a Forbus, entregando um saco de provas contendo a carteira da vítima. Forbus colocou luvas de látex, mas mesmo assim pegou a carteira com muito cuidado.

— Juan Ruiz — ele disse baixinho, assim que viu a foto do morto na carteira de motorista. — É... Ruiz. Eu sabia que o conhecia. — Forbus olhou para Brewster. — Nós o interrogamos sobre aquele assassinato, de Dominguez, há mais ou menos um mês.

— Trabalha para Felix Dorado, certo? — perguntou Brewster.

— O que significa que devemos investigar os homens de Martin Breach — respondeu Forbus.

Brewster voltou-se para a Dra. Grace.

— Assim que fizer a autópsia, avise-me se encontrar fragmentos de balas. Estou curiosa para saber se elas batem com as que mataram Vincent Ballard.

Parte 4

Ficção Científica

Capítulo 27

Sempre que os Jaffe precisavam de um perito forense, contratavam os serviços de Paul Baylor, um afro-americano esbelto que havia trabalhado no Laboratório de Criminalística do Estado de Oregon por dez anos antes de decidir ser autônomo. Paul queria fazer a reunião na Jaffe, Katz, Lehane e Brindisi, mas Frank gostava de sair do escritório sempre que podia, então ele e Amanda foram até a Oregon Investigações Forenses.

— Então, como foi seu encontro com Mike? — Frank perguntou, virando o carro para entrar num parque industrial perto do rio Columbia.

— Como sabe que saí com Mike? — Amanda perguntou, um pouco desconcertada com a pergunta. Ela adorava seu pai, mas ele tinha mania de meter o nariz nos assuntos particulares dela.

— A secretária dele comentou quando eu fui até a promotoria hoje de manhã.

Amanda estava aliviada por não ter sido Mike quem contara a seu pai, mas não gostava de ver sua vida social discutida no gabinete da promotoria. No entanto, precisava admitir que se divertira muito. O filme fora melhor do que o esperado, e ela apreciara a conversa durante o jantar. Se fosse totalmente honesta consigo mesma, admitiria que lamentou quando a noite terminou bem na porta de sua casa.

— Só fomos jantar e depois ao cinema, papai — Amanda disse, ao passarem por uma rua que tinha armazéns dos dois lados.

— Você conhece bem os Cohen? — ela perguntou, para distrair o pai.

Frank levantou os ombros.

— O rabino e eu conversamos algumas vezes depois das nossas atividades religiosas e em duas ou três reuniões masculinas, e também me encontrei com ele e Valerie em festas, mas não sou amigo íntimo; estou mais para um conhecido. Por quê?

— Estou estudando a possibilidade de alegar defesa por problemas mentais e queria saber se você tem alguma informação sobre Jacob ou a família dele.

— Todo mundo sabe que Jacob tem problemas sérios. Eu sei que aconteceu alguma coisa quando ele vivia em Chicago e que foi para a prisão por tentativa de estupro. O rabino marcou uma hora comigo quando Jacob foi preso, mas cancelou. Não sei por quê.

— Se souber de alguma coisa que possa ajudar, você me avisa?

— Pode deixar.

Frank estacionou num espaço aberto na frente de um prédio de concreto comum. Uma rampa levava a um caminho que passava na frente de um escritório de comércio exterior e de uma construtora e terminava na Oregon Investigações Forenses. A porta dava para uma pequena antessala mobiliada com duas cadeiras em volta de uma mesa coberta com cópias antigas das revistas *Scientific American* e *Business Week*. Em uma parede da recepção havia uma porta e uma janela de vidro. A secretária de Baylor estava sentada em uma mesa do outro lado da janela de vidro, preparando um relatório para um cliente. Amanda deu seu nome à secretária. Momentos depois, Paul Baylor saiu, usando uma jaqueta de espinha-de-peixe, uma camisa social azul aberta no colarinho e calças marrom muito bem passadas.

— Já faz algum tempo — Baylor disse, com um sorriso, ao conduzir seus clientes para uma sala apertada onde havia uma mesa barata, cadeiras diferentes uma da outra e uma estante repleta de revistas científicas e arquivos de casos. A sala era usada para reuniões com clientes e para redigir relatórios. O verdadeiro trabalho de Paul acontecia num grande laboratório atrás de seu escritório.

Frank, Amanda e o perito forense conversaram sobre amenidades durante alguns minutos antes de entrar no assunto. Havia um bloco de notas sobre a mesa. Baylor pegou uma caneta.

— Digam o que têm para mim.

— Primeiro as damas — disse Frank.

— Chegou a ler sobre a mulher não identificada que foi assassinada no terreno da Hobart com a Queen Anne? — Amanda perguntou a Baylor.

— Ouvi alguma coisa no jornal da noite, há alguns dias. O filho de um rabino foi preso, não é?

— Jacob Cohen. Ele é meu cliente. Jacob é esquizofrênico paranoico, com histórico de agressão sexual. Estava morando num carro abandonado dentro do terreno baldio onde aconteceu o assassinato. Os detetives o encontraram ajoelhado ao lado do corpo. A mulher foi espancada e esfaqueada. Ele admite ter tocado na faca.

Baylor parecia confuso.

— O que quer que eu faça?

— Meu cliente jura que outra pessoa matou a mulher.

— Ele identificou o assassino?

— Bem... sim. Ele acredita que o assassino seja Mefistófeles.

Baylor olhou para Amanda, embasbacado. Em seguida, riu.

— O diabo?

Amanda confirmou.

— É, aquele sujeito vermelho, com chifres.

— E quer que eu procure evidências de quê? De enxofre?

— Se encontrar enxofre, garanto que posso fazer a promotoria retirar a acusação — disse Amanda.

— Não deve ser problema — disse Baylor. — Tenho um teste específico para enxofre. Se estiver lá, vou encontrar. Algo mais que quer que eu procure? Traços de um forcado, rastros de um rabo?

Amanda sorriu. Em seguida, ficou séria.

— Na verdade existem algumas coisas que me incomodam. Jacob insiste em afirmar que não cometeu o crime.

— Quantos de seus clientes admitem que são culpados? — Baylor perguntou, lançando a Amanda um sorriso indulgente.

— Não muitos, mas meu adjunto, Doug Weaver, já o defendeu anteriormente. Ele acha que Jacob é tão louco que nem conseguiria mentir. É difícil explicar, mas ele é muito sério com relação a tudo.

— Acha que ele é inocente? — insistiu Baylor.

Amanda suspirou.

— Não. Acho que ele tem delírios. Ele provavelmente matou a mulher e convenceu a si mesmo de que foi o diabo para não precisar encarar a verdade, mas eu não estaria fazendo o meu trabalho se não tivesse de verificar o trabalho da perícia. Os tiras encontraram duas camisetas no carro de Jacob contendo sangue da vítima. Jacob admite que são suas, mas diz que não estava com elas quando a vítima foi morta, e afirma que não tem ideia de como elas ficaram sujas de sangue. Eu gostaria de ter certeza de que o sangue nessas camisetas é da vítima.

"Tem mais uma coisa que eu achei estranho. A mulher foi esfaqueada repetidas vezes e agredida com um pé-de-cabra. As duas armas foram encontradas ao lado do corpo. Jacob admite ter tocado na faca, mas diz que não tocou no pé-de-cabra. O laboratório achou digitais na faca, mas não no pé-de-cabra."

— Quem trabalhou no caso para o estado? — perguntou Baylor.

— Ron Toomey e Bernie Cashman.

— Eles são competentes — disse Baylor.

— Eu sei, mas todos cometem erros, embora eu duvide disso neste caso.

— Tem os relatórios para me dar? — Baylor perguntou.

Amanda entregou-lhe um grosso envelope de papel-manilha. Baylor o pegou e colocou-o de lado.

— Vou dar um jeito de olhar as provas. Se eu precisar fazer testes aqui, pode me arranjar um mandado para trazer tudo para cá?

— Dê-me uma declaração juramentada e mandarei uma moção ao juiz.

— Bom. — Ele voltou-se para Frank. — Conte-me seus problemas.

— Art Prochaska foi indiciado pelo assassinato de um viciado chamado Vincent Ballard. O sujeito foi executado no Motel Continental com dois tiros na nuca.

— Algo de especial sobre esse Ballard?

— Não que eu saiba. Já foi rico, ganhou muito dinheiro com uma empresa virtual no começo da Internet. Mas ela quebrou quando a bolha estourou, nos anos de 1990. Ballard ficou viciado quando tinha dinheiro para comprar droga. Depois que ficou pobre, foi ladeira abaixo. Conseguia se manter com empregos temporários na área de informática. Pelo que eu soube, estava completamente dependente no final.

— Não me parece o tipo de pessoa que Martin Breach mandaria Art apagar.

— Concordo. E Art afirma veementemente que foi armação.

— Por que os tiras acham que foi Prochaska?

— Foram encontradas digitais de Art numa lata de cerveja no quarto da vítima. A lata não estava no quarto quando as arrumadeiras o limparam, então há um pequeno espaço de tempo dentro do qual ela poderia ter sido colocada lá. Art jura que nunca esteve naquele quarto e que nunca tocou na lata.

"E também as balas que mataram a vítima são coincidentes com as balas encontradas na casa de Art, mas ele diz que não matou Ballard."

— Quem são os criminalistas do caso?

— Bernie Cashman e Mary Clark.

— Muito bem. Vou dar uma olhada nos exames de balística e das impressões digitais e entro em contato.

Capítulo 28

Carlos Guzman estava em sua mesa trabalhando quando a recepcionista informou que o sargento Auslander estava na linha 2.

— O que tem para mim, Fritz?

— Encontramos o carro de Mary Clark.

— Onde?

— Estava estacionado no final da Hobart, perto do terreno baldio onde aquela mulher foi encontrada, há algumas noites. Vocês já identificaram a vítima?

— Jesus! Está sugerindo que...?

— Dizem que a vítima era usuária de drogas. O que descobriram quando olharam os arquivos dos casos de Clark?

— Isso fica entre nós, Fritz.

— Claro.

— Estava faltando heroína de diversos casos. O pessoal de assuntos internos está averiguando.

— Que pena. Não leve isso para o lado pessoal. E, se quer meu conselho, eu daria uma olhada nessa mulher.

Assim que desligou, Guzman lembrou-se de algo e chamou uma extensão na procuradoria.

— Hannah Graves.

— Aqui é Carlos Guzman, do laboratório.

— Olá. Posso ajudá-lo?

— Está conduzindo o caso de Jacob Cohen, não está? O crime do terreno baldio?

— Sim.

— Foi a promotora de Cohen no caso de tentativa de estupro de uma prostituta?

— Foi meu caso também.

— Quem testemunhou sobre o trabalho do laboratório nesse caso?

— Mary Clark. Ron Toomey fez alguma coisa, mas nos limitamos ao depoimento de Mary. Ela foi a testemunha. Por quê?

— Isso ainda não veio a público, mas Mary está desaparecida há vários dias. Mandei um policial verificar a casa dela. Normalmente ela é muito responsável. Achei que pudesse estar lá dentro. Talvez tivesse tido um ataque cardíaco ou estivesse muito ferida. Mary não estava em casa, mas o policial viu uma seringa e o que ele pensou ser heroína num cesto de lixo no banheiro dela.

— Ele tocou nesse material?

— Não. Ele foi até lá ver se Mary estava ferida. De qualquer maneira, verifiquei se faltava heroína de algum dos casos nos quais Mary estava trabalhando. E faltava. Depois, recebi um chamado sobre o automóvel de Mary. Eles o encontraram na mesma quadra do terreno baldio onde Jacob Cohen matou aquela mulher.

— E você acha...?

— E se Mary acabou se viciando e precisava de uma dose? Ela sabe onde pode conseguir heroína na rua. Então, ela vai até a Queen Anne com a Hobart, Cohen a vê e lembra que ela testemunhou contra ele.

Guzman esperou pacientemente enquanto Graves digeria o que ele acabara de contar.

— Obrigada, Carlos — Graves disse, depois de alguns instantes. — Você pode ter salvado meu dia. Achamos que ele matou a vítima porque é maluco, mas você acaba de me dar um motivo e tanto. Alguém foi ver a mulher depois que encontraram o carro?

— Não. Irei ao Instituto Médico Legal assim que desligar.

— Avise-me se souber que a vítima é Mary Clark. Isso pode ser um avanço enorme.

Hannah Graves parecia muito animada, mas Guzman não conseguia compartilhar de seu entusiasmo. Se ele estivesse certo, Mary morrera de forma horrenda.

— Oi, Billie, acabei de fisgar os fragmentos da bala no crânio de Juan Ruiz — Sally Grace disse quando o detetive atendeu o telefone.

— Vou mandar alguém do laboratório pegar os fragmentos e verificar se batem com as balas do caso Prochaska. Se eu conseguir enquadrar Prochaska em mais um homicídio, fico lhe devendo uma cerveja.

— E um jantar. E num lugar caro.

As mulheres conversaram durante mais algum tempo, e a Dra. Grace desligou. Tinha outra autópsia para fazer e estava se aprontando para sair de sua sala quando a recepcionista informou que Carlos Guzman com dois detetives estavam na recepção e queriam falar com ela. Momentos depois, Guzman, Steve Hooper e Jack Vincenzo subiram até a sala dela.

— Chegaram depressa — disse a Dra. Grace.

— Como assim? — Guzman parecia intrigado.

— Não vieram por causa das balas que tirei da cabeça de Juan Ruiz? — perguntou a legista.

— Não, Sally, não é por isso que estou aqui. — Ele parecia triste. — Vim por causa da mulher morta no terreno da Queen Anne com a Hobart. Ainda estão com o corpo?

— Sim.

— Gostaríamos de dar uma olhada nele.

A Dra. Grace pegou o telefone e pediu que levassem o corpo da mulher para a sala de autópsia. Em seguida, conduziu os homens até os fundos do prédio. Era normal para as pessoas que ela trazia para sua área de trabalho conversar, para aliviar a tensão de estar perto dos mortos, mas dessa vez ninguém disse uma palavra durante a curta caminhada de sua sala até lá.

O corpo foi trazido logo depois de chegarem. Os homens se reuniram em volta do cadáver. Guzman respirou fundo e ficou branco quando Sally descobriu o rosto da vítima. Hooper xingou.

— O que acha? — perguntou Vincenzo.

Guzman ficou estarrecido com o estrago que havia sido feito no rosto da vítima, mas forçou-se a olhar para ela. Em sua mente buscou fixar o rosto de Mary Clark e em seguida reproduziu o rosto dela sobre o cadáver, como se fosse um quebra-cabeça. Quando ficou satisfeito, Guzman fez um sinal com a cabeça.

— É ela — disse, afastando-se do corpo e encarando Sally. Ela achou que ele fosse começar a chorar.

— Conhece esta mulher? — perguntou ela.

— Tenho certeza de que é Mary Clark, uma das criminalistas do laboratório.

A Dra. Grace deu um passo para a frente e olhou fixamente para o rosto esmagado.

— Meu Deus! — ela disse, em sussurro.

Bernard Cashman, Carlos Guzman e Steve Hooper seguiram o patrulheiro Philip Moreland pelas escadas até o quarto de Mary Clark. Lá embaixo, criminalistas e detetives andavam para lá e para cá, procurando pistas para o assassinato. Cashman fez o possível para conter um sorriso, sabendo que não encontrariam nenhuma.

— Está aqui — Moreland disse, apontando para o banheiro contíguo ao quarto de Mary. O policial deu um passo para o lado e Cashman, seu chefe e o detetive foram até o cesto de lixo. A seringa e os envelopes de papel cristal que Cashman lá colocara estavam por cima de alguns lenços de papel amassados.

— Obrigado, Phil. Não precisaremos mais de você — disse Guzman.

Moreland desceu as escadas, deixando os três homens parados na porta do banheiro. Guzman olhou para a prova do vício de Mary Clark e balançou a cabeça, com tristeza.

— Nunca percebi nada — disse ele, enquanto Cashman fotografava o banheiro e o cesto. Os homens ficaram em silêncio enquanto Cashman removia a prova e a colocava no saco de plástico. Quando terminou, Guzman deu um suspiro.

— Pobre Mary — disse ele.

— Não se deixe abater, Carlos — Cashman disse ao chefe. — Nenhum de nós suspeitava de que ela usasse drogas.

— Sinto-me mal por não tê-la reconhecido quando encontramos o corpo — Hooper disse a eles.

— Não deve — Cashman disse. — Ron e eu trabalhávamos com ela todo dia e não sabíamos que era ela.

Hooper balançou a cabeça.

— O rosto dela estava tão destruído que eu nem queria olhar.

Os homens ficaram calados, de pé em volta do cesto de lixo como se ele fosse o caixão de Mary. Então, Hooper cerrou o pulso.

— Aquele pervertido vai pagar por isso.

— Estou certo que vai, Steve — disse Cashman. — Você o encontrou com o corpo, Ron o pegou com os pelos pubianos, o sangue na camiseta o liga a Mary e as impressões dele estão na faca. O caso é muito forte.

— Weaver e Jaffe devem tentar a tese da insanidade mental para livrar Cohen da pena de morte.

— Isso é preocupante, mas, de qualquer maneira, ele vai pagar — disse Cashman. — Às vezes me pergunto se ficar o resto da vida trancado numa jaula não é até pior do que uma sentença de morte.

— Olho por olho, Bernie — respondeu Hooper, com raiva. — É nisso que eu acredito. Matar um canalha como o Cohen é o mesmo que jogar o lixo fora.

Bernie queria que Hooper e Guzman saíssem para que ele pudesse procurar o martelo. Deu a Hooper o saco plástico com a seringa e os envelopes de papel cristal.

— Podem levar isso lá para baixo e fazer o registro? Quero terminar aqui.

— É claro — disse Hooper, pegando o saco plástico.

— Vamos parar de atrapalhar e deixar que faça o seu trabalho — Guzman disse, sacudindo a cabeça, triste. — Eu precisava ver com meus próprios olhos.

Guzman e Hooper se dirigiram às escadas. No instante em que sumiram de vista, Bernie deu meia-volta vagarosamente e começou a procurar algum lugar que não tivesse percebido quando vasculhou o quarto na noite em que sequestrou Mary. Estava com pressa naquela noite, mas agora, com o pretexto de conduzir uma investigação detalhada, podia passar o tempo que quisesse procurando pelo martelo do caso *Hayes*.

Cashman revistou cada gaveta do quarto e cada centímetro do *closet*. Olhou até debaixo da cama. Em seguida, procurou no banheiro. Nada. Entrou no corredor e foi até o quarto de hóspedes. Quando terminou lá, buscou nos armários do corredor. Estava ficando desesperado. Se algum outro criminalista encontrasse o martelo antes dele, poderia ser desastroso.

Uma hora depois, Cashman se convenceu de que o martelo não estava no segundo andar. Faltavam o térreo e o sótão. Diversas pessoas esquadrinhavam o térreo, mas ninguém havia ido ao sótão. Uma porta no final do corredor do andar de cima se abria para uma escadaria estreita. Cashman suava frio e seu estômago dava um nó enquanto subia os degraus.

— Bernie — uma voz embaixo das escadas chamou.

Cashman ficou paralisado. Teriam encontrado o martelo? Mary o escondera e todos desejariam saber por quê. Não demoraria muito para que adivinhassem que a razão para ela esconder a arma estava, de algum modo, ligada a Bernard Cashman, o criminalista que havia miraculosamente resolvido o caso *Hayes* encontrando uma digital no cabo do martelo.

— Sim? — Cashman respondeu.

— Carlos quer todo mundo lá em baixo.

— Para quê? — perguntou, ansioso.

— Ele quer saber o que já descobrimos.

— Ainda não terminei o sótão.

— Pode terminar depois. Ele quer que desça agora.

Cashman xingou baixinho. Não havia como evitar a reunião. Deu meia-volta e começou a descer, rezando para ter outra chance de revistar o sótão.

Capítulo 29

Quando Henry Tedesco entrou no escritório de Martin Breach, no Jungle Club, vestia uma camisa de seda preta, corrente de ouro e calça de poliéster marrom. O chefe de Henry estava curvado, comendo com pauzinhos um prato tailandês tão apimentado que Henry podia ver o suor gotejando do couro cabeludo sob os ralos fios de cabelo penteados por cima da careca.

— O que tem para me dizer, Henry? — perguntou, sorvendo uma pimenta amarela cozida com leite de coco.

— Lembra que ficou desconfiado que alguém do laboratório de criminalística estava recebendo de Felix Dorado?

Breach fez um sinal afirmativo.

— Chegou a ler sobre a mulher não identificada que foi morta no terreno baldio da Queen Anne?

— Sim?

— A polícia a identificou. É Mary Clark, perita forense do laboratório de criminalística de Oregon que estava trabalhando no assassinato do Motel Continental. Agora vem a parte interessante. Ela gostava de heroína.

Breach parou de comer.

— Acha que a cadela recebeu grana para incriminar o Artie?

— Sabe o que dizem: onde há fumaça, há fogo.

— Viciada em heroína — Breach resmungou sozinho. — Aquele maldito Dorado deve ter chegado até ela.

— Quando descobriu que era viciada, ela ficou na mão dele.

— Quero que vá ver o Frank. Conte isso a ele. Talvez ele consiga fazer alguma coisa. — Suprimir a prova, algo assim.

— Eu soube de uma coisa que pode ser ainda mais útil.

Tedesco contou a Breach o que Clarence Edwards tinha dito a Marsha Hastings sobre os dois homens que vira saindo do quarto de motel de Ballard na noite do crime.

— Precisamos levar Frank até Edwards — Breach disse.

— Podemos ter um problema. Ele desapareceu um dia depois de conversarmos. Coloquei alguns homens procurando, mas acho que saiu do estado.

— E a vadia, ainda está morando no Continental?

— Sim, mas ela não pode ajudar Art — disse Tedesco. — Se entendo como funciona a lei, o Sr. Jaffe não poderá usar a descrição dela como prova.

— Certo, seria testemunho indireto — disse Breach, que conhecia direito criminal como muitos advogados. — A vadia estaria contando o que Clarence disse para ela, mas ela mesma não viu nada.

— Talvez não precisemos de Edwards nem de Hastings. Acho que tenho um perfil de um dos assassinos.

Breach sorriu.

— Isso seria bom.

Tedesco fez um sinal afirmativo com a cabeça.

— Se o encontrarmos, talvez possamos convencê-lo a aliviar a consciência.

— Não há dúvida, não há duvida... — disse Martin Breach, lambendo os lábios de expectativa.

Capítulo 30

Doug Weaver e Amanda tinham quase o mesmo tempo de experiência na prática do direito; ele já trabalhara em seis casos de pena de morte e já havia ido quatro vezes à Suprema Corte de Oregon, mas ainda se sentia nervoso por trabalhar com uma advogada que era tida como uma estrela no firmamento da área legal.

Amanda tinha agendado uma reunião para obter ideias novas para o caso. Doug normalmente se vestia de modo casual para as reuniões informais com outros advogados. Para essa ocasião, colocou terno, engraxou os sapatos e chegou dez minutos adiantado. E o mais importante: não pusera uma gota de álcool na boca desde que Amanda o convidara para trabalhar com ela no caso de Jacob.

Pouco depois de informar seu nome à recepcionista, uma mulher entrou na sala de espera e se apresentou como Kate Ross, a investigadora do escritório.

— Amanda está com um cliente. Ela me pediu para avisá-lo. Reservamos a sala de reuniões. Pode esperar lá. Não vai demorar.

Uma mesa longa de madeira encerada se estendia ao longo do centro da sala de reuniões. Estantes repletas de livros de direito e estatutos preenchiam a parede de um lado da mesa e uma lousa ocupava a maior parte da parede ao final da mesa, em frente à porta.

— Tem refrigerante na cozinha e temos chá e café — disse Kate, apontando para um aparador que ficava recostado à parede em frente às estantes. Sobre o aparador estavam dispostas bandejas de prata com frutas e alguns petiscos, potes com café e água quente, uma caixa de madeira entalhada contendo uma variedade de chás, um jogo de xícaras de porcelana, alguns pires e pratos, uma caixa com talheres finos e várias garrafas de água.

— Vou tomar um café — disse Doug a ela.

— Certo. Voltarei quando Amanda estiver pronta — Kate apontou para um telefone sobre o aparador. — Ligue se precisar de alguma coisa.

A investigadora saiu da sala e Doug notou duas pastas com três argolas que estavam sobre um dos lados da mesa. Uma etiqueta dizendo *O Estado contra Cohen* e outra com *Amanda Jaffe* estavam afixadas numa das capas. O nome de Kate Ross estava na outra. Ao lado da pasta havia um bloco de notas, uma caneta e dois lápis apontados. Os relatórios de Doug sobre o caso estavam reunidos em envelopes de papel-manilha com etiquetas escritas à mão. Ele jurou a si mesmo que criaria um arquivo como o de Amanda assim que terminassem a reunião.

Estava quente na sala de conferências, e Doug pensou em tirar o paletó, mas acabou ficando com ele, pois queria que Amanda pensasse que era um homem de negócios. Encheu uma xícara de café preto e tirou seus relatórios da pasta. Arquivos separados continham os relatórios da polícia, do laboratório e da autópsia sobre o caso. Outra seção continha as anotações confidenciais de Doug sobre sua entrevista com Jacob Cohen, e outro, os documentos internos que tinha copiado para Amanda, mas não seriam entregues à promotoria. Um envelope de papel-manilha estava cheio de fotos da cena do crime e da autópsia. Ele estremeceu quando se lembrou dos closes do rosto da mulher morta. Para Doug, lembravam uma daquelas pinturas de Picasso, onde os traços do rosto estão presentes, mas deformados e reagrupados. Sem os olhos e com o estrago feito na face, na boca e no nariz, a pobre mulher quase não parecia um ser humano.

Subitamente, a porta se abriu e Amanda e Kate entraram.

— Olá, Doug — disse Amanda, saudando Doug como se fosse um velho amigo. Amanda encheu uma xícara de café e pegou um *croissant* da bandeja. Kate pegou uma garrafa de água e uma fruta.

— Kate e eu lemos o arquivo inteiro e tivemos algumas impressões — disse Amanda, depois de sentarem. — Mas, se você não se incomodar, gostaríamos de ouvir sua versão do caso primeiro. Assim nós não o influenciaremos e poderemos ver se estamos na mesma frequência.

Doug preferiria ouvir as ideias de Amanda primeiro, caso as dele não batessem com as dela. Não queria parecer um idiota. Mas concordou com a sugestão de Amanda.

— Devo admitir que o Estado tem um grande caso — disse ele —, mas vi algumas coisas nos relatórios que levantaram dúvidas. O que me surpreendeu foi o número de dúvidas que seriam esclarecidas se eu presumisse que Jacob não matou a mulher.

— O que o confundiu? — perguntou Amanda.

— Bem, estou tendo dificuldade para entender o que aconteceu com o pé-de-cabra. A vítima foi esfaqueada múltiplas vezes e muito agredida com o pé-de-cabra. Jacob admite ter pegado a faca, e no laboratório encontraram muitas digitais nela, mas por que não há digitais no pé-de-cabra? Quer dizer, a resposta fácil é que ele tenha limpado o pé-de-cabra, mas por que limpar o pé-de-cabra e não a faca?

Doug fez uma pausa para ver se Kate e Amanda estavam acompanhando. Quando Amanda fez um sinal afirmativo, ele continuou.

— É claro que a solução para o problema se torna simples se outra pessoa tiver cometido o crime. O assassino limpa as impressões digitais das duas armas e as deixa perto do corpo, onde Jacob pode encontrá-las. Ele pega a faca, como disse, mas não toca no pé-de-cabra.

— O que nós pensamos está mais ou menos na mesma linha — disse Amanda. Doug sorriu como um estudante que tinha acabado de receber uma medalha de sua professora preferida. — O que mais você tem?

— Repassei minha entrevista com Jacob depois de ler os relatórios da autópsia e da polícia. Alguma coisa não faz sentido. Jacob afirma que não saiu do terreno depois de ver a mulher. Então, como os olhos e as mãos dela saíram de lá?

— A resposta é óbvia — disse Kate. — Cohen mentiu.

Doug aquiesceu.

— É uma possibilidade. Mas, se ele está dizendo a verdade, ou ele tinha um cúmplice, o que não é muito plausível, ou o verdadeiro criminoso levou as mãos e os olhos para longe. Pensem no seguinte: por que Jacob desejaria se livrar das mãos e dos olhos?

— Porque ele é louco — respondeu Kate. — Pelo menos é isso o que Hannah Graves alegará.

— Ou não quer que ninguém descubra quem ela é — acrescentou Amanda.

— Isso não funciona, Amanda — disse Doug. — Se Jacob não queria que ninguém soubesse que a mulher tinha alguma relação com ele, por que se daria ao trabalho de jogar fora os olhos e as mãos, mas deixar o corpo dela no terreno onde vive?

— Bem pensado — reconheceu Amanda. — Quais são suas impressões sobre as camisetas com sangue encontradas no saco de lixo dentro do carro de Jacob?

— Isso é um enigma — admitiu Doug —, mas algo relacionado a isso me preocupa. Quando foi preso, Jacob estava usando agasalho e camiseta. O relatório da polícia diz que não havia sangue algum nessas roupas. Estava frio e tinha chovido a noite toda. Jacob tinha usado o agasalho sobre a camiseta, então como o sangue sujou as camisetas que foram encontradas no carro e não sujou o agasalho?

— Essa é fácil — Kate respondeu, que Doug percebeu ter sido designada para fazer o papel de advogado do diabo. — A vítima chega ao terreno enquanto Jacob ainda está no carro, usando somente a camiseta. Talvez estivesse mudando de roupa. De qualquer forma, ele sai e a mata. Depois, vê o sangue na camiseta, volta para o carro, tira as camisetas sujas de sangue e as coloca no saco de lixo, depois veste as roupas com as quais foi preso.

— Isso se encaixa na prova, mas não faz muito sentido — respondeu Doug. — Estava uma noite chuvosa e terrivelmente fria. Ele não sairia na chuva só de camiseta. Vestiria um agasalho antes.

“Mas vamos presumir que você esteja certa. O que ele fez depois de mudar de roupa? A vítima estava destroçada. Se ele tivesse causado algum estrago depois de voltar para junto do corpo, haveria sangue no agasalho.”

— Admito que a acusação tem um problema nesse ponto — disse Amanda—, mas, dada a outra evidência, não vejo um júri inocentar Cohen porque ele estava usando uma camiseta e um agasalho sem vestígios de sangue quando foi preso.

— É verdade, mas tudo faz sentido se o Sr. Cohen for inocente e o assassino tiver colocado o sangue nas camisetas que estavam no saco de lixo.

Amanda parecia insatisfeita.

— Essa teoria apresenta muitos problemas, Doug. Cohen admite que as camisetas são dele, então o assassino teria de pegá-las do carro, sujá-las de sangue e colocá-las de volta. Quando ele poderia ter feito isso? O legista concluiu que a mulher foi morta no terreno, então as camisetas teriam de ter sido colocadas depois do crime e antes da polícia chegar.

— Jacob poderia estar tão envolvido depois que achou o corpo que não percebeu o assassino ir até o carro e plantar a prova — disse Doug.

— Tudo bem, mas quando o assassino pegou as camisetas? Ele não fez isso enquanto Cohen estava no carro, então ele precisou pegá-las do carro depois que Cohen foi até o corpo. Depois, precisou ir até o corpo enquanto Cohen estava lá e sujar as camisetas de sangue sem que Cohen o visse. Cohen acha que o assassino é o diabo. O diabo poderia ter se feito invisível e fazer isso, mas acho que nenhum ser humano conseguiria.

"Cohen também disse que esperou muito tempo antes de ter coragem para ir ver o que tinha acontecido. Por que o assassino esperaria na chuva todo esse tempo e só então correria até o carro, arriscando ser descoberto?"

— São boas perguntas — disse Doug. — Receio não ter as respostas.

— É. Pois bem, nós também não temos — disse Amanda, parecendo frustrada. — E ainda temos a prova mais devastadora de todas: os pelos pubianos. Como eles poderiam ter chegado até a coxa da vítima e grudar nela com seu próprio sangue? Se Cohen é inocente, alguém precisou achar uma forma de pegar seus pelos pubianos, o que consiste num plano muito elaborado para incriminar Cohen pelo assassinato. Que motivo plausível alguém teria para fazer isso?

Antes que Doug pudesse responder, Frank Jaffe entrou na sala.

— Trabalhando no caso de Jacob? — perguntou.

— Sim. Doug, este é meu pai, Frank Jaffe.

— Muito prazer — disse Frank, com um sinal de cabeça. — Me desculpem a interrupção, mas Henry Tedesco acaba de passar por aqui e me forneceu uma informação sobre o caso que pode ser muito importante. Identificaram a mulher assassinada. É Mary Clark, que trabalhava no laboratório de criminalística.

— Isso não é bom — disse Doug.

— Faz alguma diferença? — Kate perguntou, confusa com a reação de Doug.

— Na reunião que tive com Jerry Cochran para falar sobre o caso em que Jacob foi acusado de tentativa de estupro, ele me mostrou os arquivos. Mary Clark testemunhou contra Jacob no julgamento dele por agressão e tentativa de estupro.

— Clark também estava trabalhando no caso de Prochaska, não? — perguntou Amanda.

Frank assentiu.

— Foi por isso que Henry veio aqui. Acontece que ela era viciada em heroína. O laboratório encontrou vestígios de heroína no sangue dela, e encontraram heroína que tinha sido roubada do laboratório na casa dela. A polícia acha que Clark foi ao terreno comprar droga. Henry sugeriu que alguém que tivesse ressentimentos contra Art e Martin poderia ter descoberto que Clark era viciada e a chantageado para incriminar Art. Martin acha que deveríamos verificar novamente o trabalho da perícia no caso de Art.

— Paul está fazendo isso, não? — perguntou Kate.

— Sim, e precisamos informá-lo sobre esse novo evento.

— Como descobriram que a vítima era Clark? — perguntou Amanda.

— Ela ficou sem aparecer no trabalho por alguns dias e um policial foi até a casa dela. Ela não estava e o carro também não. O carro foi encontrado perto do terreno, e alguém juntou os pontos.

— Obrigada pela informação, pai.

— Foi um prazer. Vou deixar vocês trabalharem. Prazer em conhecê-lo, Doug.

— Era só o que faltava — disse Weaver quando Frank saiu. — Agora Graves pode provar a oportunidade, os meios *e* o motivo. Tínhamos uma boa defesa alegando que Jacob era louco quando parecia que o crime tinha sido ocasional. Graves pode contestar nossa alegação de que Jacob era louco demais para saber o que fazia mostrando que ele conhecia a vítima e que tinha um motivo para matá-la.

A reunião para obter novas ideias continuou por mais uma hora. Antes de terminar, decidiram que Kate faria uma lista de testemunhas leigas e peritas para a fase de determinação de penalidade. Doug se ofereceu para reunir um conjunto de instruções processuais para o júri na fase de penalidade e para pesquisar as questões legais relacionadas especificamente a sentenças capitais. A tarefa seria fácil para Doug, que havia preparado instruções para júris e memorandos sobre questões de sentenciamento para seus outros casos e só precisava se atualizar para a legislação do último caso.

Quando Doug saiu do escritório de Amanda, sentia-se otimista. Ela fizera de tudo para ser agradável e o tratara como um igual. Também parecia ter ficado satisfeita com a análise que ele fizera do caso. Os únicos sentimentos negativos que Doug abrigava eram relativos aos obstáculos que eles precisariam transpor para salvar a vida de Jacob.

Capítulo 31

— Mike Greene está aguardando na linha 3 — informou a recepcionista a Frank.

— O que é que há? — perguntou Frank ao atender o telefone.

— Receio ter más notícias, Frank. O corpo de Juan Ruiz, um traficante de segunda que trabalha para Felix Dorado, foi encontrado no mato há alguns dias. Ele foi baleado na nuca, executado, do mesmo modo como Vincent Ballard. Comparamos as balas que mataram Ruiz com as balas encontradas no *closet* de Art Prochaska. São exatamente iguais. E a coisa ficou ainda pior para o seu cliente. O laboratório fez um teste de balística na arma encontrada na casa de Prochaska. Não há dúvida de que foi ela que disparou as balas que mataram Ruiz.

— Suponho que Art será acusado deste assassinato também.

— Receio que sim. Estarei diante do grande júri amanhã. Eu lhe telefono quando tiver um indiciamento e pudermos formalizar a denúncia.

Frank desligou e girou sua cadeira para poder olhar as colinas de West Hills. As nuvens escuras que pairavam sobre elas combinavam com o seu estado de humor. Antes do telefonema de Mike, Frank acreditava ter chance de ganhar o caso. Nenhuma testemunha tinha visto Prochaska, que não passava desapercebido, no Continental. Em seu testemunho, Cashman afirmaria que balas como as encontradas no *closet* de Art haviam matado Ballard, mas ele não poderia jurar que as balas vieram da caixa encontrada no *closet*, e afirmara, na audiência preliminar, que a Glock pertencente a Art não havia disparado aquelas balas. Qualquer vantagem que Frank pudesse ter desapareceria se um juiz permitisse que Mike apresentasse provas de um segundo crime, semelhante ao primeiro, e cometido com balas iguais às encontradas na casa de Art e disparadas pela arma de Art.

Normalmente um promotor não pode comentar com o júri sobre um crime que não estivesse citado na acusação, mas havia exceções para essa regra. Uma exceção permitia ao Estado introduzir provas de crimes tão parecidos que a inferência natural seria que a pessoa que cometeu um teria provavelmente cometido o outro. Mike argumentaria que Ballard e Ruiz eram viciados e que foram executados da mesma maneira, com balas que vieram do mesmo lote. Frank não sabia se seria errado por parte do juiz permitir a introdução de provas do assassinato de Ruiz no julgamento do homicídio de Ballard, e apostava que Mike estava pesquisando casos nos quais foram admitidas provas de outros crimes naquele exato momento.

Uma batida na porta distraiu Frank.

— Tem um minuto? — perguntou Kate Ross ao seu patrão.

— A reunião terminou?

— Sim, acabamos de sair.

— Eu ia mesmo interfonar para você. Acabo de receber um telefonema preocupante de Mike Greene.

Frank contou a Kate sobre os novos eventos do caso de Art Prochaska.

— Que droga! — disse ela quando ele terminou.

— Pois é... — Frank balançou a cabeça, frustrado. — Droga! Eu achei que tinha uma brecha quando você me contou o que descobriu no motel, mas acho que podemos começar a pensar num acordo. Por que queria falar comigo?

— Queria saber se Tedesco lhe deu o endereço de Clarence Edwards ou os nomes dos homens que saíram do quarto de Ballard.

— Não. Perguntei a ele sobre o Continental, mas ele ficou muito reticente. Nem admitiu que esteve lá. Mas não estou preocupado. Se Martin encontrar os homens que mataram Ballard, ficaremos sabendo. Ele faria de tudo para salvar Art. Como vai o caso de Amanda?

— Nada bem. Vou me encontrar com Paul Baylor no laboratório de criminalística à tarde para examinar as provas dos casos *Prochaska* e *Cohen*. Se acontecer algo interessante, eu aviso.

Amanda e Frank haviam conseguido mandados judiciais que permitiam a Paul Baylor levar diversas provas do laboratório de criminalística estadual de Oregon para seu laboratório particular, a fim de realizar testes. Kate e Paul tinham chegado ao laboratório de criminalística às três, e já eram quase cinco quando Paul conseguiu pegar os itens que queria analisar e preencheu a papelada.

— Onde está o carro de Mary Clark? — perguntou Paul a Carlos Guzman pouco antes de se aprontar para sair.

— Nos fundos — Guzman disse, com a expressão demonstrando a tristeza que ainda sentia cada vez que o nome de Mary era mencionado.

— Eu também senti muito a morte de Mary — disse Paul. — Não consigo acreditar que ela estava usando heroína.

— Você não é o único. Todos aqui ainda estão em estado de choque. Fico contente por termos pegado o miserável que a matou — Guzman disse, esquecendo que Kate e Paul talvez não concordassem com ele —, mas isso não a trará de volta. — Guzman suspirou. — Querem ver o carro?

— Se for possível — Paul disse.

Guzman pegou as chaves do arquivo do caso. Em seguida, olhou para o relógio.

— Droga, não tenho ninguém para acompanhar vocês neste momento. Tivemos de trabalhar num crime esta tarde. Estão todos fora trabalhando.

— Não me faça voltar aqui, Carlos — Paul suplicou.

— Tudo bem, eu vou com vocês. Um pouco de ar fresco vai me fazer bem.

Guzman conduziu Kate e Paul por diversos corredores até chegarem a um terreno, nos fundos do prédio.

— Não vai demorar muito — Paul disse ao chefe do laboratório. — Seu pessoal não encontrou nada que ligasse Cohen ao carro quando o examinaram. Nenhuma impressão digital, nenhum sangue. Mas vamos verificar para fazer o serviço completo.

Guzman ficou dando voltas em torno do carro enquanto Paul verificava o interior do carro de Clark e olhava debaixo do capô.

— Encontrou alguma arma ainda quente? — Guzman perguntou a Paul enquanto este analisava a parte traseira do carro.

— Não vou contar — Paul disse, sorrindo, abrindo o porta-malas. Kate olhava por sobre o ombro de Paul e viu um cobertor xadrez amarrotado, um boné de beisebol e outros objetos que Mary havia jogado lá. Paul puxou-os para o lado e levantou o tapete do compartimento que continha o estepe e o macaco. O pneu estava aparafusado na base do porta-malas. Paul olhou rapidamente o pneu e estava prestes a abaixar o tapete quando Kate o impediu.

— Espere um segundo. Poderia tirar o pneu? Quero me certificar de que não haja nada debaixo dele.

— Como o quê? — perguntou Paul.

— Clark estava roubando droga do laboratório. Ela pode ter escondido um pouco sob o pneu.

Paul retirou a trava que prendia o pneu e tirou-o do porta-malas. A princípio, Kate achou que não ouvesse nada no compartimento do pneu. Então, percebeu que havia alguma coisa lá no fundo. Kate estudou o objeto enquanto Paul apoiava o pneu contra o pára-lama.

— Tire uma foto disto aqui — Kate pediu a Baylor.

— O que você encontrou? — Guzman perguntou a Paul enquanto tirava sua câmara digital da sacola que trouxera do laboratório.

— A pessoa que colocou isso aí o embrulhou em um tecido tão escuro que fica quase imperceptível — Kate disse.

Assim que terminou de fotografar o pacote, Paul colocou um par de luvas de látex, tirou o objeto do carro e desembrulhou o tecido preto, revelando um saco de provas contendo um martelo. Kate olhou através do plástico. Notou manchas de cor marrom no martelo, que reconheceu como sendo sangue seco.

— Por que Clark esconderia este saco de provas? — Kate perguntou ao chefe do laboratório.

— Não tenho ideia — disse Guzman, sem tirar os olhos do pacote-surpresa.

— Que coincidência... — disse Kate.

— O quê?

Ela apontou para a etiqueta com o nome do caso que estava pendurada no saco de provas.

— Isto aqui é do caso *Raymond Hayes*, o sujeito que foi executado. O advogado dele, Doug Weaver, e Amanda estão trabalhando juntos no caso de Jacob Cohen. Eu o conheci hoje.

Paul voltou-se para Guzman. — Havia heroína envolvida no caso *Hayes*?

— Não que eu saiba — Guzman franziu a testa. — Um dia antes de Mary desaparecer, pedi que ela revisasse alguns casos encerrados para que pudéssemos destruir ou devolver as provas. O caso *Hayes* era um deles.

— Vou ligar para Doug quando voltarmos — disse Kate. — Talvez ele saiba de algo que ligue o caso *Hayes* a Mary Clark. — Apontou para o martelo. — O que quer fazer com isto, Paul?

— Não consigo ver nenhuma relação com o assassinato de Clark, mas gostaria de levá-lo para análise, para ter certeza. — Ele olhou para Guzman. — Posso levá-lo comigo?

— Não posso deixar que o leve antes que nosso laboratório o analise e Hannah Graves diga que tudo bem.

— Carlos tem razão — Paul disse. — O pessoal dele deve olhar primeiro. Se a promotoria fizer objeção, Amanda poderá pedir outro mandado judicial.

Capítulo 32

— Olá, Bernie — disse Carlos Guzman. — Acaba de chegar?

— Acho que ontem deve ter sido lua cheia. Todos os malucos estavam atacados. Teve um engavetamento na I-5. Trabalhei na cena do acidente até as dez. Depois, quando estava quase indo para casa, me chamaram para um homicídio duplo na taverna *Cock and Bull.* Só fui dormir às três da manhã.

— Então não soube do martelo?

O pulso de Cashman foi de zero a duzentos em um nanossegundo, mas sua expressão não mudou.

— Que martelo?

— Aconteceu uma coisa muito estranha ontem à tarde.

Guzman contou a Cashman sobre a descoberta que Paul Taylor e Kate Ross haviam feito no porta-malas do carro de Mary Clark.

— Você trabalhou no caso *Hayes*, não? — Guzman perguntou.

— Sim.

— Mary também trabalhou nele?

— Fomos eu e Mike Kitay.

— Isso mesmo, antes do ataque cardíaco dele — Guzman disse, balançando a cabeça com pesar. — Mike era um grande sujeito.

— Ele me ajudou muito quando eu comecei.

— Consegue pensar em alguma razão para Mary pegar e esconder alguma prova do caso *Hayes*?

— Não. É estranho. Nem me lembro de ela ter comentado sobre o caso.

— Me avise caso se lembre de alguma coisa, está bem?

— Claro. Onde está o martelo agora? — Cashman perguntou, casualmente.

— Hannah Graves decidiu passar a prova para Paul Baylor para que a defesa o examine. Ela achou que o juiz a passaria para eles, da mesma forma.

— Então Paul está com ele?

— Está. Eu mandei para ele assim que terminamos de examiná-lo, e Hannah me deu sua permissão. Bom, preciso ir. Estou com um problema no laboratório de drogas.

Guzman dirigiu-se para o fim do corredor e Cashman foi para sua área de trabalho, caminhando devagar para não levantar suspeitas. Assim que chegou à sua mesa, ligou para a Oregon Investigações Forenses e fingiu ser um provável cliente. A secretária de Baylor disse a Cashman que seu chefe ficaria no tribunal durante o dia inteiro e que só deveria voltar depois das cinco, o que significava que Baylor ainda não tivera tempo de analisar o martelo.

Cashman recostou-se e fechou os olhos. Seu coração dava pulos. Baylor era muito esperto. Cashman tinha certeza de que descobriria o que havia de errado com o martelo assim que tivesse a chance de analisá-lo e ao saco de provas à sua disposição. Se Baylor chegasse perto do martelo, a carreira de Cashman estaria acabada.

O resto do dia se arrastou num ritmo lento e martirizante. Assim que conseguiu sair do laboratório sem levantar suspeitas, Cashman foi até o parque industrial onde Baylor tinha sua empresa. Estacionou a alguns quarteirões de distância. Havia pouca gente andando na rua, e ele conseguiu se posicionar ao lado de um armazém, de onde tinha uma boa visão do prédio de Paul sem ser visto. Cashman olhou seu relógio. Ainda não eram cinco horas, e a vaga reservada para o carro de Baylor estava vazia. Cashman escondeu-se nas sombras e esperou.

Paul Baylor estivera testemunhando até o tribunal entrar em recesso, às cinco da tarde. Em seguida, o advogado para quem estava trabalhando insistiu em fazer um balanço do caso num bar perto do tribunal. Considerando o que estava recebendo, Paul sentiu que não poderia recusar. Quando conseguiu ir embora e voltar para a Oregon Investigações Forenses, sua secretária já tinha ido para casa e os estabelecimentos comerciais da rua já haviam fechado.

Baylor precisou se esforçar para subir a rampa que levava ao seu escritório. Estava com uma leve dor de cabeça desde o tribunal e se sentia um pouco tonto por causa do álcool que tinha bebido enquanto conferenciava com seu cliente. Havia luzes na rampa, mas eram fracas, e nenhuma iluminava a porta de seu escritório. Baylor curvou-se para achar o buraco da fechadura. Não acertou de primeira e disse um palavrão. Exausto como estava, foi preciso usar todo o seu poder de concentração para realizar essa simples tarefa.

Baylor não acendeu as luzes da recepção, pois os números do teclado do alarme eram iluminados. Digitou seu código e estava quase entrando quando um homem correu na sua direção. Baylor ficou tão surpreso que nem levantou o braço quando o intruso levantou um pequeno porrete e bateu em sua cabeça. A dor do golpe o deixou cego. Os joelhos de Baylor se curvaram. O segundo golpe o levou ao chão. O terceiro o deixou inconsciente.

Amanda parou na entrada do quarto de Paul no hospital e ficou olhando. O alto da cabeça de Baylor estava envolto em gaze, e seus dois olhos estavam roxos.

— Não é tão grave quanto parece — disse Paul, contorcendo o rosto no que deveria ser um sorriso, mas que terminou como uma careta, quando sentiu uma pontada de dor.

— Por que será que não acredito em você? — Amanda disse.

— Está bem, é quase tão grave quanto parece. Tive uma concussão, mas nenhum dano permanente. Vou ficar aqui só esta noite, em observação.

— O que aconteceu? — Amanda perguntou, tirando alguns travesseiros de uma cadeira e colocando-os de um lado da cama de Paul.

— Alguém entrou no meu laboratório ontem à noite, quando cheguei do tribunal.

— Conseguiu ver a cara dele?

Paul fez um sinal negativo com a cabeça.

— Usava uma máscara de esqui e chegou perto de mim tão depressa que eu caí antes de perceber o que tinha acontecido.

— Parece que tem sorte por estar vivo.

— Se ele quisesse me matar, poderia ter matado. Mas não pedi que viesse ao hospital para dizer como sente pena de mim, embora aprecie sua preocupação. Acho que foi mais do que um simples roubo. Dei uma olhada no meu escritório e no laboratório enquanto esperava pela polícia. O ladrão levou algumas drogas que eu estava testando, meu laptop e coisas que se espera que um viciado roube. Mas também levou um objeto que não é comum um viciado roubar — o martelo que encontramos no porta-malas de Mary Clark.

— O martelo? Mas isso não faz sentido. Ele era valioso? Quem sabe o ladrão estava com pressa e pegou tudo o que achou que pudesse vender?

— Não foi o que aconteceu. Um portador do laboratório de criminalística trouxe o martelo para cá enquanto eu estava na corte. Liguei para cá no horário do almoço e minha secretária disse que tinham entregado o martelo. Ela disse que o colocou na minha mesa do escritório, em cima da correspondência. O laptop e as outras coisas que o ladrão levou estavam do outro lado da mesa, e o resto da correspondência não foi tocado.

— Então você nem chegou a analisar o martelo?

— Não. Eu pretendia pegá-lo de manhã cedo.

— O que acha que está acontecendo?

— Não tenho ideia. Talvez esse cara seja um ladrão e tenha levado o martelo por alguma estranha razão particular. Mas é muita coincidência. Mary teve o maior trabalho para garantir que ninguém encontrasse o martelo. Aí, nós o encontramos e ele é roubado por acaso? Eu não caio nessa.

Capítulo 33

Reuben Corrales sentiu-se aliviado quando Felix Dorado começou a tratá-lo com mais calma depois que ele apagou Vincent Ballard, mas sabia que essa condição podia mudar a qualquer momento. Felix ficava bravo depressa, e às vezes era difícil descobrir por que estava puto. Mas por enquanto Reuben sentia que estava tudo bem para o lado dele. Desde o assassinato, Felix até o mandara proteger os vendedores de rua e chegou a pedir que fosse um de seus guarda-costas.

Era noite e Felix estava socializando, e mandara Reuben ao bar para pedir outra rodada para Dorado, Pablo Herrera e as quatro putas que eles tinham levado. As mulheres ficavam penduradas em Dorado e em seu lugar-tenente, rindo de qualquer brincadeira idiota que Felix fazia como se fosse a coisa mais engraçada que já tinham ouvido e permitindo que Dorado e Herrera as apalpassem sem reclamar. Isso deixou Reuben com inveja e com tesão, então ele concentrou sua atenção na beldade que estava sentada ao seu lado no bar, tocando seu quadril de leve no dela, ao que ela sorriu mostrando dentes tão brancos que poderiam ter saído de um comercial de pasta de dentes.

— Desculpe, mas está tão cheio aqui.

— Tudo bem — Reuben disse, afastando-se para dar-lhe mais espaço.

A moça tinha postura ereta, e seus longos cabelos escuros caíam soltos e sensuais. Ele a pegou olhando para seus bíceps e decidiu arriscar.

— Você é nova aqui — disse Reuben. — Nunca vi você.

— Meu nome é Jenny. Acabo de me mudar para Portland. — Deu aquele sorriso novamente. — Não conheço ninguém.

— Agora conhece a mim. Me chamo Reuben. Reuben Corrales. De onde você veio?

— Los Angeles. Eu dançava num clube de lá, mas tive uns probleminhas com o gerente. — Levantou os ombros e seus cabelos esvoaçaram. — Sabe como é.

Reuben inclinou a cabeça, saboreando a visão de Jenny nua, girando em volta de uma pilastra, com o cabelo voando e os fantásticos seios bamboleando em ritmo de rock.

— Está sozinho? — perguntou Jenny.

— Não. — Apontou para a mesa onde se espremiam Dorado, Herrera e as mulheres. — Estou com eles.

A mulher ficou desapontada.

— Então está com sua namorada.

— Ah, não — Reuben disse, depressa. — As mulheres estão com aqueles dois caras. Eu sou o guarda-costas.

Os olhos da mulher passeavam entre o peito e os ombros dele.

— É fácil acreditar — ela disse. — Você deve malhar muito.

Reuben corou.

— Já participei de concursos.

— Seus braços parecem duas rochas — Jenny deixou seu olhar descer mais um pouco, fazendo-o se de tímida e recatada. — Posso tocar em um? Nunca estive com ninguém com um corpo que nem o seu.

Reuben sorriu e flexionou o bíceps direito.

— Claro. Vá em frente.

— Meu Deus. Minha mão nem consegue dar a volta! — Ela riu. — Como conseguiu um físico assim?

Reuben explicou como um atleta sério desenvolve seu físico, e a mulher ficou atenta a cada palavra. Ela também chegou mais perto enquanto ele falava até que as pernas deles ficaram quase entrelaçadas. Reuben tinha plena consciência de que seus bíceps não eram a única parte de sua anatomia que estava dura feito pedra.

— Reuben — a mulher sussurrou, enquanto sua mão buscava a ereção de Corrales. — Tem outra parte sua que eu gostaria de tocar.

— Ah, é? — disse Corrales, com a voz subitamente rouca e a temperatura subindo alguns graus.

— Você ficou vermelho — disse ela. — Por que não vamos lá para fora respirar ar fresco?

Corrales lançou um olhar nervoso para a mesa. As bebidas que eles pediram já tinham chegado, e havia outros três guarda-costas. Felix não perceberia sua ausência.

— Está meio quente aqui mesmo — Reuben concordou.

Jenny enfiou a língua na orelha dele e sussurrou:

— Pode ficar ainda mais quente.

Reuben levou a mulher até a entrada da boate e atravessou a porta de aço que dava para o beco dos fundos. O desejo havia reduzido sua atenção para um ponto abaixo da linha da cintura, e ele não percebeu os homens que estavam parados ao lado da porta até um deles bater com um taco de beisebol na sua canela. Reuben desabou de dor e nem sentiu a agulha entrar. Um momento depois, estava inconsciente. Jenny colocou a seringa na bolsa enquanto saía do beco e entrou num carro que aguardava. Um segundo carro parou ao lado do halterofilista inconsciente. Henry Tedesco abriu o porta-malas, Charlie LaRosa e outro homem enorme levantaram Reuben e o jogaram lá dentro.

Capítulo 34

Amanda, Paul Baylor e Kate já estavam reunidos na sala de reuniões da Jaffe, Katz, Lehane e Brindisi quando Doug Weaver chegou, empurrando um carrinho com os arquivos do caso Raymond Hayes.

— Obrigada por trazê-los — disse Amanda.

— Não por isso — Doug olhou para Paul. — Como se sente?

— Muito puto — Baylor respondeu. — Eu realmente quero achar o miserável que fez isso.

— Não o culpo — Doug disse, desenganchando a corda elástica que mantinha as duas caixas no lugar. Quando depositou os arquivos sobre a mesa, Doug notou uma pilha de fotografias que Baylor havia tirado no laboratório de criminalística. A foto de cima mostrava o porta-malas do carro de Mary Clark.

— Foi aqui que encontraram o martelo?

— Sim — disse Kate.

Doug analisou a foto.

— É muito estranho — disse. — Por que Clark faria isso? Ray está morto e o caso está encerrado. Ela nem participou dele. O perito forense foi Bernard Cashman. Tem certeza de que foi Clark quem escondeu o martelo no porta-malas? Não poderia ter sido outra pessoa?

— Não há dúvida de que Mary manuseou o saco de provas — Baylor disse. — Encontraram muitas digitais dela.

A fotografia seguinte era um *close-up* que Paul havia tirado quando o saco de provas foi removido do porta-malas. O martelo estava claramente visível através do plástico.

— É estranho ver o martelo novamente depois de tanto tempo — Doug disse. — Nem dei muita atenção a ele durante o caso.

Amanda olhou para ele de modo estranho.

— Ele não foi a prova principal?

— Sim, e eu ia enviá-lo para ser examinado por um perito quando Ray decidiu declarar-se culpado.

— Você não mandou um perito checar as descobertas da acusação? — Baylor perguntou, tentando esconder sua estupefação.

Doug corou, constrangido pela crítica que ele provavelmente merecia.

— Achei que não era necessário, se estávamos alegando culpa — explicou. — Estipulei que martelo era a arma do crime na fase de penalidade. Creio que não havia nenhuma dúvida sobre isso. A polícia o encontrou ao lado do corpo, coberto com o sangue da Sra. Hayes.

— Pode nos contar um pouco sobre o caso *Hayes*? — Amanda pediu. Ela percebeu quanto Weaver estava desconfortável e queria dar-lhe uma chance de falar sobre algo que não fosse seu erro em não mandar analisar o martelo.

— Não há muito o que contar. Não foi tão complicado. Ray cresceu numa fazenda no leste de Oregon. Quando o pai dele morreu, a mãe tentou tocar o lugar, mas já estava com certa idade e eles não tinham muito dinheiro. Ray não ajudava muito. Ele era trabalhador, mas não tinha cabeça. O psiquiatra que trabalhou no caso achava que ele não era retardado mental, mas tinha inteligência abaixo da média.

"Por fim, a mãe de Ray vendeu a fazenda e eles conseguiram dinheiro suficiente para se mudarem para Portland. Ray conseguiu um emprego num posto de gasolina, mas fez alguma besteira e foi despedido. Depois, foi trabalhar num supermercado como empacotador, mas também não deu certo. Estava desempregado quando sua mãe foi morta."

— Foi ele mesmo quem a matou, não foi? — perguntou Kate.

Doug voltou a ficar perturbado.

— Tenho certeza de que sim, mas, um pouco antes de morrer, Ray disse que não tinha sido ele.

A voz de Weaver tremia. Seu rosto se contorceu por um instante e Amanda achou que ele fosse chorar.

— Me desculpem — disse Doug.

— Tudo bem — disse Kate. Ela sabia o que era ver alguém morrer sabendo que você era responsável. Quando era policial, atirara num menino de doze anos, que morreu. Não fazia diferença que o menino era um assassino contratado por uma gangue para matar um delator, porque um adolescente não podia ser julgado do mesmo modo que um adulto e ele poderia escapar impune. Justificado ou não, Kate sabia que o custo de ser responsável pela perda de uma vida humana se tornava uma parte de sua alma.

— Uma vizinha chamou a polícia quando ouviu gritos vindos da casa de Ray — Doug disse quando se recompôs. — A polícia pegou Ray tentando fugir.

"Na primeira vez em que conversei com Ray, ele me disse que estava dormindo em seu quarto quando os gritos da mãe o despertaram. Contou que a encontrou morta na entrada da casa e que ouviu alguém saindo pela porta dos fundos. Afirmou que estava perseguindo o homem quando a polícia o deteve."

— Acreditou nele? — perguntou Kate.

— Eu não sabia em que acreditar. Ninguém viu outra pessoa entrar ou sair da casa, mas nenhum dos vizinhos estava prestando atenção até a polícia chegar.

— A polícia encontrou alguma prova de que alguém havia estado na casa além de Ray e da mãe dele? — Amanda perguntou.

— Não, mas isso não significa que ninguém tinha estado lá. A Sra. Hayes tinha acabado de chegar das compras. Suas sacolas estavam na entrada e a porta estava aberta. Um funcionário do supermercado disse aos detetives que tinha dado quarenta dólares de troco para ela. A bolsa da Sra. Hayes foi encontrada perto do corpo. Estava aberta e a carteira dela estava no chão. Não havia nenhuma nota dentro dela. Seu anel de diamantes também tinha sumido.

— Achei que talvez alguém a tivesse visto pegar o troco e a seguira até sua casa, mas não havia nenhuma testemunha para sustentar essa teoria. Os tiras nunca encontraram o dinheiro nem o anel, mas Ray teve tempo suficiente para escondê-los antes que a polícia o prendesse. A busca não envolveu muitos policiais e não durou muito tempo.

— Se Ray disse que era inocente, por que se declarou culpado?

— Eu disse a ele que seria melhor.

Doug fez uma pausa para ver se alguém o condenaria. Quando ninguém disse nada, prosseguiu.

— Ray deu um breve depoimento para a polícia antes de o levarem preso. Eles leram os direitos Miranda depois de algemá-lo, e perguntaram se tinha assassinado a mãe. Ele jurou que não a agredira, então perguntaram sobre o martelo. Ele disse que não tinha percebido o martelo, o que era possível, se tinha corrido para fora atrás de alguém. O policial que o prendeu tentou esclarecer o que ele queria dizer, então perguntou a Ray se tinha pegado no martelo. Ray disse que nem havia tocado nele. Quando Cashman encontrou as digitais de Ray no martelo, eles o pegaram.

"Eu sabia que seríamos massacrados no julgamento. Ray era tão devagar que teria sido destruído se fosse dar seu depoimento. Tentei convencer Poe a oferecer prisão perpétua para Ray se ele se declarasse culpado, mas ele recusou. Disse que Ray merecia morrer pelo que tinha feito. Talvez eu devesse ter ido ao julgamento, mas me parecia sem sentido. Arrisquei, dizendo que o júri seria mais leniente se soubesse que Ray tinha aceitado a responsabilidade, declarando-se culpado. Era a única chance de Ray. Então, eu o convenci a declarar-se culpado."

— Ele protestou? — Amanda perguntou.

— Não, o que me dá mais um motivo para achar que ele realmente havia matado a mãe. Ele só disse que confiava em mim e que faria o que eu achasse melhor. Mas eu calculei mal. — Doug fechou os olhos por um instante. — Martin foi brilhante, mas eu não fui. Ele sabia como tocar os jurados no ponto certo. Quando terminou, deixar que Ray continuasse vivo era algo absolutamente impensável.

— Mas você acha que foi ele? — insistiu Kate.

Doug parou. Em seguida inclinou a cabeça, afirmando que sim.

— Na maior parte do tempo, acho que sim, mas às vezes... — Balançou a cabeça. — Ele estava tão sereno quando morreu. Não sei como alguém pode fazer o que afirmam que ele fez e estar tão em paz consigo mesmo.

— O que aconteceu com o martelo depois do julgamento? — Kate perguntou.

— Presumo que tenha integrado as provas que foram enviadas para a Suprema Corte quando o caso foi para a revisão automática. Quando os apelos se exauriram, as provas provavelmente voltaram para o laboratório de criminalística.

— Carlos disse que tinha pedido a Mary para revisar uma série de casos antigos para ver se poderiam destruir ou devolver as provas — Baylor lembrou a Kate.

— Isso mesmo. Ela deve ter achado o martelo quando estava revisando os casos — disse Kate.

— O que ainda não explica por que ela tiraria o martelo de um caso encerrado com o qual não tinha nenhuma ligação — disse Amanda.

Kate olhou para as caixas e suspirou. — Parece que vou ficar aqui até tarde tentando encontrar uma resposta para essa pergunta.

Capítulo 35

Frank Jaffe foi acordado bruscamente de um sono profundo pelo toque do telefone. Tentou ignorar o som, mas quem estava ligando insistiu. Quando rolou para o lado do telefone, o relógio em seu criado-mudo marcava 2h06.

— Quem é? — perguntou, sem procurar esconder sua irritação.

— Chame a polícia e a encontre na casa vazia que fica na Quarenta e Dois com a Trafalgar. Só existe uma nesse quarteirão. Há um presente para você: Reuben Corrales e Luis Castro, os dois homens que mataram Vincent Ballard, e a arma que usaram para matá-lo. Diga à polícia que um ex-prisioneiro que está na condicional chamado Clarence Edwards estava morando no Motel Continental na noite em que Ballard foi assassinado. Ele viu Corrales e Castro saindo do quarto de Ballard.

— Como...? — Frank começou a perguntar, quando a linha ficou muda. Não reconheceu a voz, mas não era preciso ser Albert Einstein para presumir que Martin Breach estava por trás daquele telefonema. Isso significava que Henry Tedesco tinha encontrado os assassinos de Ballard.

Frank discou o número de Mike Greene. Mike não ficou mais contente do que Frank por ter seu sono interrompido, mas despertou imediatamente quando Jaffe lhe disse por que estava ligando. Assim que desligou, Frank jogou água no rosto; vestiu seu *jeans*, uma camisa de flanela e tênis; e rumou para a Quarenta e Dois com a Trafalgar.

A Quarenta e Dois e a Trafalgar cortavam uma das áreas mais desoladas de Portland. A maioria dos quintais tinha mais mato do que grama, e os avisos dizendo "cuidado com o cão" eram inúmeros. Frank não teve dificuldade em achar a casa vazia, porque havia uma ambulância estacionada no meio-fio, ao lado de dois carros.

O vento frio e a temperatura na casa dos três graus não impediram que uma multidão se formasse. Dois policiais uniformizados bloqueavam o acesso à casa e mantinham os curiosos afastados. Frank estava saindo do carro quando um dos policiais veio até ele.

— Precisará ir embora, senhor. Houve um crime aqui.

— Eu sei. Sou Frank Jaffe. Recebi um aviso sobre os dois homens e liguei para Mike Greene, da promotoria.

— O Sr. Greene ainda não chegou. Terá de esperar que ele chegue.

— Os dois homens estão vivos? — Frank perguntou.

— Terá de pedir essa informação ao promotor.

Frank ia começar a pressionar o policial quando Mike estacionou atrás dele.

— Este cavalheiro diz que quer entrar — disse o policial, depois de verificar a identidade de Mike.

— Tudo bem — Greene disse. — O que encontraram na casa?

— A porta da frente estava aberta e nós entramos, mas as luzes estavam apagadas. Os dois homens estavam deitados no chão da cozinha, com trapos na boca. Foram algemados juntos. As chaves das algemas estavam na mesa da cozinha. Estavam muito feridos, mas os paramédicos os examinaram e disseram que os ferimentos não são graves.

— Sabemos quem são? — Mike perguntou.

— Estavam com as carteiras. Um deles é um halterofilista chamado Reuben Corrales. O outro é Luis Castro. Ambos já estiveram presos e são ligados a Felix Dorado.

— Encontrou a arma? — Frank perguntou.

O policial olhou para Mike e inclinou a cabeça, dizendo que sim.

— Sim, senhor, estava com as chaves. Um cara do laboratório de criminalística fotografou e embalou a arma, e ela está a caminho do laboratório.

— Os homens estão em condições de serem interrogados? — Mike perguntou.

— Sim, mas não sei se vai tirar alguma coisa deles. Responderam às perguntas da equipe médica, mas calaram a boca quando os detetives chegaram.

Mike virou-se para Frank.

— Você pode entrar, mas não diga nada. Deixe que eu falo.

— Por mim, tudo bem — disse Frank.

— Então, vamos conhecer esses cavalheiros.

Uma cerca de alambrado circundava um gramado que há muito tempo não via cuidados. No momento em que Mike abriu o portão, dois paramédicos saíram da casa. Mike conversou brevemente com eles e depois caminhou pela trilha de cimento até a porta da frente de um bangalô arruinado. Um criminalista estava ocupado tirando fotos de uma sala que não tinha mobília alguma. Quando Mike abriu a porta, uma rajada de vento arrastou bolas de poeira pelo chão.

Um policial estava parado perto da pia, vigiando os dois homens, que estavam sentados em cadeiras enferrujadas ao lado de uma mesa ordinária. Um dos homens era do tamanho de um refrigerador. O segundo devia ter um metro e sessenta, magro, mas vigoroso. Irritados, eles olhavam fixamente para o tampo da mesa, mas levantaram os olhos quando Mike e Frank entraram.

Também sentado ao lado da mesa estava Zeke Forbus. Sua parceira, Billie Brewster, apoiava o corpo na parede. Brewster fez um sinal para que Mike e Frank saíssem da sala e em seguida foi ter com eles na sala de estar.

— O que está havendo? — perguntou Mike.

— Nada de mais — respondeu a detetive. — Eu disse a Zeke que tentasse falar com eles. Achei que dois hispânicos se sentiriam mais à vontade para abrir o bico diante de um cara experiente do que com uma mulher. Mas ele não conseguiu tirar nadinha deles.

— Muito bem — disse Mike. — Deixe-me tentar.

— Fique à vontade.

— Oi — Mike disse, pegando uma das cadeiras vazias ao lado da mesa. Abriu sua carteira e mostrou-lhes sua identificação. — Sou Mike Greene e trabalho para a promotoria do condado de Multnomah. Como estão se sentindo?

— Não vou falar nada sem um advogado — disse Luis Castro.

— É um direito seu, Sr. Castro, mas estou deduzindo que o senhor e o Sr. Corrales são vítimas de sequestro e agressão, e precisarei da ajuda dos senhores para pegar as pessoas que fizeram isso.

Os homens não disseram nada.

— Escutem, eu sei que os dois têm ficha criminal e sei que trabalham para Felix Dorado.

Corrales levantou os olhos, surpreso, e em seguida voltou a olhar para a mesa. Mike decidiu concentrar-se no fisiculturista.

— Você provavelmente pensa que não estou nem aí para o que aconteceu a vocês porque vocês são ex-presidiários que trabalham para um traficante. Mas eu levo minha profissão muito a sério, Sr. Corrales. Se encontrarmos os homens que fizeram isso, irei atrás deles com a mesma vontade que iria se tivessem sequestrado um padre. Nisso vocês podem acreditar.

Corrales continuava olhando para a mesa. Mike tentou fazer com que os homens falassem por mais alguns minutos, depois desistiu. Frank estava assistindo ao interrogatório de um canto da cozinha. Mike, Frank e os dois detetives saíram e foram até o gramado, onde Corrales e Castro não podiam ouvi-los.

— Foi muito bem — disse Brewster.

— O que esperava? — Mike respondeu, com um sorriso cansado. — São criminosos profissionais. Para esses caras, não há diferença entre dedurar Dorado ou a pessoa que os sequestrou. Um delator é um delator. Neste momento, eles devem estar pensando que cuidarão disso pessoalmente.

— Eles certamente pensariam melhor se você pudesse acusá-los do assassinato de Ballard — Frank disse a Greene.

— Quer dizer, se a pistola for confirmada como sendo a arma do crime?

Frank fez um sinal afirmativo com a cabeça.

— Espero que não esteja contando com o encerramento do caso *Prochaska* se a balística der positivo, porque isso não vai acontecer — Mike disse a Frank. — Eu não estava mentindo lá dentro. Vejo Corrales e Castro como vítimas de sequestro e aposto que Martin Breach está por trás disso. Também aposto que aquela pistola será confirmada como a arma do crime, mas isso só me confirma que Prochaska matou Ballard e Breach mandou plantar a arma, na esperança de que soltássemos Prochaska e prendêssemos dois capangas de Dorado. Não vou ajudar Martin Breach em sua guerra contra Felix Dorado, Frank. Sem alguma coisa mais que ligue Corrales e Castro ao assassinato de Ballard, vou precisar liberá-los.

— Há uma testemunha que pode colocar Castro e Corrales no Continental — Frank disse.

Os olhos de Brewster se arregalaram.

— Há quanto tempo sabe disso? — ela perguntou.

— Kate conversou com uma moradora do Continental. Ela não viu nada, mas Clarence Edwards, que alugava um quarto bem em frente ao de Ballard, disse ter visto dois homens, um com físico de halterofilista, saindo do quarto de Ballard na noite do crime.

— Hoje o telefonema anônimo me disse que Edwards poderia reconhecer Corrales e Castro. Kate está tentando encontrar Edwards. Ele está na condicional. Você pode pedir para o oficial da condicional localizá-lo.

Mike parecia incomodado.

— Não deveria ter escondido isso, Frank. O que pretendia fazer? Jurá-lo em cima de mim no julgamento?

— Não. Se Edwards desse certo, eu daria a descoberta a você, mas neste momento não tenho ideia de onde encontrar Edwards nem do que ele vai dizer.

Mike ficou quieto e Frank deixou que pensasse no que queria fazer. Estava frio lá fora, mas ninguém sentia.

— Muito bem — Mike disse. — O acordo é o seguinte: se a arma que encontramos for comprovadamente a arma do crime, vou segurar Corrales e Castro o máximo que puder, mas não poderei poder detê-los por muito tempo. Até um calouro de direito poderia convencer qualquer juiz do tribunal a libertar esses sujeitos com base no que eu tenho agora. Se a arma for boa, provavelmente poderei contestar uma acusação de falsa prisão, mas até essa não será fácil.

— Vai procurar por Edwards?

— Vou ligar para o gabinete da condicional de manhã cedo.

— Obrigado, Mike.

— Estou só fazendo meu trabalho, Frank, que é pegar o homem que matou Vincent Ballard. Não me importa se é Prochaska ou Corrales. Só me importa que seja o homem certo.

Capítulo 36

Na apertada sala de visitas, enquanto esperava do seu lado do vidro que os guardas trouxessem Jacob, Salomon Cohen pensava nas maneiras em que seu relacionamento com o filho haviam testado sua fé em Deus. Solomon e Valerie haviam resistido às batalhas de Jacob com os demônios em sua mente, com seu casamento fora da fé e sua prisão por um crime vil, tentativa de estupro. Agora, a polícia dizia que ele havia cometido não somente homicídio — que seria terrível sob quaisquer circunstâncias —, mas uma atrocidade.

O rabino recordou-se da criança que Jacob fora, tão linda, tão doce. Quando foi que tudo começou a se perder e quanto ele e Valerie eram culpados? Os pais sempre enfrentam muita pressão. Você precisa pensar em tudo o que faz e diz, porque nunca se sabe que efeito suas palavras ou ações terão sobre uma mente em formação.

O rabino não conseguia entender como um Deus justo podia punir seu servo do modo mais cruel possível. Solomon teria de bom grado trocado sua vida pela paz de espírito de Jacob. Era sempre mais fácil para um pai sofrer com a dor do que ver seu filho atormentado. Solomon poderia ter escolhido a saída mais fácil e aceitado os problemas de Jacob como um teste de Deus, mas não acreditava que Deus pudesse ser tão cruel — embora a história fornecesse muitas provas do contrário. Considerando tudo, o rabino Cohen não conseguia saber por que ele e a esposa — pais bons e amorosos — tinham um filho tão dolorosamente doente que poderia ser capaz de fazer o que a polícia acreditava que havia feito àquela pobre mulher.

A pedido de Doug, Jacob tinha concordado em falar com seu pai. Solomon desejava esse encontro — ansiava pela reconciliação desde os anos penosos em que Jacob rejeitara completamente a ele e Valerie —, mas estava muito preocupado que pudesse fazer ou dizer algo que levasse a mais estranhamento. O rabino queria que Valerie tivesse vindo com ele, mas não queria pressionar seu filho. A mãe de Jacob tinha ficado na recepção. Se tudo corresse bem, o rabino perguntaria a Jacob se gostaria de vê-la.

Uma porta se abriu, e um guarda trouxe Jacob para um espaço igualmente estreito do outro lado do espesso vidro. Estava muito magro, a cabeça baixa e os ombros largados. Não fez contato visual com seu pai.

O guarda conduziu Jacob até um banquinho e lhe disse que usasse o telefone preso na parede do seu lado do vidro. Assim que Jacob levou o telefone ao ouvido, o rabino falou.

— Como você está? Estão te tratando bem? Está comendo o suficiente? Está...

O rabino percebeu que estava se apressando, sem dar a Jacob tempo para responder, então parou.

— Eles me mantêm isolado, então ninguém pode me machucar — Jacob respondeu, baixinho. Era estranho ouvir a voz dele depois de tantos anos. Solomon tinha quase esquecido como ela era.

— E a comida, é boa? Ouvi dizer que a comida na cadeia não é boa.

Jacob deu de ombros.

— Não me importo. Eu estava comendo comida do lixo, então qualquer coisa é melhor que aquilo.

Solomon ficou pensando se Jacob estava brincando. Era difícil dizer, porque Jacob não olhava diretamente para ele. Mas havia uma inflexão em sua voz.

— Gostamos do Sr. Weaver e da Srta. Jaffe. O que acha deles? — perguntou o rabino.

— São muito gentis. Eles tentam me proteger. Gosto deles.

— Fico contente.

Jacob não disse mais nada, e Solomon não conseguia pensar em nada para dizer. Fora instruído para não discutir o caso, e não tinha ideia do que interessava a Jacob hoje em dia. Torciam para o Portland Trail Blazers quando Jacob era jovem. Valerie não se interessava por esportes, então Solomon e Jacob iam aos jogos sem ela. Eles quase sempre comiam no restaurante que Jacob escolhesse, antes do jogo. A experiência de passar algum tempo sozinho com seu filho tinha sido imensamente gratificante para o rabino. Ele se perguntou se Jacob se lembrava daqueles tempos.

— Existe alguma coisa que sua mãe ou eu possamos fazer por você? — perguntou o rabino.

— Acho que não.

— Gostaria que eu trouxesse alguns livros? Posso perguntar ao Sr. Weaver se não há problema. Gostaria de ler alguma coisa em especial?

Jacob olhou diretamente para o pai pela primeira vez.

— Eu tinha alguns livros no carro. Gostaria de ler aqueles livros. Ele pareceu animado. — Poderia ver se consegue me trazer alguns deles? Acho que os guardas não farão objeção. Muitos deles são sobre Deus e religião.

— Você tem interesse por religião?

Jacob assentiu.

— Sempre me pergunto por que sou tão cercado por provações e por que Deus me abandonou.

Solomon ficou estupefato ao saber que Jacob era atormentado pelos mesmos pensamentos soturnos que o preocupavam.

— Chegou a alguma conclusão?

Jacob deu um sorriso triste.

— Acho que Deus acredita que sou mau porque matei todas aquelas pessoas. Acho que Ele está me fazendo sofrer pelo que fiz.

Solomon sentiu que as lágrimas lhe enchiam os olhos. Colocou a palma da mão contra o vidro. Ele e Jacob juntavam as palmas das mãos para mostrar solidariedade quando seu filho era pequeno. Era o cumprimento especial deles.

— Você não é mau, Jacob. Você cometeu um erro. As consequências foram terríveis, mas você nunca quis machucar ninguém. Não acredito que Deus o faria sofrer por algo que não teve a intenção de fazer.

— Gostaria de acreditar em você, mas aconteceu tanta coisa comigo... Deus não me puniu somente por um ato não intencional; ele me puniu diversas vezes por coisas que eu não fiz. Deve haver uma razão para isso.

— Sua mãe e eu não acreditamos que tenha machucado aquela mulher. Queremos que saiba disso.

— Obrigado — Jacob disse. Em seguida, colocou a palma da mão contra o vidro, cobrindo a mão de seu pai.

— Eu sei que tenho sido um péssimo filho. Por favor, me perdoe.

Solomon estava muito emocionado para responder. Subitamente, Jacob respirou profundamente, como se tentasse conter as lágrimas.

— Eu gostaria de entrar agora — disse ele.

— Podemos visitá-lo novamente?

Jacob pensou por um instante. Solomon prendeu a respiração.

— Eu gostaria que viessem — Jacob disse, e o rabino respirou, aliviado.

Jacob fez um sinal para o guarda e o rabino Cohen ficou observando seu filho sendo conduzido de volta para a cela. Quando a porta se fechou atrás de Jacob, Solomon tinha só um arrependimento: não dissera ao filho que o amava. Houve um momento em que pensou em dizer essas palavras, mas teve receio de que Jacob não dissesse nada ou dissesse alguma coisa para magoá-lo. No fim, decidiu não arriscar ser rejeitado quando a visita estava indo tão bem. Talvez dissesse a Jacob da próxima vez.

Enquanto Solomon caminhava para a sala de espera para contar a Valerie sobre a visita, pensou no que acontecera. O encontro tinha sido curto, mas correra bem. Ele não se permitiu ficar animado nem esperançoso. Depois que um amigo psiquiatra colocou um nome no problema mental de Jacob, Solomon procurou ler tudo o que pôde sobre esquizofrenia paranoica. O mundo dentro da mente de Jacob não era o mesmo de Solomon nem de Valerie. Era uma terra de sonhos e pesadelos. Os anjos e demônios que lá viviam poderiam sussurrar algo no ouvido de Jacob a qualquer instante. No encontro de hoje, os anjos tinham guiado seu filho, mas Solomon sabia que os demônios particulares de Jacob poderiam deformar a visão que ele tinha dos pais a qualquer momento e destruir qualquer bom pressentimento resultante da visita do rabino.

Valerie olhou para Solomon com grande expectativa. Ele decidiu dizer-lhe que a visita tinha corrido muito bem e esconder seus medos e receios.

Capítulo 37

— Bom dia, Art — Frank Jaffe disse quando os guardas trouxeram seu cliente para a sala de visitas. — Houve um progresso no seu caso. Não quero que alimente expectativas, mas espero ter boas notícias para você até o fim do dia.

Prochaska sentou-se calmamente, as mãos dobradas sobre a mesa, parecendo alheio ao horrível destino que o aguardava caso seu advogado não ganhasse o caso. Frank desconfiava que seu ar sereno tinha sido causado por alguma informação interna que o avisara sobre o rapto de Reuben Corrales e Luis Castro.

— Há algumas noites, fui acordado por um telefonema anônimo me dizendo que eu encontraria os dois homens que mataram Vincent Ballard e a arma que usaram numa casa vazia na Quarenta e Dois com a Trafalgar. Telefonei para o promotor e ele mandou alguns policiais até a casa.

— Encontrou os sujeitos? — Prochaska perguntou. Frank procurou no rosto de seu cliente algum sinal de ironia, mas não viu nada que o fizesse pensar que Prochaska estivesse zombando dele.

— Sim, Art, encontramos. Encontramos um halterofilista chamado Reuben Corrales e outro homem chamado Luis Castro amarrados na cozinha. Eles foram raptados e espancados por pessoas desconhecidas. Na cozinha também foi encontrada uma arma. Um teste de balística provou que essa arma disparou os tiros que mataram Ballard.

Prochaska sorriu.

— Isso é ótimo, Frank. Quando vou sair daqui?

— Não é tão simples. Ainda existe uma acusação contra você pela morte de Juan Ruiz. — Art não reagiu. — E ainda há o fato de Corrales e Castro trabalharem para Felix Dorado, e há rumores de que ele está em guerra para tomar o controle do tráfico de drogas de Martin.

— Isso daria a eles uma razão para armarem para mim, não daria?

— Bem, sim, Art. Mas também dá a Martin uma razão para armar para eles. Mike Greene acha que Martin plantou a arma para livrar você. Então, neste momento, quem sequestrou Corrales e Castro não ajudou no seu caso.

— Você disse que tinha boas notícias — disse Art, sem se perturbar com a insistência de Mike Greene em mantê-lo preso.

— Pode ser que tenha. Nesse telefonema anônimo, a pessoa me disse que existe uma testemunha chamada Clarence Edwards, que viu Corrales e Castro saindo do quarto de Ballard na noite do crime. Kate me deu a mesma informação. Dois dias atrás, Edwards foi preso na Califórnia por um mandado expedido por seu oficial da condicional por deixar o estado sem permissão. Mike Greene o interrogará hoje de manhã, e ele fará um reconhecimento com Corrales e Castro. Se ele os apontar como os homens que viu no motel, há boas chances de você sair daqui.

— Tenho certeza de que ele vai dizer que eram eles, porque eu não fui.

— Mike quer que você também participe do reconhecimento.

Art fez uma careta.

— Por que ele quer isso?

— Para ver se Edwards aponta você em vez de Corrales. É uma jogada, Art. Devo dizer que nosso caso é praticamente impossível de ganhar se Edwards escolher você. Mas Greene terá de libertá-lo se Edwards escolher Corrales.

— O que acha que devo fazer?

Frank olhou nos olhos de Prochaska.

— Se você é inocente, se não passou perto do motel quando Ballard foi morto e não teve nada a ver com o crime, pode arriscar. Mas, se foi você quem matou Ballard, precisa recusar.

Prochaska sorriu.

— Eu disse que não fui eu, Frank. Não estava mentindo.

Por alguma estranha razão, Frank acreditava em Prochaska.

Clarence Edwards e Edgar Lewis tinham arrumado as coisas e fugido logo depois que Henry Tedesco e Charlie LaRosa saíram de seu quarto no motel. Desde então, Edwards vinha tendo pesadelos nos quais era queimado vivo. Agora estava preso novamente, contorcendo-se nervosamente numa cadeira intencionalmente desconfortável dentro de uma abafada sala de interrogatório no Centro Judiciário, onde o haviam deixado sozinho com seus pensamentos por quase uma hora. Estava com fome, com sede e assustado, certo de que o homem que parecia um rato faria churrasquinho dele muito em breve.

A porta se abriu; Mike Greene e Billie Brewster entraram.

— O que é que tá acontecendo, cara? — perguntou Clarence.

— Bom dia, Sr. Edwards — disse Mike.

— Quero ver meu advogado.

Brewster ficou de costas para a parede e Mike sentou-se à frente de Edwards na mesa. Colocou um arquivo grosso sobre a mesa e deu um tapinha nele.

— Isso é seu, Sr. Edwards. É o registro de sua vida de crimes. Como resultado de sua tentativa de escapar das responsabilidades de sua condicional, ficou mais grosso do que estava no mês passado. Vai ficar ainda mais grosso se você der uma de idiota para cima de mim, porque vou sair daqui sem oferecer a você uma maneira de sair do buraco que cavou para si mesmo.

— Eu não fiz nada. Estava fugindo para salvar minha vida.

— Você me explica isso? — perguntou Mike.

Clarence imaginou como se sentiria se fosse amarrado a uma cama e ela pegasse fogo. Cruzou os braços sobre o peito e olhou para o chão.

— Não vou dizer nada sem um advogado — resmungou.

Ficou claro que Clarence estava muito assustado. Mike adoraria saber por quê.

— O acordo é o seguinte, Sr. Edwards: se ainda quiser um advogado quando eu terminar a proposta, providenciarei para que faça o seu telefonema. Mas acho que vai querer cooperar comigo quando ouvir o que tenho a dizer. Se aceitar minha oferta e agir honestamente, não será autuado pela violação de condicional e será libertado.

— O que eu preciso fazer?

— Para começar, responder a algumas perguntas.

— Que perguntas?

Mike disse a Clarence a data do assassinato de Ballard e pediu que lembrasse onde estava morando naquele dia. O promotor sabia que Edwards estava morando no motel, e queria começar a interrogá-lo de maneira suave, mas Clarence não achava que essa era uma pergunta fácil. Qualquer pergunta sobre o assassinato de Ballard o amedrontava. Se admitisse que estava no Continental, tinha certeza de que perguntariam o que ele tinha visto, e ele não sabia como o homem com cara de rato queria que respondesse. Mas o promotor devia ter os registros do motel, e eles provariam onde estava morando. Clarence não viu vantagem em mentir.

— Provavelmente no Motel Continental — Edwards disse a Greene.

— Muito bem. Você sabe que um homem chamado Vincent Ballard foi morto a tiros num quarto na frente do seu, do outro lado do pátio?

— Sei.

— Do seu quarto você podia ver o quarto dele, certo?

— Acho que sim.

— Nós entrevistamos hóspedes do motel e sabemos que você contou a um deles o que tinha visto naquela noite. Gostaria que você me contasse o que foi — disse o promotor.

Chegara o momento da verdade. Até agora Clarence não tinha se comprometido, mas ele sabia que estaria envolvido até as orelhas na investigação sobre a morte de Ballard se admitisse ter visto dois homens saindo do quarto do motel. Talvez até tivesse de testemunhar no tribunal, com o homem com cara de rato na mesma sala. O problema era que voltaria para a prisão por violar a condicional — e provavelmente teria sua condicional anulada — se não desse ao promotor alguma informação útil.

Clarence não era tonto. Não tinha terminado o segundo grau, mas aprendera muitos truques para sobreviver sozinho desde que fugira de casa, aos dezesseis anos. Uma coisa que se aprendia nas ruas era manipular pessoas. Às vezes isso significava a diferença entre apanhar e ser morto e sobreviver. Clarence decidiu manipular Mike Greene.

— Se eu disser o que vi, o que é que eu ganho? — perguntou, tentando enrolar para ter tempo de planejar alguma coisa.

— Toda vez que me der uma resposta honesta, estará um passo mais próximo da liberdade.

— Bom, eu vi uma coisa. Se eu contar, quero sair daqui.

— Não é tão simples, Clarence. Você me diz o que sabe. Se for honesto comigo, poderá ir para casa.

Clarence fingiu estar pensando, mas já sabia o que fazer.

— Eu acordei para mijar e ouvi uma música vindo do outro lado do pátio. Estava alta, alta demais para aquela hora da noite.

— Que horas eram?

— Só sei que era tarde pra burro.

— Muito bem. O que você viu?

— Dois homens. Um cara era normal. Não posso dizer muita coisa sobre ele. Mas o outro sujeito era muito grande, do tipo que usa esteroides, que levanta pesos. Esse cara deu pra ver melhor, mas não totalmente.

— Acha que poderia apontar algum deles num reconhecimento?

— O pequeno, provavelmente não. O grandão pode ser que sim, mas não prometo. Estava escuro, eu estava com sono e só dei uma olhadinha.

— Gostaria que tentasse, de qualquer maneira.

— Como assim?

— Gostaria que passasse por um reconhecimento.

Alarmes começaram a tocar. Clarence não tinha percebido que os tiras haviam prendido alguém. Ele achou, que ao dar respostas vagas, o promotor o deixaria cair fora.

— Quando?

— Agora.

— Não sei, cara. Isso é coisa da pesada. Eu não me sentiria bem sabendo que alguém foi executado porque eu dedurei.

— Clarence, não tenho nada a ganhar com isso. Quero honestidade total. Se tiver certeza, aponte alguém. Se não tiver, não aponte ninguém. Isso não afetará nosso trato.

Clarence pensou por um bom tempo e decidiu que poderia comer o bolo e ainda levar um pouco para casa. Queria sorrir, mas encarou Mike Greene com um olhar que dizia que ele era um bom cidadão querendo cumprir seu dever.

— Está bem! — disse Clarence. — Vou dar uma olhada.

Depois que Mike garantiu que os homens do outro lado não poderiam vê-lo através do vidro grosso, Clarence Edwards aproximou-se dele e olhou. Luis Castro era o segundo a partir da direita no primeiro grupo. Frank Jaffe, Billie Brewster e Mike Greene observavam Edwards com uma intensidade proporcional às questões que estavam em jogo nesse procedimento policial. Depois de olhar para a fila de homens por quase um minuto, Edwards afastou-se do vidro e sacudiu a cabeça.

— Não posso garantir que nenhum desses caras seja o baixinho. Não consegui vê-lo direito.

O advogado de defesa e o promotor respiraram fundo.

— Muito bem — Mike disse —, você fez o que pôde.

Greene não esperava que Edwards identificasse o homem mais baixo depois do que ele lhe dissera. Esse era um teste para ver se Edwards apontaria alguém só para poder sair da cadeia. O promotor curvou-se e falou num microfone, pedindo o próximo grupo. Um pouco depois, seis homens que pareciam um time de futebol americano profissional se posicionaram sobre uma pequena plataforma diante da sala na qual Frank, Brewster, Mike e Clarence Edwards os observavam. Art Prochaska era o segundo a partir da esquerda, e Reuben Corrales, o último à direita.

Assim que Corrales subiu na plataforma, Clarence percebeu que aquele era o homem que ele tinha visto saindo do quarto de Vincent Ballard, mas não permitiu que seu olhar se demorasse no halterofilista. A boca de Clarence estava seca, e seu coração, acelerado. Fingiu estudar cada um dos homens cuidadosamente, mas já tinha decidido que era mais seguro afirmar que não reconhecia ninguém. Desse modo, não precisaria testemunhar no julgamento. Para parecer que estava se esforçando, Clarence pediu que os homens dessem um passo à frente e ficassem de lado. Em seguida, pediu que Corrales e outro homem dessem mais um passo. Depois de alguns minutos, virou-se para Mike Greene.

— Não posso afirmar com certeza que seja algum deles. Quer dizer, o cara da ponta... pode ser ele — apontou para Corrales para parecer que ele estava sendo honesto se Corrales chegasse a ser preso —, mas não vou dizer que é ele se estiver sob juramento.

Frank tentou não mostrar seu desapontamento, mas pelo menos Edwards não tinha escolhido Prochaska. Mike agradeceu a Edwards e pediu que um policial o levasse de volta à sua cela, depois de expressar seu agradecimento e prometer falar com o oficial da condicional logo pela manhã.

— Estamos de volta à estaca zero — Mike disse assim que Edwards saiu da sala.

— Ele escolheu Corrales como o mais parecido com o homem que ele viu no Continental, Mike. Dorado está tentando incriminar Art e você está ajudando.

— É muito conveniente para você esquecer que encontraram as digitais de Prochaska na lata de cerveja que estava no criado-mudo de Ballard.

Frank não demonstrou, mas a descoberta da arma que havia matado Ballard e a prisão dos dois homens que se encaixavam na descrição dada por Edwards dos homens que estavam no Continental havia feito com que ele esquecesse completamente a impressão digital do polegar — a prova mais conclusiva contra seu cliente. Conversou com Mike mais um pouco, mas, durante todo o tempo da conversa parte de sua mente tentava reconciliar sua crença na inocência de Arthur Wayne Prochaska com a presença de uma prova de que Prochaska havia estado no quarto onde Ballard tinha sido brutalmente assassinado. Sua última esperança era Paul Baylor. Se o perito forense não encontrasse alguma maneira de explicar as digitais, Art seria condenado.

— Já conseguiu analisar a prova forense do caso *Prochaska*? — Frank perguntou, assim que Baylor atendeu o telefone.

— Revisei a balística e a impressão digital hoje pela manhã.

— O que encontrou?

— Nada que possa ajudá-lo. Li os resultados da análise de nêutrons ativados que foi conduzida no reator da Reed. A bala que matou Ballard é idêntica à bala encontrada no *closet* de Prochaska.

— E quanto à digital na lata de cerveja?

— A impressão digital não está mais na lata, naturalmente. Cashman a levantou com fita e a colocou num cartão para efeito de comparação e preservação. Mas ele tirou uma foto da lata com a digital antes de retirá-la. Comparei a impressão digital da fotografia com as digitais de Prochaska, e são iguais. Também comparei a impressão digital no cartão com as digitais de Prochaska, e são iguais.

— Droga. Art jura que nunca esteve naquele quarto.

— Alguém pode ter pegado a lata de cerveja depois que Art a tocou e plantado-a lá — Baylor sugeriu.

— Pensei nisso. Art não bebe aquela marca e não se lembra de ter tocado em nenhuma lata daquela cerveja. Ele foi bem taxativo sobre isso.

— Ou ele está mentindo ou se esqueceu de que tocou a lata, mas as digitais dele estão nela, com certeza.

Frank desligou e ficou olhando pela janela. Não via nada no céu que pudesse ajudá-lo a ganhar o caso de Art Prochaska, mas continuou olhando, porque tudo mais no planeta Terra estava acabando com ele.

Capítulo 38

Doug Weaver estava tendo outro pesadelo, mas esse era diferente. Em vez de estar na penitenciária no dia da execução de Raymond Hayes, ele estava numa floresta, preso por uma tempestade de neve. Doug tentava desesperadamente atravessar montes de neve que chegavam à altura do joelho, tropeçando, parando para limpar a neve de seus óculos.

Em seu sonho, o vento frio levava a temperatura a muito abaixo de zero. Cada vez que ele respirava, o ar gelado queimava seus pulmões. Estava fraco, mas era forçado a continuar lutando para salvar Ray, que estava sempre fora de alcance. Doug só conseguia vê-lo de relance através das árvores, quando o vento ficava mais calmo. Chamava em voz alta, mas Ray não ouvia.

Doug sabia que nenhum deles duraria muito tempo naquela tempestade, mas também sabia, sem compreender como, que havia uma saída, e precisava encontrá-la. Tinha alguma coisa a ver com a neve, que parecia um pó muito fino. Doug estava ficando desesperado. Tentou fazer um círculo para tentar encontrar uma trilha segura, mas a neve estava caindo mais depressa e ele não conseguia ver através dela. Gritou mais alto, pedindo ajuda, e ainda estava gritando quando se sentou na cama, com a nítida percepção de que sabia qual era o problema com o martelo e o saco de provas. Era tão óbvio que ninguém tinha percebido o que estava, literalmente, diante dos olhos de todos.

Sua primeira percepção foi seguida por mais duas: Raymond Hayes estava morto porque Doug era um picareta incompetente e preguiçoso demais para mandar verificar o trabalho de Bernard Cashman, e Cashman tinha matado Ray, como se ele mesmo tivesse puxado o gatilho.

Doug se sentia entorpecido. Ficou vagando pela cozinha, no escuro. A luz estava clara o suficiente para ele poder ver o armário onde guardava as bebidas. Sentou-se à mesa da cozinha e serviu-se seu primeiro copo de uísque desde que concordara em trabalhar no caso de Jacob. Quando terminou o segundo copo, já choramingava baixinho. O que tinha acontecido com sua vida? Para onde foram todas as promessas? Seu futuro parecia tão brilhante quando se formara em direito. Agora, só restavam solidão, culpa e fracasso.

A raiva de Cashman tomou o lugar da autopiedade na metade do terceiro copo de uísque, e Doug começou a pensar em como poderia vingar Ray. Olhou para o relógio da cozinha e tentou ver as horas. O álcool já o afetara, e era difícil distinguir a posição dos ponteiros no escuro. Finalmente, concluiu que eram quase duas horas.

Se Doug estivesse sóbrio e pensasse um pouco mais, entenderia que seria bobagem confrontar Cashman, mas ele estava tão irado e tão bêbado que não conseguia pensar direito. Acendeu a luz e pegou sua agenda telefônica. O número de Cashman não estava anotado. Procurou o telefone do laboratório de criminalística e ligou para lá. Depois de tocar várias vezes, uma gravação informou diversas opções. Doug apertou 0.

— Eu sei que é tarde — Doug disse quando a telefonista da noite atendeu —, mas preciso falar urgentemente com Bernard Cashman, um dos criminalistas, sobre um caso em que ele está trabalhando.

— Não posso dar o telefone residencial do Sr. Cashman — disse a telefonista. — O senhor pode ligar pela manhã, quando ele estiver aqui.

— Não posso esperar. Poderia telefonar para ele e dizer que é Doug Weaver e que eu preciso falar com ele sobre o martelo do caso *Hayes*? Tenho certeza de que atenderá.

Quando a telefonista pediu que esperasse, Doug começou a pensar bem. Talvez devesse esperar até de manhã. Podia contar a Amanda o que tinha descoberto e eles poderiam ir até a promotoria. Tinha quase decidido desligar quando a telefonista informou que o Sr. Cashman não aceitara a chamada. Doug suspirou aliviado e desligou. Tinha agido como um tolo ao se precipitar. Deveria checar sua teoria com Paul Baylor primeiro. Doug não era cientista. Poderia estar errado. Voltaria para a cama e tentaria dormir. Queria estar bem disposto pela manhã.

Antes de voltar para o quarto, Doug fez mais um telefonema, para o escritório de Amanda Jaffe. Um menu gravado informou o ramal dela. Apertou o número e a voz de Amanda pediu que deixasse um recado.

— Amanda, aqui é Doug Weaver. Estou ligando no meio da noite. Sei que você não está, mas preciso vê-la logo cedo. Acabo de ter um pesadelo. Eu estava na floresta, no meio de uma tempestade de neve, e Raymond Hayes estava fora do meu alcance. No sonho, a neve era tão densa que eu não conseguia ver nada, mas havia algo de estranho na neve. Ela não era feita de flocos. Tinha consistência de pó. Foi aí que entendi tudo. Eu sei o que há de errado com o martelo. Eu...

Doug tinha atendimento simultâneo em seu aparelho, e ouviu um insistente bipe na linha.

— Alguém está ligando na outra linha. Pela manhã eu conto a você o que descobri. É sobre Bernie Cashman. Paul Baylor precisa estar lá.

Ouviu novamente o bipe irritante e apertou FLASH para atender a outra chamada.

— Doug Weaver? — uma voz perguntou.

— Sim. Quem é?

— Bernie Cashman. Você acabou de me ligar. Eu estava zonzo de sono. Por isso não atendi sua ligação. Mas não consegui pegar no sono novamente. Fiquei pensando que devia ser muito importante para você ligar a esta hora.

Doug não sabia o que dizer.

— Está me ouvindo? — perguntou Cashman. Não parecia nervoso nem assustado. Parecia calmo, como alguém que tem a consciência limpa.

— Sim, eu... Bem, eu representei Raymond Hayes — gaguejou Weaver, enquanto tentava organizar os pensamentos.

— Eu sei. Você disse à telefonista que era sobre um martelo do caso do Sr. Hayes.

— Eu sei que você mentiu quando disse que encontrou as digitais de Ray no martelo — soltou Doug, sem pensar.

— Não sei do que está falando — Cashman parecia chocado.

— Posso provar — disse Doug.

— Eu duvido, porque realmente encontrei as digitais do Sr. Hayes. Está esquecendo que seu cliente confessou o crime?

Doug quase deixou que a culpa tomasse conta de si. Queria explicar como tinha convencido Ray a alegar-se culpado, mas não permitiria que Cashman o distraísse.

— Irei à promotoria amanhã de manhã. Contarei o que sei e você poderá explicar-se para eles.

— Se está pensando em ir à promotoria, por que ligou para mim?

— Eu... eu queria dar uma chance para que você explicasse o que fez, por que matou Ray.

— Eu não tive nada a ver com a morte do Sr. Hayes. Foi o Estado que executou seu cliente. Sei que esteve presente na execução. Deve ter sido difícil vê-lo morrer, mas eu não tive nada a ver com isso.

— Vamos deixar que o promotor decida. Acho que não devo mais falar com você.

— Escute, e se eu comparecer à promotoria amanhã? Ficarei feliz em responder às perguntas que quiser me fazer, na presença do promotor, para mostrar que sou inocente das coisas que você acha que fiz.

Agora Doug estava completamente confuso.

— Você compareceria à promotoria? — repetiu.

— É claro. Não tenho absolutamente nada para esconder. A que horas gostaria que eu fosse até lá?

— Eu... não sei direito. Preciso falar com algumas pessoas pela manhã.

— Está bem. Me ligue no laboratório quando souber o horário. Levo vinte minutos para chegar ao centro.

Doug desligou. Seu coração estava acelerado. Cashman parecia tão sincero... Será que ele estava errado? Weaver sabia que não conseguiria pegar no sono, e precisava desesperadamente de outra bebida. Encheu o copo e deu um gole. Logo depois, seus olhos ficaram pesados e ele se deixou cair sobre a mesa, apoiando a cabeça nos braços.

— Acorde, Sr. Weaver.

Uma mão sacudiu o ombro de Doug. Ele levantou a cabeça e, com os olhos inchados, encarou Bernard Cashman, que estava em sua cozinha, usando um boné de beisebol do Seattle Mariners, luvas de látex, botinhas de Tyvek e segurando uma arma.

A adrenalina limpou imediatamente as teias de aranha e Doug deu um pulo para trás, quase caindo da cadeira.

— Cuidado, Sr. Weaver — Cashman disse. — Respire fundo. Quero que se acalme.

— Como...?

Cashman sorriu.

— Aprendemos muitas coisas investigando crimes. Os pontos mais fáceis para arrombar e entrar em um lugar, por exemplo.

O criminalista apontou para a garrafa de uísque.

— Encha um copo e beba tudo. Vai ajudar você a relaxar.

— Eu já bebi muito, eu...

— Não foi um pedido, Doug, foi uma ordem — Cashman apontou a boca da arma para a garrafa. — Encha o copo e beba tudo.

Weaver fez o que ele mandou.

— Bom. Agora beba outro copo e depois vamos conversar.

Doug ainda estava tonto do uísque que tinha bebido antes, e mais dois copos seguidos o deixaram muito embriagado.

— Diga-me o que acha que sabe sobre o martelo — Cashman disse.

Doug hesitou.

— Quer que eu atire em você, Doug? Não vou atirar para matar, porque quero que fale comigo. Mas vou atirar em partes do seu corpo que lhe causarão dores terríveis. Agora, por favor, diga o que acha que descobriu sobre as digitais no martelo.

Doug não era nenhum herói, então contou ao criminalista o que pensava ter acontecido. Cashman balançou a cabeça, confirmando

— Você é muito esperto e está correto. Para quem já contou essa sua epifania?

Doug sabia que precisava mentir sobre o telefonema para Amanda.

— Deixei um recado no gabinete do promotor. Eu disse que tinha provas de que você mentiu sobre as digitais. Se alguma coisa acontecer comigo, a polícia saberá que foi você.

Cashman franziu a testa. Não era isso o que ele queria ouvir, mas fazia sentido. Weaver tinha dito que iria à promotoria de manhã. Se Weaver tinha deixado um recado que o implicasse, ele estava em apuros. Analisou Doug, em busca de algum sinal que indicasse que estava mentindo. Doug não era um bom jogador de pôquer, e o fato de estar bêbado tornava ainda mais difícil blefar.

— Ligou para mais alguém depois da promotoria? — Cashman perguntou.

— Não. Era tarde. Eu não queria acordar ninguém.

— Não acredito em você, Doug. Acho que ligou para alguém, mas acho que não foi para o promotor.

Doug engoliu em seco.

— Foi. Eles pegarão você de manhã. Se me ferir, sarberão que foi você.

— Você mente muito mal, Doug. Agora me diga para quem você ligou, e é melhor dizer a verdade desta vez.

Doug olhou nos olhos de Cashman e viu dois poços plácidos, desprovidos de emoção. As imagens do corpo mutilado de Mary Clark encheram os pensamentos de Doug e ele aceitou o fato de que ia morrer. Saber disso deu-lhe liberdade para agir. Agarrou a garrafa de uísque e deu um pulo para colocar-se de pé, desequilibrando a mesa. A ação surpreendeu Cashman. Ele deu um passo em falso para trás, para se desviar da mesa. Weaver girou a garrafa na direção de Cashman. Ela passou tão perto do rosto de Cashman que ele sentiu o deslocamento de ar. Atirou no peito de Doug quando este levantava a garrafa para uma segunda investida. O advogado continuou o movimento e pegou no ombro de Cashman. O impacto lançou a garrafa para longe de Doug e ela se espatifou no chão. Ele investiu para Cashman e passou os braços em volta dele, apertando-o. Os dois homens cambalearam para trás, chocando-se contra a geladeira. Cashman bateu com o joelho na virilha de Weaver. Weaver soltou os braços. Cashman empurrou Weaver para o lado e atirou em seu estômago. Os joelhos de Weaver se dobraram e ele desmoronou no chão. Cashman atirou novamente.

"Então, é assim que vai terminar", pensou Doug.

Cashman estava exaltado. Ele se ajoelhou ao lado da cabeça de Doug e colocou a arma entre os olhos dele.

— Para quem você falou do martelo? — Cashman perguntou, desesperado.

Weaver queria que Karen pudesse vê-lo agora. Ele estava orgulhoso, porque tinha morrido lutando, e também se sentia satisfeito por saber que não havia traído Ray uma segunda vez. Uma frase zombeteira dos tempos de colégio lhe veio à mente.

— Eu sei, mas você terá que descobrir — disse, e em seguida morreu.

Cashman ficou possesso. Colocou-se de pé e levantou a perna para chutar o morto, mas a parte racional de seu cérebro não deixou. Estava usando botinhas de proteção, mas qualquer contato entre ele e o corpo de Weaver poderia deixar vestígios de provas. Cashman lembrou que tinham se tocado quando lutaram. Ajoelhou-se e examinou Weaver dos pés à cabeça. Quando ficou satisfeito por não ter deixado nenhum fio de cabelo ou fibra no advogado morto durante a luta, examinou a cozinha em busca de alguma prova que pudesse ter deixado.

Subitamente, lembrou-se dos tiros. Havia disparado três, e alguém poderia ter ouvido. A polícia podia estar a caminho. Se os vizinhos escutaram os disparos, podiam estar observando a casa. Cashman desligou a luz da cozinha e deu uma olhadela pela persiana. Havia luzes na casa ao lado. Cashman foi até a porta dos fundos. Não viu nenhuma luz nas casas que davam para a parte de trás do terreno. O criminalista se abaixou e saiu correndo pelo pequeno quintal. Não havia cerca, mas havia uma cerca viva. Ele forçou passagem por entre os arbustos e correu para seu furgão, que deixara estacionado vários quarteirões adiante. Foi esperto em ter corrido. Uma viatura da polícia passou por ele a caminho da casa de Weaver logo depois que saiu com o carro.

No caminho de casa, Cashman pensou sobre como a vida era injusta. Ali estava ele, tentando fazer a coisa certa, e seus esforços acabavam virando pesadelos. Primeiro precisou lidar com Mary. Agora, Doug Weaver tentava estragar tudo. Onde isso acabaria?

Cashman forçou-se a ficar calmo e a pensar. Sua situação era muito ruim? Se a telefonista da noite soubesse que Weaver fora assassinado, era provável que chamasse a polícia e informasse sobre o telefonema, mas ela também diria à polícia que Cashman tinha se recusado a atendê-lo. Ele ligara para Weaver de um telefone público, para que não localizassem o dele, e não deveria ter ficado nenhum vestígio na casa de Weaver que conduzisse a ele.

Weaver tinha descoberto a mentira de Cashman sobre as impressões digitais de Raymond Hayes, mas Cashman não sabia se ele havia dividido suas suspeitas com alguém. Se tivesse, não havia prova do que ele tinha feito, agora que tinha sumido com o martelo e com o saco de provas. Só precisava ficar firme quando fosse interrogado. Negar, negar, negar. Como poderiam provar que ele estava mentindo? Se produzissem a foto que Paul Baylor havia tirado quando pegou o saco de provas do carro de Mary, Cashman diria que o pó estava no lado que não era visível, ou sugeriria que Mary tinha colocado o martelo num novo saco de provas antes de escondê-lo no porta-malas. Poderiam suspeitar que ele estivesse mentindo, mas nunca conseguiriam provar.

Cashman soltou a respiração. Tudo daria certo, porque ele era mais esperto do que todo mundo, sempre um passo à frente de todos — não; vários passos à frente.

Capítulo 39

Amanda Jaffe tinha uma reunião com um cliente marcada para as oito horas e não ouviu o recado de Doug Weaver antes das nove. Ela a ouviu duas vezes. A fala de Doug estava arrastada, e ele parecia ter bebido. Sua história sobre um sonho numa nevasca acentuou essa impressão. Mas ele também parecia seguro de ter resolvido o mistério em torno do martelo.

Doug tinha dito que viria vê-la logo cedo, mas não estava na recepção quando ela se despediu de seu cliente, e não havia recados em seu escaninho. Amanda ligou para o escritório dele.

— Doug Weaver, por favor.

O telefone ficou mudo por alguns instantes.

— É do escritório de Doug Weaver? — perguntou Amanda, pensando que tinha discado o número errado.

— Quem é? — a recepcionista disse. Parecia estar se controlando para não chorar.

— Amanda Jaffe. Estamos trabalhando num caso juntos.

— Ah, Srta. Jaffe, não pode falar com o Sr. Weaver. Ele faleceu.

— Ele o quê?

— O Sr. Weaver está morto.

— Meu Deus! O que houve?

Nesse momento a recepcionista começou a chorar.

— Alguém entrou na casa dele nesta madrugada e o matou — ela conseguiu dizer. — É horrível.

Amanda ficou chocada.

— A polícia sabe quem matou Doug? — perguntou.

— Eu não sei. Dois detetives vieram aqui quando o escritório abriu. Revistaram a sala do Sr. Weaver, mas não me disseram nada; apenas só que ele tinha morrido.

— Os detetives estão aí agora?

— Não.

Amanda falou com a recepcionista sobre Doug mais um pouco. Quando desligou, sentiu-se desorientada e precisou respirar fundo algumas vezes para recobrar o equilíbrio. Quando ficou mais calma, ouviu novamente o recado de Weaver, e em seguida ligou para Paul Baylor.

Quando o telefone tocou, Paul Baylor estava em seu laboratório, testando uma amostra de cocaína que tinha sido apreendida durante um comando de rotina. O executivo que dirigia o Mercedes jurou que o pó não era cocaína. Seu advogado tinha certeza de que o executivo estava mentindo, e os resultados dos testes de Paul sustentavam essa teoria.

— Doug Weaver foi assassinado ontem à noite — disse Amanda assim que o perito forense pegou o telefone.

— O que aconteceu? — Baylor perguntou, atônito com a notícia.

— Não sei muita coisa. Recebi a informação da recepcionista do escritório dele. Um detetive disse a ela que alguém invadiu a casa dele e o matou.

— Isso é terrível!

— Eu não liguei somente para informar sobre o assassinato, Paul. Quando cheguei, hoje de manhã, havia um recado de Doug. Ele ligou de madrugada para me dizer que sabia o que havia de errado com o martelo.

— Ele conseguiu descobrir?

— Ele disse que sim, mas foi interrompido por outro telefonema antes que pudesse explicar. Eu anotei o que ele disse. Vou ler para você. Não consegui achar muito sentido nela. Talvez você consiga.

Baylor ficou calado quando Amanda terminou. Pediu que Amanda lesse o recado novamente.

— Aguarde um pouco, por favor — disse Baylor, quando ela terminou.

Paul foi até seu escritório e espalhou as fotos do martelo dentro do saco de provas em cima de sua mesa. Doug não tinha visto o martelo nem o saco de provas, então suas deduções tinham sido tiradas a partir dessas fotos.

— Não consigo ver nada — Baylor resmungou. Depois, ficou paralisado. Era isso! Doug também não tinha visto nada. Ele pegou o telefone.

— Sou um idiota — Baylor disse, mal conseguindo conter sua excitação. — É o pó.

— Não estou entendendo.

Amanda sentiu um frio lhe percorrer a espinha enquanto Baylor explicava sua teoria. Em seguida, sentiu-se mal. Amanda pediu que Paul viesse a seu escritório imediatamente e desligou.

Paul não conhecia Doug Weaver há muito tempo, mas ele parecia um cara legal. Agora estava morto, assassinado, e Baylor tinha certeza de que a morte dele não tinha sido o resultado de um assalto comum que dera errado, assim como o roubo do martelo de seu laboratório também não tinha sido. Era muito provável que Doug Weaver tivesse morrido porque tinha sido esperto o suficiente para descobrir por que Mary Clark pegara um martelo do armário de provas do laboratório de criminalística do estado.

Paul Baylor era um homem da ciência — sério, objetivo e não emotivo, na maioria das ocasiões. Mas não estava sendo nada disso agora. Nesse momento, Paul Baylor estava com muita raiva e jurou canalizar essa raiva para gerar a energia necessária para fazer a pessoa que o atacara e matara Doug Weaver pagar, não somente por seus crimes, mas pelo que tinha causado à reputação de cada criminalista de Oregon.

Quando Baylor entrou na sala de reuniões, encontrou Amanda e Kate Ross esperando.

— Conte a Kate o que contou para mim — disse Amanda.

Baylor entregou a fotografia para Kate. Ela mostrava o martelo dentro do saco de provas logo após ser removido do compartimento do estepe do carro de Mary Clark.

— Doug nunca viu o martelo e o saco de provas depois que o tiramos do carro — disse Baylor —, mas viu esta foto. Então, suponho que deva ter decifrado tudo com base no que viu na foto.

Kate estudou a fotografia por alguns momentos e balançou a cabeça, em negativa.

— Não entendi.

— Lembra-se de Doug ter perguntado se alguém, que não Mary, poderia ter roubado o martelo e o colocado no compartimento do estepe? — perguntou Baylor.

Kate fez que sim com cabeça.

— Eu disse a ele que sabíamos que Mary pegara o martelo porque o saco tinha sido borrifado com pó para verificação de impressões digitais, e as dela estavam no saco todo. Para descobrir digitais, Cashman teria de borrifar pó preto sobre o martelo. Um pouco desse pó deveria ter caído dentro do plástico quando o martelo foi colocado no saco, mas não me lembro de ter visto nenhum pó no martelo nem no saco plástico quando o achamos no carro da Mary. E você?

— Não. Tenho certeza de que não havia nenhum pó.

— No sonho de Doug, a neve era em pó — disse Amanda. — Acho que o subconsciente de Doug o fez lembrar que deveria haver pó para impressões digitais no martelo e no saco. Ele deve ter lembrado de que não viu nenhum pó na foto.

Kate franziu a testa.

— Está sugerindo que Cashman mentiu quando disse ter encontrado as digitais de Hayes no cabo?

— Se não havia nenhum pó no martelo, essa é uma possibilidade real — disse Baylor —, mas não sei como provar, sem o martelo e o saco.

Cashman é um dos criminalistas mais respeitados do estado — afirmou Kate.

— Ele é, sim — Paul concordou. — Eu nunca esperaria uma coisa assim vinda de Bernie, mas ele não seria o primeiro perito forense desonesto. Existem diversos casos no país inteiro em que pessoas que trabalham em laboratórios de criminalística forjam provas ou prestam falso testemunho no tribunal. O mais famoso é um ex-sorologista-chefe do laboratório de criminalística da polícia da Virgínia Ocidental. A Suprema Corte da Virgínia Ocidental chamou suas ações de chocantes e o acusou de corromper o sistema judiciário. E houve também uma criminalista do laboratório da polícia de Oklahoma. Um homem foi executado por estupro e assassinato depois que ela testemunhou, mas os colegas dela revisaram os *slides* das provas do caso e descobriram que não havia esperma no *slide* mais importante. Então, não seria a primeira vez que algo assim acontece.

Todos ficaram calados por algum tempo, enquanto tentavam olhar o caso *Cohen* à luz dessas novas informações. Amanda havia chegado a algumas conclusões próprias e queria ver o que os outros tinham pensado. Kate foi a primeira a quebrar o silêncio.

— Se Cashman mentiu sobre a impressão digital, ele teria um motivo para atacar Paul e roubar o martelo.

— Pode ser pior, Kate — disse Amanda. — Tenho tentado evitar, mas continuo chegando à conclusão de que há uma boa chance de Bernie ter assassinado Mary Clark, para impedir que ela falasse com Carlos Guzman.

— Não sei... — Kate disse, mas Amanda percebeu que sua amiga não estava rejeitando totalmente a ideia. Ao aceitar a possibilidade de que Cashman tenha fraudado os resultados no caso *Hayes* e atacado Paul para roubar a prova da ação desonesta, não seria preciso muita imaginação para pensar que o criminalista cometeria crimes mais violentos.

— Vamos presumir que Bernie tenha mentido quando disse ao grande júri que encontrou as digitais no martelo — Amanda disse. — Hayes é executado, o caso é encerrado e Cashman está seguro. É então que o destino intervém. Carlos Guzman pede a Mary para analisar uma série de casos encerrados para ver se as provas relativas a eles podem ser devolvidas ou destruídas. Um desses casos é o *Hayes*. Ela vê que não há nenhum pó para digitais no martelo nem no saco de provas e fica desconfiada. Mas Bernie é tão respeitado por todo mundo, incluindo Mary, que ela não vai direto a Guzman. Em vez disso, ela o confronta e ele a mata. E então incrimina Jacob.

— Pense, Kate. Em que ponto do caso de Jacob nós encalhamos? Um dos maiores problemas era como as camisetas manchadas de sangue foram parar no carro de Jacob. Quem encontrou as camisetas?

— Droga! — Kate disse.

— O assassino nem precisou esperar Jacob sair do carro para plantá-las — Amanda afirmou. — Ele simplesmente foi até o carro, com a maior cara de pau, enquanto estava investigando o crime para o estado de Oregon, e manchou as camisetas com um pouco do sangue que tinha tirado de Clark.

Por um momento, parecia que Kate concordaria com Amanda. Então, ela fez uma careta.

— Sua teoria só funcionaria se Cashman tivesse planejado incriminar Jacob antes de matar Clark. Ele precisaria conhecer

Jacob e seus problemas mentais, seu ódio pelas mulheres. Ele precisaria saber onde Jacob vivia.

"E não esqueça os pelos pubianos. Se Cashman armou para Jacob, precisaria pegar os pelos pubianos de Cohen antes de matar Clark, para poder colocá-los na coxa dela. Como ele faria isso?"

— Cashman teria acesso aos pelos pubianos de Cohen se houvesse alguns deles no armário de provas do laboratório de criminalística, no arquivo do caso em que Cohen foi acusado de tentativa de estupro — disse Baylor.

— E Cashman sabia tudo sobre Jacob — disse Amanda.

Ela contou a todos que tinha ouvido Doug dizer a Cashman onde Jacob vivia e sua história com as mulheres, depois da absolvição de Jacob.

— Mas de que vale ficarmos teorizando? — disse Kate. — O martelo e o saco de provas sumiram. A fotografia não é o bastante para provar que Cashman forjou a prova no caso *Hayes*.

— Não — disse Amanda —, mas talvez possamos provar que ele forjou provas de outros casos. Paul, você ainda está com as provas do caso de Art Prochaska em seu escritório?

— Ainda não as devolvi ao laboratório de criminalística.

— Bom. Quero que as examine novamente. Presuma que foram forjadas. Veja o que consegue encontrar. E também poderia checar as provas do caso em que Jacob foi acusado de tentativa de estupro para ver se havia algum pelo pubiano guardado no arquivo, e se está faltando algum?

— Posso precisar de um mandado para abrir o caso antigo.

— Me telefone, se precisar. Kate, quero que verifique outros casos em que Cashman foi o criminalista. Quem sabe não encontramos um advogado que ache que havia algo estranho no depoimento ou nas descobertas dele.

— Pode deixar — assegurou a investigadora.

— E Kate — continuou Amanda —, quero que faça algumas cópias do recado que Doug deixou. Deve ter sido o último telefonema que ele fez, e menciona um possível suspeito. Isso faz dela uma prova numa investigação criminal, e preciso dar uma cópia para a polícia.

— Espero que estejamos errados — disse Baylor. — Pode imaginar o caos que um criminalista desonesto pode causar? Nenhum jurado acreditará mais no depoimento dos criminalistas se vier a público que eles fraudam provas ou mentem sob juramento.

— Vamos nos preocupar com isso depois. Neste momento, só consigo pensar em pegar Cashman.

— É uma situação complicada — disse Baylor.

— Extremamente complicada. E não estou falando só das consequências para o sistema judiciário, caso Cashman tenha realmente mentido no tribunal sobre provas forenses. Se estivermos certos, Cashman agrediu você, matou Doug Weaver e Mary Clark porque eles ameaçavam desmascará-lo. Isso quer dizer que todos nós podemos estar correndo perigo se ele descobrir que o desmascaramos.

Capítulo 40

Foi difícil para Amanda se concentrar no trabalho depois da reunião com Paul e Kate, e o tempo parecia não passar enquanto ela aguardava notícias. Frank estava em Houston, tratando das moções pré-julgamento de um caso de fraude de colarinho branco com inúmeros réus. Amanda conhecia seu pai. Ele comeria alguma coisa no jantar depois de sair da corte e trabalharia durante a noite toda com os outros advogados de defesa. Ela adoraria conversar com ele sobre o caso de Jacob, mas sabia que não deveria tomar o tempo dele, pois ele estava no meio de uma questão complexa que exigia atenção total.

Paul telefonou, pouco depois das três, com más notícias. Carlos Guzman havia permitido que ele examinasse o arquivo do caso em que Jacob fora acusado de tentativa de estupro. Todos os oito pelos pubianos listados no inventário do arquivo se encontravam lá. Paul disse que a manteria informada se encontrasse alguma coisa quando examinasse as provas do caso de Prochaska.

Amanda ficou desapontada, mas ainda estava convencida de que sua teoria sobre Cashman estava correta. Passou a hora seguinte revendo tudo que conseguia lembrar sobre o caso de Cohen para ver se poderia pensar num novo caminho de investigação. Quando olhou o relógio, já eram mais de quatro horas. Subitamente, lembrou-se de que ia sair com Mike Greene à noite. Seria bom se conseguisse se divertir e esquecer o caso de Jacob, mas não tinha muita esperança.

Um amigo que tinha comprado ingressos para a temporada inteira e um compromisso inadiável haviam proporcionado a

Mike Greene dois ingressos para uma palestra no Portland Artes e Palestras. A oradora recebera o prêmio Pulitzer por seu relato ficcional de uma americana de origem asiática de primeira geração criada no Meio Oeste. Depois da palestra, Mike e Amanda jantaram no Pearl, um restaurante italiano a alguns quarteirões do condomínio de Amanda.

Mike achou que Amanda estava distraída durante a noite toda, e essa sensação se confirmou depois de vê-la comer. Amanda costumava ser uma companhia animada para jantar. Nessa noite ela ficou remexendo a comida e não pediu sobremesa — um sinal certeiro de que havia algo errado.

Mike atribuiu o estado de Amanda à ambivalência que ela sentia acerca do relacionamento deles. Mike receava dizer a Amanda o que sentia por ela, porque não sabia como ela poderia reagir. Tinham começado a sair juntos quando ela passava por um estresse pós-traumático causado por seu encontro com o Cirurgião. Não era o melhor modo de começar uma relação, e ele temia que os problemas que ela havia tido durante o período em que ficaram juntos sempre definiriam o tom do que ela pensava dele. Ele vinha pisando em ovos desde que Amanda concordara em vê-lo novamente.

Depois do jantar, Mike caminhou com Amanda até o condomínio dela e teve uma excelente surpresa quando ela o convidou para tomar uma bebida. Acomodou-se no sofá enquanto Amanda pegava uma garrafa de vinho na geladeira servia duas taças. Depois que Mike bebeu um gole, leu o rótulo e viu que a bebida vinha de uma vinícola local.

— Este vinho é delicioso. Vou comprar algumas garrafas.

— Achei que fosse gostar — disse Amanda, mas não estava sorrindo e parecia muito tensa.

Mike decidiu arriscar.

— Tem alguma coisa incomodando você?

Amanda hesitou. Queria conversar com Mike sobre Cashman, mas ele era o promotor que estava representando o Estado no caso *Prochaska*.

— Tem a ver com a gente? — perguntou Mike, tentando disfarçar sua ansiedade.

Amanda fez um sinal com a cabeça.

— Não, Mike. Gostei muito de sair com você novamente.

Os ombros de Mike, que estavam suspensos de tensão, relaxaram de alívio, mas Amanda parecia preocupada demais para perceber.

— Então o que está havendo? — perguntou Mike.

Esse era o momento de pedir a ajuda de Mike, mas Amanda hesitou. Ela tinha certeza de que Mike a ajudaria se ela pedisse, pois gostava dela; mas, se ela não gostasse dele, estaria usando-o novamente.

Amanda pensou em Toby Brooks. Eles se divertiam juntos, e o sexo às vezes era bom, mas não sentira uma ligação real com Toby depois que a excitação dos primeiros encontros foi diminuindo. Sempre sentira uma conexão com Mike. Não precisava agir diferente com Mike. Ele a conhecera em sua pior fase e ainda gostava dela. Ela podia ser natural. Resumindo, ela podia continuar sem ele, mas não queria. Queria que ele entrasse em sua vida; queria ficar com ele para sempre.

— É que surgiu uma coisa em um caso em que estou trabalhando — disse Amanda.

— Quer falar sobre isso? Sou um bom ouvinte — disse Mike.

— Não sei. Pode deixá-lo numa posição delicada.

— Por quê?

— Tem a ver com um caso em que você está envolvido.

— Por que não começa a falar? Se eu achar que estamos entrando em terreno perigoso, aviso.

Amanda tomou uma decisão. Mike era uma das pessoas mais inteligentes que conhecia, e teria uma visão nova da questão. Talvez estivesse errada sobre Cashman. Não havia nenhum pelo pubiano faltando no arquivo antigo, e não podiam ter certeza absoluta de que não havia digitais no martelo, pois ele desaparecera. Talvez Mike pudesse apontar onde ela tinha exagerado. E, se concordasse com ela, ajudaria ter um promotor ao seu lado.

— Eu já volto — disse Amanda.

Foi pegar seu gravador e o colocou sobre a mesa de café que estava na frente de Mike.

— Conhece Doug Weaver, não é?

— Sim — respondeu Mike, inclinando a cabeça, pesaroso. — Soube do que houve com ele hoje de manhã.

— E sabe que Doug e eu estávamos trabalhando juntos no caso de Jacob Cohen?

Mike confirmou.

— Doug deixou este recado na minha secretária eletrônica ontem à noite. Deve ter sido a última ligação que ele fez antes de morrer.

— Deu uma cópia para a polícia?

— Kate cuidou disso nesta tarde. Já falei com o detetive que está investigando o caso.

— Certo.

— Quero que ouça o recado.

A expressão de Mike ficou tensa enquanto ele ouvia o recado de Doug. Balançou a cabeça depois que Amanda o colocou novamente, a pedido dele.

— Isso não significa nada para mim, mas suponho que signifique para você.

Amanda deu-lhe um breve resumo do caso de Hannah Graves contra Jacob Cohen.

— Me parece que seu garoto está enrascado
— Mike disse.
— Não acho que ele seja culpado.
— O assassinato de Weaver e este recado estão ligados ao caso *Cohen*?
Amanda confirmou.
— Acho que existe uma possibilidade de Bernard Cashman ter matado Mary Clark e incriminado Jacob.
Os olhos de Mike se arregalaram.
— Está brincando, não é?
— Antes estivesse.
Amanda contou a Mike sobre o martelo que Kate Ross e Paul Baylor encontraram no carro de Mary Clark e sobre as conclusões que eles tiraram. O promotor ficou totalmente atento durante o relato de Amanda. Quando ela terminou, Mike não parecia convencido.
— Você percebe que não tem nenhuma prova de que Cashman seja culpado de tudo isso? Não está com o martelo; não tem nenhuma prova de que Cashman tenha atacado Paul Baylor nem Mary Clark nem Doug Weaver.
— Doug menciona Cashman especificamente no recado — Amanda disse, tentando não soar desesperada.
— Como eu poderia considerar esse recado como prova? É uma declaração indireta. E, mesmo se o júri ouvir a fita, Weaver não diz nada sobre Cashman que um jurado sensato possa concluir como uma acusação de culpa. Ele só afirma ter tido um pesadelo assustador sobre neve. Pelo que sei, sonhos não são prova admissível de culpa.
— Eu sei que foi ele, Mike.
— Olhe, sei que muitas pessoas que cometeram crimes estão soltas por aí porque não tenho provas concretas para prendê-las. E Cashman não é uma delas. Não acredito nisso.

— Você iria atrás de Cashman se pudéssemos provar que ele fraudou outros casos?

— Tem algum caso específico em mente?

— Paul Baylor está analisando as provas do assassinato de Vincent Ballard.

Mike sacudiu a cabeça.

— Prochaska é mais que culpado, Amanda. Ele está sem ação.

— Só porque Cashman afirma ter encontrado a impressão digital do polegar de Art numa lata de cerveja que estava no quarto da vítima e porque ele disse que a bala que matou Ballard é idêntica à achada no *closet* de Art. Se Cashman mentiu sobre as provas, você não tem um caso.

— Frank pediu que Paul Baylor verificasse as provas, não é?

— Sabe que não posso responder.

— Foi o que pensei.

— Se eu contar uma coisa, promete que não vai usá-la?

— Por favor, Amanda, não estou gostando disso.

— Acha que eu faria alguma coisa para prejudicar você ou comprometer um de seus casos?

Mike estava apaixonado por Amanda. Quando se ama alguém, confia-se nessa pessoa. O fato de ela confiar nele o bastante para contar assuntos confidenciais significava muito para Mike.

— Vá em frente — disse ele.

— Art jura que nunca esteve no quarto de Ballard e Frank acredita nele.

Mike riu.

— Se Prochaska jura que é inocente, isso me basta. Afinal, ele é o traficante e assassino mais honesto que eu conheço.

— Estou falando sério, Mike. Art é um maníaco homicida e traficante, mas confia no meu pai. Se tivesse assassinado Ballard, não admitiria, mas não creio que fosse tão inflexível sobre sua inocência quanto meu pai diz que está.

Mike amoleceu. Percebeu que Amanda estava nervosa e se arrependeu de ter sido sarcástico.

— Eu só não engulo sua teoria. Bernie é um dos melhores criminalistas que temos, e nunca soube de absolutamente nada que levantasse desconfiança sobre seus resultados.

— Você estava naquela casa quando eles encontraram a arma que foi usada para matar Vincent Ballard. Papai me disse que o teste de balística deu positivo.

— Nós dois sabemos que foi Martin Breach quem plantou a arma — disse Mike.

— E se não foi? E se Corrales e Castro mataram Ballard com aquela arma?

— Já conversou com Hannah Graves sobre isso?

— Não posso — disse Amanda. — Doug me disse que ela está realmente disposta a condenar Jacob, e você sabe como ela é. Doug Weaver e eu a humilhamos em julgamentos recentes. Ela não dará ouvidos a nada que eu tenha a dizer.

"Você pode falar com Carlos Guzman, confidencialmente", acrescentou Amanda. "Pergunte a ele se já houve alguma dúvida com relação aos resultados de Cashman."

— Não com base no que você me disse. Plantar esse tipo de dúvida acerca de Bernie poderia destruir a carreira dele.

— Pense nas consequências, se eu estiver certa. Há muito mais em jogo do que a carreira de Cashman. Se Raymond Hayes era inocente, Cashman o matou. Você quer que Jacob Cohen e Art Prochaska entrem no corredor da morte por algo que não fizeram?

— Jesus, Amanda, Cashman testemunhou em centenas de casos. Cada um deles teria de ser revisto se ficasse provado que falsificou os resultados de um só caso.

— Eles *devem* ser revistos, se ele fraudou os resultados de um só caso. Olhe, Mike, eu quero estar errada tanto quanto quero estar certa, mas não posso ficar de braços cruzados.

Mike respirou fundo e soltou o ar.

— Não quero que pense que não vou levar a sério o que você me contou.

— Eu sei que estou pedindo muito. Mas vai pensar sobre o que eu disse?

Mike se sentia num turbilhão. Queria ajudar Amanda, mas ela estava pedindo que cavasse algum podre sobre um criminalista que era respeitado em todo o estado. Mesmo assim, Amanda foi escrupulosamente honesta e nunca o usaria para ganhar a absolvição para um cliente.

— Está bem — Mike respondeu, relutante.

— Vou falar com Guzman e perguntar se já teve algum problema com Bernie. Mas eu sei o que ele vai dizer.

Amanda sorriu aliviada.

— Você é um homem bom, Mike. Você é muito importante para mim.

O coração de Mike pulava, e ele precisou de todo o autocontrole para manter a compostura.

— Você sabe quanto significa para mim, Amanda.

— Eu sei, sim — Amanda baixou os olhos. — Não sei como consegue me aguentar. Eu tenho sido horrorosa às vezes.

Mike respirou fundo e levou a cabeça mais à frente.

— Eu aguento você porque te amo.

As palavras ficaram suspensas no ar entre eles. Ninguém se moveu por um tempo que pareceu uma eternidade para Mike. Então, Amanda colocou sua taça de vinho na mesa e se levantou.

— Não quero que vá para casa nesta noite.

Mike não sabia se tinha ouvido direito.

— Fica comigo? — pediu ela.

Mike não respondeu de pronto. Quando o fez, parecia receoso, mas determinado.

— Amanda, o que eu mais quero neste mundo é fazer amor com você, mas você me magoou muito. Não posso passar por isso novamente. Se for para a cama comigo, deve ser porque me ama tanto quanto eu amo você.

— Você sabe que, quando magoei você, não foi por sua causa. Eu estava um caco por causa do que aconteceu com o Cirurgião. E levei muito tempo para me recuperar e perceber quanto gostava de você. Amo você, Mike. Não teria pedido para ficar se não o amasse. Mas nós vamos entrar numa discussão filosófica profunda ou você vai me levar para a cama?

Mike abriu um sorriso. Diversas respostas espirituosas para essa pergunta lhe ocorreram, mas ele teve bom senso suficiente para não dizer nenhuma. Em vez disso, ele se levantou e tomou Amanda em seus braços.

Parte Cinco

Justiça Poética

Capítulo 41

Quando Steve Hooper entrou no escritório de Bernard Cashman, o criminalista estava trabalhando num relatório e assobiando uma melodia animada.

— Tem um minuto, Bernie? — perguntou o detetive.

Cashman levantou os olhos e sorriu.

— Para você, a qualquer hora.

O detetive pegou uma cadeira da mesa vizinha à de Cashman e se acomodou nela. Ela pertencera a Mary Clark. Se Hooper percebeu de quem era a cadeira em que se sentou, não demonstrou.

— O que é que há? — Cashman perguntou.

— Estou trabalhando no assassinato do advogado, Doug Weaver.

— Estava esperando que alguém me contatasse — Cashman disse, fingindo um sorriso.

— Você o conhecia bem?

— Testemunhei em alguns casos dele. Ele foi o advogado de Raymond Hayes, lembra?

— Sim, eu o vi na execução. Parecia uma pessoa decente.

— Também tive essa impressão.

— Pelo que soube, ele ligou para você na noite em que foi morto.

— Não exatamente — respondeu Cashman, com as respostas já ensaiadas para as perguntas que tinha certeza de que seriam feitas. — Uma telefonista me ligou. Era bem tarde da noite.

— Falei com ela.

— Então sabe que eu não cheguei a falar com Weaver. Só falei com a telefonista. Ela disse que Weaver queria falar comigo sobre o martelo do caso *Hayes*. Eu estava dormindo profundamente e estava tão exausto que não aceitei o telefonema. Achei que ele fosse me ligar de novo pela manhã.

— Tem ideia do motivo pelo qual ele queria falar com você sobre o martelo?

— Nem imagino, mas tem coisas estranhas acontecendo com ele. Sabe que Mary Clark pegou o martelo do armário de provas e o escondeu no carro? E depois um ladrão roubou o martelo e outras coisas do laboratório de Paul Baylor.

— Sei de tudo isso. Hannah me pediu para averiguar.

— E o que você descobriu?

— Nada. Pode ter sido coincidência. Ainda assim, Clark pega e esconde o martelo, depois ele é roubado e Weaver liga para você falando do martelo na noite em que foi assassinado. Faz a gente pensar.

— Concordo plenamente — Cashman disse. — Já analisei todos esses fatos, mas não consegui pensar em nada útil. Não acha que esse assunto do martelo e a morte de Weaver ajudarão no caso de Cohen, acha?

— De modo algum. Cohen é um homem morto.

— Que bom. Fiquei preocupado.

Cashman ficou calado por alguns momentos e forçou um ar solene e sério, como um homem que carrega um enorme fardo. Olhou diretamente para Hooper e se inclinou para a frente, dobrando as mãos sobre o colo.

— Steve, acha que teria feito alguma diferença se eu tivesse aceitado o telefonema de Weaver?

— Acho que não.

Cashman balançou a cabeça, com pesar.

— Às vezes fico pensando que eu poderia ter impedido a morte de Weaver se tivesse falado com ele.

— Besteira, Bernie. Era de madrugada. Eu também não teria atendido. E o que você teria feito, de qualquer maneira? Mesmo se ouvisse alguém entrando na casa enquanto estava no telefone com Weaver, ele morava a quilômetros de distância.

— Não, você tem razão, mas eu tenho a sensação de que as coisas poderiam ter acontecido de modo diferente. Eu sei que não tem lógica.

— Não se atormente com isso.

Cashman suspirou.

— Vou tentar, mas...

— Nada de "mas". Esqueça isso.

Cashman aquiesceu, como se fosse seguir o conselho de Hooper ao pé da letra. O detetive tirou um gravador do bolso e o colocou sobre a mesa de Cashman.

— O que é isso? — perguntou o criminalista.

— É um recado de secretária eletrônica que Weaver deixou para Amanda Jaffe na noite em que foi morto. Diga-me o que acha disso.

Cashman ouviu com muita atenção para ver se alguma coisa na fita o entregava. Ficou muito aliviado quando a fita terminou.

— Não sei o que dizer. Não consegui entender direito o sonho que ele teve. Ele mencionou meu nome. Suponho que fosse sugerir que ele e Jaffe falassem comigo sobre o assunto que ele queria discutir quando tentou me telefonar. Se não for isso...

— A referência à neve não significa nada para você?

— Não. O que deduziu, Steve? Tem alguma ideia do motivo pelo qual Weaver telefonou para mim e para Amanda?

— Ainda não.

— O que Amanda acha?

— Se ela tem alguma teoria, não a dividiu comigo — Hooper levantou. — Já tomei muito do seu tempo. Se algo acontecer com você, me telefone, está bem?

— Claro. Tenho interesse pessoal nesse caso. Vai me manter informado?

— Com certeza.

Assim que Hooper saiu, Cashman se permitiu dar um sorriso de autocongratulação. Acreditava ter passado com nota máxima nesse teste. Ainda estava sorrindo quando Carlos Guzman e Paul Baylor passaram por seu escritório na direção do armário de provas. Era a segunda vez nos últimos dias que Baylor andava bisbilhotando por lá. Durante uma conversa casual com o diretor do laboratório, Bernie descobrira que Baylor tinha examinado o caso de tentativa de estupro de Jacob Cohen. Cashman ficara tenso por um ou dois dias, mas a investigação de Baylor parecia ter sido infrutífera. Agora Baylor estava de volta e Cashman estava começando a se arrepender de não ter dado um jeito permanente no perito forense quando teve oportunidade.

Cashman parou para se maravilhar com o modo casual com o qual pensara em tirar uma vida. Algumas semanas antes, o mero pensamento o deixaria fisicamente mal, mas ele havia se acostumado com a ideia e — tinha de admitir — se sentia muito mais poderoso desde que se libertara da repulsa natural que a maioria das pessoas sente quando pensa em matar um outro ser humano. Naturalmente, Cashman não considerava a morte de Doug Weaver e a de Mary Clark a expressão de um depravado desejo criminoso. Tivera boas razões para matar o advogado e a perita forense. Era isso o que o tornava diferente de monstros assassinos e estupradores.

Não restava dúvida de que tinha mudado desde os lamentáveis incidentes com Mary Clark e Doug Weaver. Matar Clark e Weaver o fizera sentir-se autoconfiante. Ele acreditava poder fazer qualquer coisa e lidar com qualquer situação. Cashman podia ver quanto havia evoluído, se comparado com o menino inseguro e cheio de dúvidas sobre si mesmo que um dia fora. Agora, pensava em si mesmo como um homem superior. O que seus companheiros do laboratório diriam se soubessem de seu segredo?

Guzman e Baylor sumiram de vista e Cashman suspirou. Estava sendo idiota. Não havia por que se preocupar com Paul Baylor. Baylor não poderia prejudicá-lo. Ninguém poderia prejudicá-lo.

Capítulo 42

Amanda Jaffe tinha os olhos fixos na papelada que cobria a mesa da sala de reuniões. Espalhados diante dela estavam relatórios policiais, relatórios do laboratório, relatórios de autópsia e os relatórios de Kate Ross e Paul Baylor. Ela os lera e relera na esperança de que uma palavra ou frase pudesse deflagrar alguma ideia que pudesse ser usada para resgatar Jacob Cohen do corredor da morte, mas nada tinha utilidade. Amanda tomou um gole de seu café com leite e descansou os olhos turvos por um instante. Assim que se fecharam, ela pensou em Mike Greene.

Já havia passado uma semana desde que Amanda dormira com Greene, e tinha sido uma das melhores semanas de sua vida. Eles ficavam juntos quase toda noite, e Amanda tinha de admitir que fazer amor nunca fora tão gratificante. Com Toby, o sexo era quase sempre um evento atlético. Houve momentos em que Amanda achava que Toby esperava que ela levantasse um placar com o total de pontos de cada encontro. O sexo com Mike era diferente e delicioso em sua totalidade. Na primeira vez eles ficaram nervosos, mas não houve apalpadelas desajeitadas nem paradas e reinícios ansiosos quando foram para a cama. Quando estavam ambos exaustos, Amanda caíra no sono satisfeita, e ela teve a mesma sensação de contentamento todas as vezes que fizeram amor. Era difícil se concentrar no trabalho, porque Amanda se surpreendia pensando em imagens de sexo o tempo todo, o que não era bom. Precisava se concentrar no caso *Cohen*, que nem de longe ia tão bem quanto sua vida pessoal.

Mike tinha conseguido falar com Carlos Guzman sobre Cashman, e o diretor do laboratório afirmara que a competência e a honestidade do perito forense nunca haviam sido questionadas. Mike até fizera algumas perguntas em seu escritório e não tinha ouvido uma única queixa sobre o criminalista. Pelo contrário: seus companheiros da promotoria se sentiam com sorte quando Cashman trabalhava no caso deles.

Nem Kate Ross nem Paul Baylor tinham feito progresso na tentativa de provar que Bernie forjara provas para incriminar Jacob, e Amanda não tinha outra estratégia para conseguir a absolvição. Como já estavam na fase de penalidade, ela sabia que as chances de salvar a vida de Jacob eram poucas.

As chances de Art Prochaska também eram mínimas, e a ameaça de uma sentença de morte era ainda mais imediata, pois Prochaska iria a julgamento dentro de uma semana.

Alguém batendo à porta resgatou Amanda de seus devaneios. Kate sentou-se à sua frente. Em sua mão havia um maço de papéis e no rosto um grande sorriso.

— Peguei o miserável — a investigadora proclamou, entregando os papéis para sua chefe.

Enquanto Amanda folheava os papéis, a expressão de desalento deu lugar a um largo sorriso.

— Você é incrível! — Amanda disse quando terminou. — Como pensou nisso?

— Eu estava lendo os autos do caso *Prochaska* e me dei conta de que ninguém nunca questiona as credenciais acadêmicas de uma testemunha. Um sujeito afirma que fez um curso em Harvard e é aceito. Mas achamos que Cashman é mentiroso, e me ocorreu que, se ele mentiu sobre algo grande, como as digitais do caso *Hayes*, poderia ter mentido sobre seus méritos acadêmicos, então fiz uma pesquisa no histórico dele.

— Isso não é invasão de privacidade? Como conseguiu essas coisas?

Kate era formada pelo Instituto de Tecnologia da Califórnia com mestrado em ciência da computação; era uma *hacker* experiente. Fez um sinal com a cabeça.

— Você não vai querer saber e nem pense em tentar incluir o que acabo de lhe entregar como prova no tribunal. No entanto, como você é um gênio, provavelmente pensou em checar as credenciais de Cashman. Depois, provavelmente contou a seu pai sua ideia brilhante e sugeriu que ele pedisse a algum magistrado bonzinho uma intimação para obter os registros acadêmicos de Cashman para usar no julgamento de Art Prochaska.

— Exatamente — disse Amanda, devolvendo os papéis para Kate. — E eu teria feito tudo isso sem nunca ter visto estes papéis que você nunca me deu.

— Nem dizer a Frank de onde veio essa ideia — Kate respondeu. — Ele é da velha guarda e deve achar que não existe muita diferença entre invadir computadores e praticar assaltos.

Capítulo 43

Carlos Guzman acompanhou Paul Baylor até a sala de provas, esperou enquanto ele pegava os pelos pubianos do caso de tentativa de estupro de Jacob Cohen e em seguida o conduziu a um laboratório que tinha um microscópio e deixou-o sozinho. Vinte minutos depois, Baylor massageou as pálpebras por um instante, em seguida afixou outro pelo em um *slide* e colocou-o sob as lentes. Um sorriso triunfante surgiu em seu rosto. Ele sabia, no momento em que viu o quinto pelo do arquivo de Jacob, que ele era diferente dos outros. Havia pegado o filho da mãe.

Logo depois, o sorriso se desfez. Paul podia provar que pelo menos um dos pelos pubianos do arquivo de Jacob era diferente dos outros, mas estava longe de provar que fora Bernard Cashman quem havia retirado os pelos do arquivo. E quanto às provas do caso de Art Prochaska?

Baylor suspirou, com seu triunfo momentâneo esquecido. Tinha lido os resultados da análise de ativação de nêutrons até seus olhos ficarem inchados, e a conclusão era sempre a mesma: a amostra da bala que matara Vincent Ballard era coincidente com a amostra tirada da bala encontrada no armário de Prochaska. E ainda havia a maldita digital do polegar. Como era possível...?

Baylor ficou paralisado ao se lembrar de uma história que ouvira há alguns anos, numa convenção para cientistas forenses. Estava no bar do hotel com um grupo de criminalistas orientais e um deles contou essa história. Todos riram de como as pessoas podem ser burras. Qual era o nome do criminalista que tinha sido preso? Harvey, Hasty? Não lembrava, mas se lembrava de que Harvey, ou Hasty, tinha sido pego do modo mais bizarro.

O sujeito da história queria trabalhar para a CIA. O entrevistador da CIA salientou que os criminalistas juravam obedecer à lei enquanto estivessem trabalhando para essa agência, mas que os funcionários da CIA às vezes eram obrigados a infringir a lei do país no qual estavam trabalhando. O entrevistador queria saber se isso seria um problema. O criminalista, pensando que isso ajudaria a conquistar o emprego, gabou-se de que infringir a lei não seria um problema para ele. Depois, contou ao entrevistador como tinha forjado as digitais em um caso para garantir a condenação do réu. A CIA passou a informação para o FBI, e a injustiça acabou sendo corrigida. Mas não era esse o aspecto do caso que entusiasmava Baylor. Era o método que o criminalista tinha usado para forjar a digital que deixava o coração de Baylor acelerado.

Baylor precisou de todo o autocontrole para não sair correndo para seu laboratório e examinar novamente o cartão de digitais, mas se acalmou por tempo suficiente para examinar os outros pelos do arquivo de Jacob e borrifar pó no arquivo para ver se encontrava as digitais de Cashman. Quando terminou seu trabalho, Paul agradeceu a Carlos Guzman e voltou para seu laboratório.

Assim que atravessou a porta, Baylor foi pegar o cartão com a digital do polegar de Prochaska que Cashman alegara ter levantado da lata de cerveja que estava no quarto de Vincent Ballard. Removeu uma pequena porção do cartão com um furador de papel. Em seguida, colocou esse pedacinho em seu microscópio eletrônico e examinou-o. Cada elemento tinha sua própria assinatura e frequência radiográficas. O microscópio eletrônico identificou a assinatura radiográfica de cada elemento presente na amostra que ele retirara do cartão.

— Sim! — gritou Paul, quando suas suspeitas se confirmaram. Deu um soco no ar com o entusiasmo à altura do demonstrado por Tiger Woods quando ganhou o campeonato. Havia dado o passo decisivo para desmascarar Cashman. Sua satisfação estaria completa quando descobrisse como o miserável tinha fraudado o teste de balística, mas já tinha uma ideia de como essa ilusão tinha sido criada.

Paul respirou fundo. Quando se acalmou, discou o número de Amanda Jaffe.

— O que é que há, Paul? — perguntou Amanda.

— Fiz uma descoberta no caso Cohen — disse ele, entusiasmado. — Lembra-se de que eu disse que chequei se havia algum pelo pubiano faltando no arquivo de tentativa de estupro de Jacob?

— Sim. Você disse que havia oito pelos listados no inventário e oito no arquivo.

— Os oito estão lá, mas somente seis são de Cohen. Tentei pensar no que eu faria se quisesse incriminar Jacob. Eu usaria os pelos do arquivo, mas teria de supor que um advogado de defesa esperto poderia imaginar que o arquivo fosse a fonte.

— Cashman colocou os pelos de outra pessoa no arquivo!

— Bingo! Voltei ao laboratório de criminalística e examinei os pelos. Dois deles não são de Cohen.

Amanda pensou numa coisa.

— Paul, a última vez que alguém viu Clark foi quando ela e Cashman trabalharam no assalto à loja de bebidas, não foi?

— Certo.

— Então, Mary provavelmente foi morta dentro de vinte e quatro horas depois de terminar o trabalho.

— Isso se encaixa no tempo estimado da morte do relatório da autópsia — concordou Baylor.

— Se Clark confrontou Cashman depois de eles terem trabalhado na cena do crime e ele a matou logo depois, ele teria de ter retirado os pelos pubianos depressa. Então, provavelmente tirou os pelos substitutos de algum outro arquivo do laboratório. Aposto que vamos achar um arquivo com dois pelos faltando, se buscarmos nos arquivos do armário de provas.

— Concordo — disse Baylor.

Amanda ficou calada por um momento. Depois, franziu a testa.

— Ainda não podemos provar que Cashman pegou os pelos, a não ser que ele tenha sido incrivelmente estúpido e tocado no arquivo sem luvas.

— Verifiquei se havia digitais no arquivo. As dele não estão lá.

— Droga. De qualquer maneira, fez um ótimo trabalho, Paul. Não deixe a bola cair. Já conseguiu descobrir como Cashman fraudou os pelos pubianos. Vai descobrir o resto.

Baylor parou e sentiu o coração pular. Então, quando não podia mais aguentar, ele disse:

— Eu sei como Cashman forjou a impressão digital do polegar.

Capítulo 44

— Isso é deprimente — Frank Jaffe disse para Amanda, enquanto eles caminhavam pelo corredor quase vazio do quinto andar, dirigindo-se para a corte do juiz Arthur Belmont, na manhã do primeiro dia de depoimentos do caso de Art Prochaska.

— O que é deprimente? — perguntou Amanda.

— O Oregon revogou a pena de morte em 1964. Quando ela foi restabelecida, em 1980, havia multidões de repórteres e espectadores lotando estes corredores sempre que o julgamento envolvia pena capital. Eu não podia dar dois passos sem que um repórter colocasse um microfone na minha cara ou que eu ficasse cego pelas luzes das câmaras de televisão. Mas hoje estamos tão acostumamos com as execuções sancionadas pelo Estado que todo mundo acha isso algo absolutamente normal.

Amanda olhou a calma do corredor vazio à sua volta, onde as poucas pessoas que passavam estavam preocupadas com seus assuntos e não queriam saber se um gângster de meia-idade tinha assassinado um *junkie* solitário. Seu pai tinha razão. Parecia que a única pessoa interessada no caso de Art era Martin Breach, que se levantou do banco onde estava sentado e foi ao encontro dos advogados.

— Quais são as chances, Frank?

— Não se pode prever o que acontecerá num julgamento, mas estou com um bom pressentimento com relação ao caso.

— Descobriu algo sobre a impressão digital? — Breach perguntou.

— Descobri, sim.

— Foi um dos caras do laboratório que armou para Artie?

A pergunta foi feita sem emoção, mas Frank podia sentir a raiva que fervilhava por baixo da superfície calma de Breach, como um grande tubarão branco cortando as plácidas águas de uma praia cheia de veranistas.

— Esteja presente quando os peritos forenses do estado derem o depoimento, hoje à tarde, e poderá ter uma surpresa agradável — Frank disse, com um sorriso confortador.

— Não acha que o fato de eu estar assistindo prejudicará Artie?

— Hoje não, Martin. Hoje não.

Bernard Cashman tinha estudado a composição do júri do caso *Prochaska* antes de escolher sua roupa. Uma hora antes do horário do julgamento, ainda não tinha decidido qual terno e gravata usaria. A maior parte dos jurados era de classe média e média baixa, então ele não queria se apresentar muito bem vestido, mas havia um médico aposentado e também uma dona de casa casada com um arquiteto bem-sucedido. Eles poderiam não dar crédito absoluto ao depoimento de uma testemunha que se vestisse muito mal. No final, escolheu um terno conservador que comprara numa elegante loja de departamentos em vez de um dos ternos que tinha mandado fazer numa viagem recente a Londres, e uma gravata azul-marinho lisa. Achou que a vestimenta era simples, mas de bom gosto.

Mike Green chamou Cashman para o banco de testemunhas uma hora depois que a corte voltou a se reunir, após o almoço. Cashman fizera uma refeição leve em um dos melhores restaurantes do centro, mas não pedira vinho. Mesmo não estando preocupado, queria estar com a mente clara para a inquirição de Frank Jaffe. Cashman já havia testemunhado contra outros clientes de Jaffe, com sucesso, e Frank não havia feito nenhuma pressão sobre ele na audiência preliminar, mas era melhor estar prevenido. Não podia imaginar o que o advogado havia descoberto desde a audiência preliminar que pudesse ser usado para questionar as provas que levariam à merecida condenação de Art Prochaska. É fato que o réu provavelmente não matara Vincent Ballard, mas havia escapado impune de uma acusação de homicídio e de inúmeros outros crimes sérios no passado. Dessa vez não teria tanta sorte.

Ao caminhar pelo corredor central do tribunal, Cashman avistou Martin Breach e diversos de seus comparsas. Breach fixou no criminalista um olhar que deixou Cashman amedrontado por alguns instantes, mas ele esqueceu o chefe da máfia assim que atravessou o cancelo e ficou de pé diante do banco das testemunhas, pronto para fazer o juramento.

Cashman tinha cortado o cabelo no dia anterior, e sua barba e seu bigode estavam muito bem aparados. Depois do juramento, encantou o júri com seu sorriso e, em seguida, humildemente relatou suas credenciais acadêmicas e a experiência profissional com sua agradável voz de barítono, que era tão eficaz com os jurados. Depois dessas preliminares, Mike Greene pediu que Cashman explicasse a investigação que ele havia conduzido no Motel Continental. Em seguida, Cashman explicou como descobrira a impressão digital do polegar do réu, Arthur Wayne Prochaska, numa lata de cerveja que estava na mesa de cabeceira do quarto de Vincent Ballard e por que concluíra que as balas que causaram a morte do Sr. Ballard eram coincidentes com as encontradas numa caixa de munição tirada do *closet* do réu. Quando Mike Greene terminou de inquirir diretamente sua testemunha, os jurados balançavam a cabeça, concordando com todas as afirmações que Cashman fazia, e ele estava seguro de tê-los convencido, sem sombra de dúvida, de que Prochaska era culpado das acusações.

— A testemunha é sua, Sr. Jaffe — disse o juiz Belmont.

— Sr. Cashman — disse Frank —, o senhor afirmou ter se formado na Universidade de Oklahoma, com especialização em química, certo?

— Correto.

Amanda entregou um documento para Frank. Era difícil para Cashman, de sua cadeira, do outro lado da sala, ver do que se tratava. Frank estudou o documento por um instante antes de voltar-se novamente para a testemunha.

— Poderia dizer aos jurados o nome do professor que lhe ministrou a primeira aula de química na faculdade?

Cashman deu risada.

— Isso foi há muito tempo. Receio não lembrar o nome dele, ou dela.

— Poderia dizer aos jurados o nome de qualquer professor que tenha lhe dado aulas de química?

Cashman encolheu os ombros.

— Não me lembro de nenhum.

— Deve ter havido diversos, não é, se o senhor se especializou em química?

— Sim.

Frank olhou novamente o documento que tinha nas mãos.

— Deixe-me facilitar a sua tarefa. Poderia dizer ao júri o nome de três matérias que estudou em sua especialização na Universidade de Oklahoma?

Cashman mudou de posição na cadeira.

— Vamos ver. Tinha introdução à química, naturalmente, e química orgânica... e creio que uma delas se chamava química avançada.

— Parece correto, mas estou tendo um problema.

Frank levantou-se e caminhou pelo espaço entre a mesa da defesa e o banco de testemunhas. No caminho, entregou um pacote com alguns papéis para Mike Greene e o oficial de justiça. Quando chegou perto de Cashman, entregou a ele um pacote idêntico.

— Que conste nos autos, meritíssimo, que acabo de entregar ao promotor e ao Sr. Cashman cópias do currículo estudantil do Sr. Cashman na Universidade de Oklahoma e na sua escola de pós-graduação da Universidade da Cidade de Nova York. Gostaria que fossem registradas como provas.

— Alguma objeção, Sr. Greene? — perguntou o juiz Belmont.

— Não, meritíssimo.

— Muito bem — deferiu o juiz.

— Posso pedir que os jurados recebam cópias destes documentos? — perguntou Frank.

— Sem objeção — disse Mike.

Amanda entregou uma pilha de cópias ao oficial, que as distribuiu entre os jurados.

— Talvez possa nos ajudar, Sr. Cashman — Frank disse, depois que cada jurado recebeu sua cópia. — Minha visão ficou bem pior depois de velho, então pode ser que eu não tenha visto, mas, com exceção de introdução à química, na qual creio que o senhor tenha recebido um "C", não consigo achar nenhum outro curso de química no seu currículo. Poderia dizer para o júri onde eles estão?

— Não estão aqui. A faculdade deve ter enviado o currículo de outra pessoa. Lembro-me de ter tirado "A" na aula de introdução à química.

— Entendo. Então isto tudo foi um grande erro?

— É óbvio que sim.

— Para os autos, antes de eu prosseguir, que especialização o Bernard Cashman deste documento tem listada em seu currículo?

Cashman fingiu estudar o documento.

— Parece ser de educação secundária.

— Não de química?

— Não.

Frank olhou para a segunda transcrição.

— Parece que a Universidade da Cidade de Nova York também se enganou. Aqui temos o que deveria ser a transcrição do currículo de alguém chamado Bernard Cashman, mas parece que este nunca terminou seu mestrado, que parece ter sido na área de educação, também, e não em ciência forense.

Cashman não respondeu.

— É melhor entrar em contato com essas escolas quando o tribunal entrar em recesso e tirar isso a limpo, para que não fique constrangido da próxima vez que der um depoimento.

Cashman estava fervendo por dentro, e jurou que faria Jaffe pagar por isso. Não agora, quando as suspeitas cairiam sobre ele, mas depois — talvez alguns anos depois —, quando a espera tivesse tornado a vingança muito mais doce. Jaffe estava rindo agora, mas havia de ver quem riria por último.

Frank olhou para Amanda, que lhe entregou uma pasta montada por Paul Baylor.

— Gostaria de fazer algumas perguntas sobre a impressão digital do polegar que o senhor encontrou no quarto de Vincent Ballard. O senhor afirmou que usou pó preto para averiguar as impressões.

— Sim — Cashman respondeu, aliviado por não haver mais perguntas sobre seu currículo acadêmico.

— Em seguida, usou fita para levantar a impressão digital, que ficou evidente por causa do pó preto utilizado, e a transferiu para um cartão para que ela pudesse ser usada como prova?

— Correto.

Frank coçou a cabeça. Quando se voltou para o júri, parecia intrigado.

— Poderia explicar ao júri e a mim por que há traços de toner, igual ao utilizado nas máquinas Xerox, no cartão que contém a impressão digital do Sr. Prochaska?

Cashman sentiu-se tonto.

— Não há nenhum toner no cartão — ele afirmou, com o máximo de autoridade que conseguiu reunir.

— Poxa, não foi o que meu perito e Ron Toomey, um de seus companheiros de trabalho, me disseram — afirmou Frank.

— Eu... não sei do que está falando.

Cashman olhou para Mike Greene, desesperado para que fizesse uma objeção, mas Greene estava recostado em sua cadeira, analisando-o com expressão severa. Martin Breach estava sentado poucas fileiras atrás do promotor. Seu olhar fulminava Cashman. O estômago do perito dava voltas, e ele se forçou a desviar os olhos.

Frank voltou-se para o juiz.

— Com sua permissão, meritíssimo, eu gostaria de interromper o depoimento do Sr. Cashman e chamar Paul Baylor, perito forense da defesa.

— Isso é altamente irregular, Sr. Jaffe. O estado ainda não encerrou.

Mike Greene levantou-se.

— No interesse da justiça, meritíssimo, o Estado não faz objeção.

Greene aproximou-se do banco e entregou um documento ao magistrado.

— Esta é uma estipulação entre as partes, acordada na tarde de ontem, para efeito da qual Ronald Toomey, perito do Laboratório de Criminalística do Estado de Oregon, se chamado a testemunhar, concordaria com as conclusões científicas do Sr. Baylor em relação aos testes de balística e análise das impressões digitais conduzidos por Bernard Cashman. Os relatórios do Sr. Toomey se encontram anexados a esta estipulação.

Cashman olhou para Greene. Se deram entrada na estipulação na tarde anterior, ele tinha caído numa armadilha.

O juiz leu a estipulação e o relatório de Toomey antes de se virar para a testemunha.

— Sr. Cashman, creio que seria melhor que descesse do banco.

— Meritíssimo, poderia, por favor, ordenar que o Sr. Cashman permanecesse no tribunal? — Greene indagou.

Enquanto o promotor adjunto estava falando, Paul Baylor entrou na sala do tribunal, e dois policiais se acomodaram na última fileira, perto da porta. O juiz Belmont percebeu os policiais e ordenou que Cashman se sentasse na primeira fileira.

— Sr. Baylor — disse Frank, depois que seu perito havia feito o juramento e informara o júri sobre suas credenciais acadêmicas e o histórico profissional —, pedi que revisasse as conclusões do laboratório de criminalística do Estado para o caso do Sr. Prochaska?

— Sim.

— Pedi que se concentrasse especificamente em duas provas?

— Sim. A impressão digital do polegar, que o Sr. Cashman alegou ter encontrado numa lata de cerveja que estava na mesa de cabeceira da cena do crime, e o teste de balística realizado nas balas que causaram a morte do Sr. Ballard e nas encontradas na casa do Sr. Prochaska.

— Agora que terminou seus testes, o senhor concorda ou discorda da conclusão do Sr. Cashman de que a impressão digital do polegar do Sr. Prochaska estava na lata de cerveja?

— Concluí que não há como afirmar de quem é a impressão digital que estava na lata.

— Por quê?

— Se havia uma impressão digital na lata, o Sr. Cashman a destruiu.

— Mas a impressão digital do Sr. Prochaska está no cartão de prova, não está?

— Sim, mas a impressão não veio da lata. Foi falsificada.

— Por favor, explique o que o Sr. Cashman fez.

Paul Baylor virou-se para os jurados, que se inclinaram para a frente, ávidos para ouvir o que ele tinha a dizer.

— A princípio, o Sr. Cashman me enganou. Quando comparei as digitais do Sr. Prochaska com o cartão de provas que criou, elas eram idênticas. Quando ampliei a fotografia da cena do crime contendo a impressão digital da lata, comparei-as novamente. Foi então que tive uma ideia e testei o cartão com a impressão digital. Havia produtos químicos no cartão, que eram coincidentes com toner de copiadora.

"Foi desse modo que o Sr. Cashman fraudou a impressão digital" continuou Baylor. "Enquanto estava na cena do crime, o Sr. Cashman tirou uma fotografia da lata para mostrar onde a encontrara no quarto de hotel e um *close-up* da lata. Devia haver impressões digitais de outra pessoa na lata, mas, depois que o Sr. Cashman aplicou a fita sobre a área que continha pó para digitais, qualquer impressão desapareceria da superfície de metal, deixando um espaço em branco. Então, ninguém poderia voltar e verificar a lata de cerveja para ver qual impressão digital, se é que havia alguma, estava nela."

"Em seguida, o Sr. Cashman encontrou um cartão de digitais com as impressões do Sr. Prochaska nos arquivos da polícia. Escaneou uma foto da lata de cerveja e as impressões digitais do Sr. Prochaska para um computador. Tendo feito isso, ajustou a impressão digital ao tamanho que ela teria se fosse encontrada na lata de cerveja e a sobrepôs sobre uma foto da lata, fazendo parecer que a impressão digital do Sr. Prochaska estava na lata e que ele a levantara. Desse modo, qualquer pessoa que ampliasse a foto da lata de cerveja tirada na cena do crime encontraria semelhança com as digitais do Sr. Prochaska."

— O senhor pediu que um perito em informática verificasse sua conclusão?

— Sim. O relatório dele está anexado ao meu.

— Prossiga — disse Frank.

— Falsificar o cartão de provas foi igualmente fácil e igualmente inteligente. O Sr. Cashman fez uma fotocópia das digitais do Sr. Prochaska a partir de seu verdadeiro cartão de digitais e levantou as digitais que alegou estarem na lata de cerveja a partir da fotocópia. Em seguida, transferiu as impressões digitais para um cartão de provas em branco. Se eu não tivesse testado o cartão e encontrado o toner da copiadora, ele não teria sido descoberto.

— Então, o senhor está afirmando que é impossível dizer se havia impressões digitais na lata de cerveja?

— Sim. Se havia alguma, o Sr. Cashman a removeu.

— Supondo que houvesse uma digital na lata, é possível dizer quem a fez?

— Não.

— E quanto às provas balísticas que mostram semelhança entre as balas tiradas da cabeça do Sr. Ballard e as encontradas na casa do Sr. Prochaska?

Baylor olhou diretamente para Cashman antes de responder. As feições de Cashman estavam congeladas numa máscara de ódio.

— Isso foi igualmente inteligente e incrivelmente simples. As pessoas do reator nuclear realmente realizaram uma análise de nêutrons ativados das amostras, mas nenhuma delas veio da bala que matou Vincent Ballard. Essas amostras são muito pequenas, e as duas vieram de uma das balas encontradas no *closet* do Sr. Prochaska. Realizamos um segundo teste com uma amostra da bala que realmente matou o Sr. Ballard e uma das balas do *closet* do Sr. Prochaska e elas não têm semelhança.

— Sem mais perguntas — disse Frank.

Os jurados estavam sussurrando entre si, e o juiz Belmont parecia atônito.

— Tem alguma pergunta para a testemunha, Sr. Greene? — o juiz perguntou.

— Não, meritíssimo, mas eu gostaria que o Sr. Cashman permanecesse sob custódia. No mínimo ele cometeu perjúrio referente às suas credenciais e os resultados de seus testes, e as acusações podem ser ainda mais severas. Neste momento há uma investigação sendo realizada sobre a qual não posso revelar nada.

Cashman deu um pulo.

— Isto é um ultraje! — gritou. — Eu não fiz nada de errado.

— Sr. Cashman — disse o juiz —, por favor, não faça nenhuma declaração antes de falar com um advogado. O senhor está no tribunal. Tudo o que disser será registrado e poderá ser usado contra o senhor.

Cashman começou a abrir a boca, mas pensou melhor. Os policiais que estavam sentados no fundo da sala do tribunal tinham se posicionado perto de Cashman enquanto Greene e o juiz falavam. Cashman percebeu a presença deles e ficou lívido.

— Podem levar o Sr. Cashman sob custódia — o juiz instruiu os policiais.

Cashman endireitou as abotoaduras e se submeteu a uma revista com o máximo de dignidade que conseguiu demonstrar. Ao ser algemado, Cashman virou a cabeça e viu que Martin Breach o observava. No instante em que os olhos dos dois se encontraram, o chefe da máfia fez uma pistola com o polegar e o indicador.

Apontou para Cashman e sorriu. Cashman desviou o olhar, mas não conseguiu tirar aquela imagem desagradável da cabeça.

Assim que o criminalista saiu da sala do tribunal, Mike Greene se dirigiu ao juiz.

— Meritíssimo, à luz do testemunho do Sr. Baylor, com o qual o Sr. Toomey concorda plenamente, agravado pela possibilidade real de que o Sr. Cashman tenha cometido perjúrio sobre suas qualificações e sobre os resultados dos testes que incriminavam o réu, encontro-me na posição de precisar pedir a retirada da acusação de homicídio deste caso.

"O Sr. Prochaska também foi acusado de ser um ex-condenado em posse de arma de fogo no indiciamento do caso, e do assassinato de Juan Ruiz, em indiciamento separado. A acusação de ex-condenado é baseada no fato de que uma arma de fogo foi encontrada durante uma busca na casa do Sr. Prochaska. A acusação de assassinato do Sr. Ruiz é baseada em testes balísticos realizados na arma encontrada na casa do Sr. Prochaska. O mandado de busca que permitiu que a polícia revistasse a casa do Sr. Prochaska foi baseado em declaração escrita pelo Sr. Cashman, na qual ele afirmava ter encontrado uma impressão digital pertencente ao réu em um item encontrado no quarto de motel do Sr. Ballard. O Estado acredita que as afirmações dessa declaração eram intencionalmente falsas. Portanto, não nos resta escolha a não ser pedir a retirada das duas acusações: homicídio e ex-condenado em posse de arma de fogo."

— Para ser honesto, Sr. Greene, estou chocado com o que ouvi neste tribunal hoje — disse o juiz Belmont. — Este é um assunto extremamente sério: duas acusações de assassinato; mas eu estaria sendo negligente em meu dever para com o sistema judiciário se não deferisse sua moção.

O magistrado voltou-se para o réu.

— Retiradas todas as acusações contra o Sr. Prochaska. O senhor será levado de volta à cadeia para em seguida ser libertado.

Assim que o juiz Belmont deixou o banco, Prochaska sorriu para Frank.

— Nossa, você é bom demais. Não só conseguiu me soltar como conseguiu prender aquele mentiroso. O que acontecerá com ele?

— É cedo para prever, Art. Neste momento, está sendo realizada uma investigação, e o Sr. Cashman pode ser acusado de homicídio em breve.

— Isso seria uma pena — disse Art, pensativo, mas estava pensando que seria melhor se Bernard Cashman não estivesse atrás das grades, onde seria mais difícil pegá-lo.

Mike foi ao encontro de Frank enquanto os guardas levavam Prochaska de volta à cadeia.

— Muito bom trabalho — disse o promotor.

— Não tive nada a ver com isso — Frank sorriu para Amanda. — Agradeça à minha brilhante filha. Foi ideia dela verificar os registros acadêmicos de Cashman. E Paul também não deixou por menos.

— Fico envergonhado de ter demorado tanto para descobrir uma coisa tão simples — disse Paul.

— Devagar se vai ao longe — Frank disse.

— Isso não é um comentário sobre meus dotes intelectuais, certo? — Baylor perguntou.

Frank riu, e Mike e Amanda sorriram. Depois de conversar um pouco mais, Paul e Frank saíram.

— Como está se sentindo? — Amanda perguntou a Mike enquanto ele recolhia suas coisas.

—Terrível. Prochaska pode ser inocente do caso Ballard, mas tenho certeza de que ele matou Juan Ruiz. Agora, graças a Cashman, ele sairá impune. E nem quero pensar na bagunça que será quando começarmos a revisar os casos de Cashman.

— Você se sentirá bem melhor quando eles libertarem os inocentes que estão presos e foram incriminados por Cashman.

Capítulo 45

Mike Greene se levantou quando Bernard Cashman e seu advogado, Alec DeHaan, foram conduzidos até a sala de reuniões do gabinete da promotoria. Cashman fora solto sob fiança na tarde anterior e tinha dormido em sua própria cama à noite. Usava um elegante terno feito à mão e parecia lampeiro como sempre, mas, depois de uma noite e parte de um dia na cadeia, a centelha nos olhos do criminalista dera lugar a um olhar cauteloso.

Mike cumprimentou Cashman e disse: "Bom dia, Alec" para o imponente e calvo advogado de Cashman. Se Cashman tinha contratado DeHaan, que era muito bom e muito caro, sabia que estava seriamente encrencado.

— Sentem-se — disse Mike, indicando duas cadeiras do outro lado da mesa.

Sentados com Mike estavam Carlos Guzman, Steve Hooper e Billie Brewster. Todos os policiais tinham humor soturno. DeHaan os conhecia. Ele os cumprimentou, inclinando a cabeça.

— Vejo que trouxe a tropa — disse DeHaan.

— Estamos todos muito interessados em seu cliente — disse Mike.

— Obviamente, ou não o teriam colocado na cadeia. Mas deve haver uma razão para esta reunião. Poderiam me dizer por que estamos aqui?

— Sabemos que Bernie fraudou as provas de um caso de assassinato e suspeitamos que tenha fraudado as provas de diversos outros casos. Neste exato momento o laboratório está fazendo uma auditoria em todos os casos em que Bernie esteve envolvido.

— Isso é ridículo — Cashman deixou escapar. — Confirmo os resultados de todos os casos em que trabalhei. Sou humano, então posso ter errado uma ou duas vezes em minha carreira, mas fabricar resultados... nunca! E por que eu teria interesse em incriminar Prochaska? Eu nem conheço esse homem.

DeHaan colocou uma mão sobre o antebraço de seu cliente.

— Não é a hora, Bernie. Lembra-se do que discutimos antes? — Deixe que eu falo.

Cashman se calou e ficou olhando para Mike.

— Meu cliente tem razão nesse ponto. Por que acham que ele incriminaria alguém que nem conhece?

— Isso é o que nos intriga — Mike disse. — Não conseguimos descobrir por que ele forjaria os resultados dos casos *Prochaska* e *Cohen*.

— *Cohen?* — Cashman gritou, sem pensar. — Estão dizendo que tem algo de errado com esse caso também?

— Conhece Ron Toomey, não? — Mike perguntou a DeHaan.

O advogado fez que sim com a cabeça.

— Ele e seu cliente foram os criminalistas que trabalharam na cena do crime de Mary Clark. Dois pelos pubianos pertencentes a Jacob Cohen foram encontrados na coxa dela.

Cashman inclinou-se e sussurrou algo no ouvido de DeHaan.

— Pelo que sei — DeHaan disse —, o Sr. Cashman não teve nada a ver com a descoberta dos pelos. Foi Ron quem examinou o corpo.

— Isso mesmo, mas verificamos o armário de provas. Deveria haver oito pelos pubianos de Cohen no arquivo de um caso antigo no qual ele foi acusado de tentativa de estupro. O número de pelos existentes no armário de provas é igual ao número registrado, mas dois deles não são de Cohen. Parece que alguém removeu dois pelos dele e os colocou no corpo de Mary Clark para fazer parecer que Cohen tentara estuprá-la. Depois, esses pelos foram substituídos por pelos de outra pessoa, provavelmente de outro caso. Estamos verificando isso agora.

DeHaan conferenciou com seu cliente, em sussurros.

— O Sr. Cashman não sabe nada sobre esses pelos. Foi o Sr. Toomey quem os descobriu. Pelo que entendo, o Sr. Cashman nunca os tocou.

— Pode ser verdade, mas é uma prova forjada de outro caso no qual ele esteve envolvido.

— Vocês ainda não explicaram qual seria o motivo dele para fraudar casos de homens que nem conhece.

— Estamos averiguando isso — Carlos Guzman disse. — Enquanto isso, ele está suspenso de suas obrigações no laboratório de criminalística e Mike pretende processá-lo por perjúrio.

— Não é justo, Carlos — disse Cashman. — Tenho trabalhos importantes.

— Outra pessoa tomará o seu lugar até esclarecermos tudo.

Cashman olhou à sua volta, procurando um rosto amigo, e parou no detetive Hooper.

— Steve, diga a eles que eu nunca faria isso. Nós trabalhamos juntos em muitos casos. Você alguma vez questionou meus resultados?

Hooper precisou fazer força para encarar o olhar de Cashman. Quando falou, parecia constrangido.

— Eu sempre respeitei você, Bernie, mas... — O detetive encolheu os ombros. — Tem muita coisa que você precisa explicar e não parece nada bom. Acho que existem perguntas até sobre as impressões digitais no martelo do caso *Raymond Hayes*.

Cashman foi tomado pelo medo até lembrar que o martelo e o saco de provas haviam desaparecido e que ninguém poderia provar que ele tinha feito algo errado.

— Nós dois queremos pegar os bandidos, Bernie, mas fabricar provas é ir longe demais.

— Prochaska não presta, Steve.

— Suponho que sim, mas e o sujeito que realmente matou Ballard? Ele é tão mau quanto Prochaska e está solto por aí por causa do que você fez. Estamos todos transtornados, Bernie. Nem quero pensar na possibilidade de que Hayes fosse inocente. Gostaríamos que você nos esclarecesse isso.

— Não há o que esclarecer. Você sabe que Hayes matou a mãe. Não fiz nada de errado. Houve um erro.

DeHaan colocou a mão sobre o braço de Cashman para alertá-lo, e seu cliente parou de falar.

— Você pediu esta reunião por uma razão, Mike — DeHaan disse. — Qual é ela?

— Eu estaria disposto a fazer um acordo sobre a acusação de perjúrio se Bernie nos disser os nomes dos casos nos quais falsificou provas ou deu falso testemunho.

Cashman inclinou-se e sussurrou acaloradamente no ouvido de seu advogado. DeHaan sussurrou em resposta. Cashman inclinou-se e encarou Greene.

— Meu cliente é categórico em afirmar que nunca falsificou nenhuma prova intencionalmente, mas eu estaria sendo negligente se não desse ouvidos à sua oferta. Entretanto, neste momento o Sr. Cashman está nervoso e creio que seria melhor se eu e ele terminássemos a discussão em sua sala.

— Por mim, tudo bem. Por que não acompanha Bernie até lá? Pedirei à recepcionista que o conduza de volta quando estiver pronto.

Cashman dirigiu-se para a porta. Então, parou e se voltou para o promotor.

— Eu apreciaria que se dirigisse a mim como Sr. Cashman de agora em diante, Sr. Greene. Meus amigos me chamam de Bernie. Mas eu não o considero mais um amigo.

— E então, o que acham? — Mike perguntou a todos assim que a porta se fechou atrás de Cashman e DeHaan.

— Acho que podemos pegar Bernie na acusação de perjúrio e obstrução da justiça e o que mais você conseguir pensar, relacionado com o assassinato de Vincent Ballard, mas não vejo um caso contra ele por outra acusação — disse Billie Brewster.

— Concordo — afirmou Hooper. — Eu sei que pensa que ele pode ter matado Mary Clark, mas eu ainda aposto que foi Cohen, mesmo com os pelos pubianos. Hannah concorda. E não há prova de que os pelos encontrados na coxa de Clark tenham vindo do armário de provas. Sei que seria uma coincidência enorme, mas Cohen poderia tê-los deixado quando tentou estuprar Clark. Deve haver alguma outra explicação para os dois pelos estranhos encontrados no arquivo do caso antigo de Cohen.

— Pode ser que Hannah consiga condenar Cohen, mas muitas outras provas apontam para Bernie — disse Mike.

— Provas, não — Hooper corrigiu —, conjeturas. Para ele ser o assassino, precisaria ter mentido sobre a digital no martelo, e não podemos provar isso com o martelo desaparecido. Então, não temos motivo ou nenhuma outra prova contra Bernie no assassinato de Clark.

— Ele tem razão — Guzman disse. — A não ser que a gente descubra algo errado em outros casos de Bernie, o caso Ballard acabará sendo um incidente isolado.

— Vocês não estão pensando em ficar com ele? — Mike perguntou, alarmado.

— Não, um único caso de perjúrio e falsificação de provas já é sério demais — respondeu Guzman. — Mas há uma grande diferença entre mentir no tribunal e matar duas pessoas.

— Você está certo — Mike admitiu. Olhou o relógio. — Alec deve estar esperando por mim. Eu aviso vocês se Bernie decidir entregar outros casos.

— Se houver outros casos — acrescentou Hooper.

Cashman saiu do gabinete do promotor e foi para casa um pouco atordoado. Como podiam suspendê-lo depois de tudo o que ele fizera pela polícia, pelos promotores e pelas pessoas daquele estado? Ele era um herói; tinha salvado as vidas de pessoas que poderiam ter sido vítimas de alguns dos criminosos mais temíveis de Oregon. Não merecia isso.

Cashman tirou da cabeça todos os pensamentos sobre ir para a cadeia. Isso era simplesmente impossível. O que mais o preocupava era que seria dispensado por fabricar provas e mentir no tribunal. Se isso acontecesse, nenhum outro laboratório forense do país o contrataria. O que faria?

Quando entrou na faculdade, planejava fazer mestrado em alguma área científica, mas não ia bem em química nem em outras matérias científicas. Foi então que ele decidiu ser professor de ciências. Mas a ideia de tornar-se professor nunca o animou. Depois, quando fazia a pós-graduação, ficara sabendo de uma vaga para o posto de cientista forense no laboratório de criminalística do Colorado e falsificara seu currículo. A situação ficaria preta se ele fosse pego, mas havia causado uma impressão tão boa na entrevista que ninguém questionara suas credenciais nem confirmara o currículo com as escolas. Depois do primeiro emprego, ninguém mais pediu suas credenciais acadêmicas.

Cashman imaginou que seria igualmente fácil assumir uma nova identidade e falsificar seu currículo novamente, mas isso significaria que ele teria de trabalhar em outro lugar. Gostava de trabalhar no laboratório de criminalística do Oregon. Era respeitado lá. Não queria ir para nenhum outro lugar.

Cashman esforçou-se para ficar calmo. Do seu ponto de vista, tinha cinco problemas em potencial: os casos *Cohen* e *Prochaska*, o ataque a Paul Baylor e as mortes de Weaver e Clark. Bernie sabia que a polícia podia chamar o que ele tinha feito com Clark e Weaver de assassinato, mas ele não podia rotular suas ações dessa maneira. Tirar a vida de Clark e Weaver se fizera necessário para preservar um bem maior, mas ele era objetivo o bastante para saber que os outros poderiam não encarar suas ações sob esse ângulo. Seu maior medo era ser acusado de assassinato, mas, quando pensava nessa possibilidade, ele não via como isso poderia acontecer.

Não havia provas de que ele matara Doug Weaver — ou havia? Somente se surgisse uma prova poderia haver algum problema. O 38 que usara para matar Weaver ainda estava em sua casa. Na excitação de fugir da casa de Weaver, esquecera-se de se livrar dele. Depois, ele o colocara em sua mesa de cabeceira. Tinha planejado dar um fim nele, mas ainda não conseguira. Certo, ele se livraria da arma. Mas como fazer isso? Cashman pensou na reunião. Greene estava, de fato, tentando amedrontá-lo. Era isso! Ele apostava que estava sendo seguido naquele exato momento. Estavam contando que ele entraria em pânico e correria para se livrar da arma. Sabiam que não tinham provas que justificassem um mandado de busca em sua casa, mas, se fosse pego tirando a arma do crime de sua casa... Bem, ele não cairia nessa.

E havia outra razão pela qual não podia se livrar da arma imediatamente. Precisava dela para se proteger até conseguir outra. Cashman tremeu involuntariamente quando se lembrou do modo como Martin Breach o encarara. Sabia tudo sobre Breach. O homem era cruel e insano — um maníaco com uma inclinação para a tortura e lesões corporais. Não, ele precisava da arma por enquanto, mas jurou conseguir outra o mais cedo possível.

E quanto a Mary Clark? Sabiam sobre os pelos pubianos, mas não havia maneira de provar que ele os pegara. E ele também não via como conseguiriam acusá-lo do assassinato de Clark. E, se houvesse alguma prova de que ele tinha atacado Paul Baylor, a essa hora já estaria na cadeia.

Então, estava a salvo das acusações mais sérias. Só restavam as acusações criminais relativas à fraude de provas. Nesse ponto, ele estava encrencado. Agora que descartara o martelo e o saco de provas, não poderiam pegá-lo pelo caso *Raymond Hayes*, e ele achava que não conseguiriam provas de que ele fora responsável por plantar qualquer prova no caso *Cohen*, mas não sabia como explicar a impressão digital do polegar nem as provas de balística no caso *Prochaska*.

Um pensamento ocorreu a Cashman. Ele sorriu. E se ele admitisse seus pecados e se arrependesse? Poderia dizer que sabia que Prochaska era um bandido perigoso e tinha se deixado levar. Alec DeHaan poderia argumentar que ele havia sucumbido às pressões do trabalho. Podia ter desordem mental, depressão, algo assim. Será que poderiam despedi-lo se ele tivesse fabricado as provas por causa de um distúrbio mental? Será que isso não estava previsto no Ato Federal de Deficiências? Sim, era isso. Ele negaria todo o resto e diria que o que fez em *Prochaska* fora produto de insanidade temporária. Isso explicaria tudo.

Assim que chegou em casa, Bernie serviu-se um copo de uísque envelhecido vinte e cinco anos e o saboreou aos poucos, enquanto preparava *coquilles* St. Jacques para jantar. Os escalopes que ele tinha comprado em seu mercado de peixe preferido estavam incrivelmente macios, e o vinho que escolhera para acompanhá-los era requintado. Quando terminou de jantar, Cashman tinha certeza de que o que acontecera durante o julgamento de *Prochaska* era somente um revés temporário. Seu mundo estava desarranjado agora, mas tinha certeza de que sua vida voltaria a se equilibrar muito em breve.

Capítulo 46

Martin Breach tinha um grande sorriso no rosto quando Art Prochaska entrou em sua sala no Jungle Club. Ele se levantou, deu a volta na mesa e abraçou o amigo. Henry Tedesco observava o regresso ao lar em um sofá, no canto da sala.

— Seja bem-vindo, Artie — Tedesco disse, em seu sotaque rústico, fazendo a saudação soar poética.

— É ótimo sair da prisão — Prochaska disse para Breach. — Obrigado por mandar Charlie me pegar.

— O quê? Você acha que eu deixaria você pegar uma merda de um táxi?

Art sorriu. Sabia que Martin nunca deixaria pegar um táxi, mas sentiu que devia agradecer, de qualquer maneira. Charlie o levara para casa, onde Maxine lhe dera um banho, ajudara-o a se livrar da tensão sexual acumulada nas últimas semanas e o alimentara com um prato cheio de bacon, ovos e torradas. Enquanto comia, Maxine contou a Art que Martin queria vê-lo para tratar de uns assuntos quando ele estivesse pronto.

Quando Art estava sentado e Martin já tinha voltado para sua mesa, Breach ofereceu a Tedesco e Prochaska charutos cubanos tirados das diversas caixas que ele havia contrabandeado para Miami, com seu carregamento de narcóticos. Art acendeu o seu, mas Tedesco recusou. Martin apontou o charuto para Prochaska.

— O Frank me disse que aquele miserável do Cashman armou para você.

— Parece que sim.

— Isso não é bom. Se os Jaffe não tivessem pegado esse canalha, coisas muito ruins teriam acontecido a você.

— Eu sabia que Frank me tiraria dessa — disse Art.

— Isso não muda o fato de que aquele filho da mãe forjou as provas para incriminar você.

— Não, não muda — Art concordou.

— O que vamos fazer com esse cara?

Art deu de ombros.

— Parece que não precisamos fazer nada. Frank me disse que os tiras acham que ele matou duas pessoas. Ficar na prisão vai fazer bem para ele. Tenho uns amigos da guarda estadual que cuidarão dele quando estiver lá.

Breach balançou a cabeça.

— Pode não dar certo. Frank me disse que todos acham que Cashman matou aquela mulher do terreno e aquele advogado, mas acha que não pode provar. O pior é que ele vai ficar preso por um tempo porque falsificou as provas, mas não vai ser muito, e pode ser que ele nem vá para a prisão. Com Alec DeHaan como advogado, ele provavelmente vai fazer um acordo e nem vai preso.

Prochaska franziu a testa quando pensou no que Breach tinha acabado de dizer. Tedesco podia quase ver sua cabeça funcionando.

— Isso não está certo — Art disse, depois de matutar sobre a situação.

— É exatamente o que eu penso — Breach concordou. — Eu estava pensando que talvez o Charlie pudesse fazer uma visita ao Cashman, talvez levá-lo a algum lugar e explicar por que o que ele fez foi errado. Talvez ajustar um pouco a atitude dele.

Prochaska sorriu.

— Uma boa ideia, Marty.

— Fico feliz que concorde, Artie.

Capítulo 47

— Vamos, vamos — Charlie LaRosa sussurrou para Teddy Balski, um habilidoso arrombador que trabalhava para Martin Breach. Balski, que estava agachado ao lado da fechadura da porta lateral da casa de Bernard Cashman, olhou por sobre o ombro.

— Você quer fazer isso aqui? — ele perguntou, sem fazer nenhum esforço para esconder sua irritação.

— Não gosto de ficar parado aqui. Alguém pode nos ver — respondeu LaRosa, que olhava em volta ansiosamente enquanto Balski forçava a fechadura. Eram três e meia da manhã e não havia nenhuma luz acesa nos vizinhos de Cashman, mas bastaria um cidadão com vontade de fazer um lanche noturno para colocar tudo a perder.

— Pronto — disse Balski.

LaRosa abriu a porta. O sistema de alarme de última geração de Cashman emitiu um ruído queixoso por menos de três segundos, pois Martin Breach havia subornado um empregado da empresa de segurança para lhe fornecer o código de Cashman e a localização dos comandos.

— O quarto de Cashman deve ser lá em cima, na frente da escada — LaRosa sussurrou, enquanto os dois atravessavam a cozinha, indo dar na porta de entrada da casa. Tinha memorizado a planta da casa de Cashman, que Breach também comprara.

LaRosa e Balski subiram as escadas furtivamente. Planejavam nocautear Cashman e levá-lo para o armazém que Breach usava para torturas e interrogatórios. Normalmente Charlie não se envolvia com suas missões, mas gostava de Art e esperava que Cashman puxasse uma briga para poder espancá-lo. Uma coisa era ir para a cadeia por uma coisa que você fez, mas incriminar um homem por algo que ele não tinha feito, bem, isso não era certo para ele.

Quando chegaram ao topo da escada, LaRosa fez um sinal para que Balski desse um passo para trás. Em seguida, abriu a porta sem fazer barulho e entrou no quarto escuro. Tinha dado um passo quando viu um lampejo de luz. Depois, morreu.

Foi bom Bernard Cashman estar agitado demais para dormir, ou poderia não ter percebido o breve ruído emitido por seu alarme antes que Charlie LaRosa digitasse o código de segurança. Momentos depois, estava agachado ao lado de sua cama, com seu revólver 38 Special nas mãos.

Os funcionários do laboratório de criminalística também eram policiais, e Cashman havia se destacado nas aulas de tiro. Agora, que já matara duas vezes, não se incomodava com a ideia de tirar outra vida. Sim, estava assustado por saber que alguém havia entrado em sua casa, mas o medo era amenizado pela expectativa de punir os ladrões por ousarem invadir sua propriedade.

A porta do quarto se abriu. A luz da lua revelou uma silhueta grande e escura. Cashman mirou no meio da silhueta e atirou. Em seguida, mirou novamente e atirou na cabeça do intruso. O ladrão cambaleou para trás e caiu. Outra pessoa emitiu um grito de susto. Cashman correu até a porta e meteu duas balas em Teddy Balski, que olhou para Cashman por um segundo antes de desmoronar escada abaixo.

Cashman desceu as escadas devagar, segurando a arma à sua frente, até chegar ao lado de Balski, cuja respiração ofegante informou a Bernie que ainda estava vivo. Cashman mirou entre os olhos de Balski e atirou mais uma vez, no mesmo instante em que ouviu as sirenes.

Cashman ficou paralisado. Alguém tinha chamado a polícia. Pelo som das sirenes, chegariam lá em poucos minutos. Ele precisava se preocupar? Não. Esses homens eram ladrões, tinham entrado no quarto dele no meio da noite. Se um proprietário tinha o direito de usar força letal para se defender, era em circunstâncias como essa. Cashman estava dando um suspiro aliviado quando ouviu a viatura frear bruscamente na frente da casa. Ia abrir a porta para os policiais quando um pensamento o paralisou.

O revólver! Ele tinha atirado nos intrusos com o revólver 38 Special que usara para matar Doug Weaver. Em circunstâncias normais ninguém pensaria em fazer um teste de balística para ver se o revólver era a arma do crime do caso *Weaver*, mas ele era suspeito do assassinato de Weaver e alguém certamente pensaria em testar a arma. O que faria?

Uma batida na porta distraiu Cashman.

— Abram, é a polícia — um homem gritou.

— Estou indo — Cashman respondeu, gritando, enquanto sua cabeça corria para encontrar uma solução para o dilema. — Não atirem. Eu moro aqui. Também sou policial.

De repente, Cashman idealizou um plano.

— Estou armado — gritou pela porta. — Vou colocar a arma no chão.

Cashman abriu a porta e deu um passo para trás, com as mãos para cima. Havia dois policiais na varanda da frente. Eram jovens, estavam extremamente tensos e apontavam armas para ele.

— Tudo bem. Eles estão mortos — Cashman garantiu aos policiais. — Dois homens arrombaram minha casa. Eu os matei. Não há perigo.

— Por favor, mantenha as mãos levantadas, senhor, e se identifique — disse um ruivo alto e corpulento, que Cashman deduziu ter pouco menos de trinta anos.

— Sou Bernard Cashman, perito forense do laboratório de criminalística do estado de Oregon. Esta é minha casa. Que bom que vocês vieram! Eu estava apavorado — Cashman apontou para o 38 que tinha jogado no chão. — Esta é a arma deles. Vão precisar dela como prova.

— Pode me mostrar sua identidade, Sr. Cashman?

— Certamente. Minha carteira está no quarto. Terão que subir comigo. Um dos homens está na escada e o outro está na frente do meu quarto.

No caminho do quarto de Cashman, os policiais verificaram os sinais vitais de Balski e LaRosa. Quando o criminalista havia demonstrado aos policiais que ele realmente era quem alegava ser, o ruivo desceu com ele até a cozinha, para esperar os peritos do laboratório de criminalística e os detetives.

Cashman colocou água para fazer um chá de camomila, que acalmaria seus nervos, e um pote de café para os policiais e peritos. Enquanto moía os grãos de café, Cashman deu um suspiro profundo e fingiu estar perturbado.

— Eu sei que eles entraram na minha casa e eu os matei em defesa própria. Só Deus sabe o que teriam feito comigo se eu não tivesse pegado a arma. Mas eu me sinto... não sei. Acho que "culpado" é a palavra adequada.

— É comum em situações como essa, Sr. Cashman — o policial o confortou. — Sabe que pode fazer terapia? A maioria dos policiais que matam alguém no cumprimento do dever se sente desconfortável, mesmo quando a pessoa mereceu que atirassem nela.

— Obrigado pelas suas palavras de conforto. Talvez eu faça mesmo terapia. A propósito, como chegaram aqui tão depressa?

— Sua vizinha, a Sra. Studer, também não conseguia dormir. Ela olhou pela janela do quarto, viu dois homens forçando sua fechadura e chamou a polícia.

— Ah, a Sra. Studer! — exclamou Bernie no instante em que a chaleira começou a apitar.

Não posso me esquecer de agradecer aquela perua bisbilhoteira, pensou.

— Você está ferrado, Bernie — Billie Brewster disse a Cashman, entrando na cozinha dele.

— Por que diz isso? — respondeu Cashman, que bebericava seu chá enquanto seus companheiros do laboratório faziam uma busca minuciosa em sua casa, procurando impressões digitais, tirando fotos e fazendo tudo o que ele costumava fazer na casa dos outros.

— Tem café? — Brewster perguntou. Ela tinha sido acordada de um sono profundo e saíra correndo para lá, sem nem mesmo parar para tomar um café na loja de conveniência, assim que ficou sabendo na casa de quem o tiroteio duplo havia acontecido.

Cashman apontou para o balcão.

— Eu fiz um pote para a equipe — disse ele. — É café peruano.

— No Peru eles colocam cafeína no café?

— Nunca tomo descafeinado — Cashman respondeu, ofendido pela pergunta.

— Bom, porque vai precisar ficar bem acordado. Sabe quem você acaba de matar?

— Não — Cashman deu um gole no chá. — Estava escuro e tudo aconteceu muito rápido. A viatura chegou alguns minutos depois que atirei neles. Desde então, não saí daqui.

Brewster foi até o balcão onde Cashman, atenciosamente, tinha colocado canecas, açúcar e creme.

— O que aconteceu? — perguntou ela, tomando um gole de café preto.

— Já contei para o primeiro policial que chegou.

— Conte de novo para mim.

— Pois não. Me perdoe. Eu sei como são essas coisas. É que nunca estive no papel da vítima.

Brewster sorvia seu café enquanto Cashman lhe contava como fora o tiroteio.

— Eu não estava conseguindo dormir e ouvi meu alarme produzir um chiado breve.

— Ele parou?

Cashman assentiu.

— Isso quer dizer que eles tinham o código.

— Acho que deviam ter.

Por alguma razão não ocorrera a Cashman que os ladrões deviam saber o código. E a ideia o deixou nervoso.

— Então você ouviu o chiado — disse Brewster. — E depois, o que houve?

— Naturalmente, fiquei morrendo de medo. Me escondi atrás da porta do quarto. Quando a porta abriu, ataquei o intruso, desesperado. Creio que o surpreendi, porque ele cambaleou para trás. Ele tinha uma arma, e ela caiu das mãos dele enquanto ele cambaleava. Eu a agarrei e atirei nele. Havia outro homem e que também atirei nele.

Brewster balançou a cabeça.

— Você disse que o sujeito que entrou no quarto tinha uma arma, que ele deixou a arma cair e que você a pegou e atirou nele.

— Sim.

— Sabia que ele tinha outra arma no casaco?

— Uma segunda arma?

— Sim.

— Não, eu não sabia.

— Não é estranho ele estar carregando duas armas?

Cashman deu de ombros.

— Não acho tão estranho. É um ladrão. É óbvio que anda armado. Mas você ainda não respondeu à minha pergunta. Por que disse que eu estou "ferrado" quando entrou na cozinha?

— Você irritou gente muito séria, Bernie. O cara lá em cima é Charlie LaRosa, um dos capangas de Martin Breach.

Cashman ficou pálido.

— Devia ter pensado duas vezes antes de armar para alguém da organização de Breach, especialmente para Art Prochaska, o único amigo de Breach no mundo doentio e corrupto em que eles vivem.

— Eu não...

Brewster levantou a mão.

— O que você fez no tribunal é assunto para o promotor. Não quero discutir o caso. Mas parece que Martin Breach não vai esperar que a corte decida este aqui.

— Pode prendê-lo?

— Não a menos que ele confesse ou que encontremos alguma instrução de Breach nos bolsos de LaRosa mandando que ele liquide com você.

— Você precisa me proteger.

— Você sabe que não temos programa de proteção às testemunhas. Isso é com os federais. E, de qualquer maneira, você não é testemunha. Você é réu.

— Deve haver alguma coisa que você possa fazer. Não pode ficar parada e esperar que Breach me mate.

— Não tenho uma única prova que implique Martin Breach nesta invasão de domicílio. Que eu saiba, LaRosa e Prochaska eram muito amigos e LaRosa decidiu matar você por conta própria.

— Nós dois sabemos o que houve aqui.

— Não sabemos, não.

— Como vou me proteger?

— Não tenho como responder, mas você não pode sair de nossa jurisdição. Essa é a condição de sua fiança.

A autoconfiança de Cashman o abandonara. Ele estava petrificado. Breach ficaria furioso quando soubesse que ele tinha matado dois de seus homens, além de ter incriminado falsamente seu melhor amigo. Se ficasse no Oregon, era só uma questão de tempo para que Breach o pegasse.

Brewster ficou de pé e se espreguiçou. Em seguida, terminou seu café.

— Obrigada pelo café, Bernie. Preciso voltar ao trabalho. Mas vou lhe dar um conselho. Se eu fosse você, faria um acordo com Mike e pediria proteção em troca de sua confissão. Pode ser a melhor e talvez a única chance de continuar vivo.

Capítulo 48

Mike Greene viu o medo nos olhos de Bernard Cashman quando ele seguiu seu advogado, que entrava na sala de reuniões do gabinete do promotor. Steve Hooper e Billie Brewster ladeavam Mike, mas, no lugar da expressão soturna que tinham na primeira reunião, pareciam relaxados e confiantes.

— Ficou sabendo o que aconteceu na casa do Sr. Cashman, duas noites atrás? — Alec DeHaan perguntou assim que ele e seu cliente se acomodaram.

— Li todos relatórios e Billie me inteirou dos fatos — Mike respondeu.

— O que vai fazer com relação a Martin Breach? — DeHaan exigiu.

Mike deu de ombros.

— Não podemos fazer nada. Não podemos interrogar os ladrões, porque estão mortos; e ninguém descobriu nenhuma evidência que ligasse Breach ao crime.

— Você sabe que foi Breach quem mandou aqueles homens — DeHaan insistiu.

— Eu não sei de nada, Alec.

DeHaan parecia irritado.

— O Sr. Cashman e eu estivemos conversando. Achamos que a vida dele corre perigo. Ele talvez queira discutir um acordo, nos moldes do que você sugeriu, se isso incluísse protegê-lo de Martin Breach.

Mike não respondeu de imediato. Em vez disso, ficou encarando Cashman até este desviar o olhar.

— Meu gabinete não tem mais interesse no acordo que eu propus, Alec. Já passamos do ponto de fazer acordos.

Mike empurrou um documento pela mesa. Enquanto DeHaan o lia, Mike voltou-se para o criminalista.

— Sr. Cashman, nesta manhã o grande júri o indiciou pelo assassinato de Doug Weaver.

— O quê?! — Cashman exclamou.

— Não diga uma palavra, Bernie — DeHaan aconselhou seu cliente. Em seguida, questionou Mike: — O que está havendo?

O promotor dirigiu sua resposta para Cashman.

— Pegamos você, Bernie. Finalmente você fez uma besteira.

— Não diga nada — repetiu DeHaan.

— Ele não precisa, Alec. Vou explicar tudo para vocês dois. Fizemos um teste de balística na arma que Bernie usou para atirar em Charlie LaRosa e Theodore Balski. É a mesma arma que ele usou para matar Doug Weaver.

— Aquela arma não pertence ao Sr. Cashman — DeHaan disse. — Se ler os relatórios da polícia, saberá que a arma pertencia a Charlie LaRosa. LaRosa a largou quando meu cliente bateu nele.

— Não acreditamos na história de seu cliente. LaRosa tinha outra arma com ele, e somente as impressões digitais de seu cliente estão na arma.

— LaRosa é ex-presidiário, um criminoso perigoso — afirmou DeHaan. — Você se surpreende em saber que alguém como ele trazia consigo dois revólveres para realizar um roubo?

— E as digitais?

— LaRosa e Balski estavam usando luvas. É por isso que as digitais de LaRosa não se encontram na arma. Meu cliente manipulou a arma quando atirou em LaRosa. É por isso que as digitais dele estão lá.

Mike esperou um momento. Em seguida, sorriu.

— Não me refiro às impressões digitais da arma. Seu cliente conseguiu explicar muito bem por que as dele estão no revólver e as de LaRosa não estão.

— Então, do que está falando? — perguntou DeHaan.

— De acordo como o Sr. Cashman, Charlie LaRosa estava segurando a arma quando entrou no quarto do Sr. Cashman. O Sr. Cashman afirma ter surpreendido LaRosa, que largou a arma quando cambaleou para trás, na direção do corredor.

— Aonde quer chegar? — perguntou DeHaan.

— Acompanhe o que eu digo. De acordo com o relato de seu cliente, a arma estava no chão, ele a pegou, atirou em LaRosa, atirou em Balski, a polícia chegou logo depois, ele largou a arma no chão perto da entrada, informou aos policiais o que fez com a arma, eles entraram na casa e apreenderam a arma. É isso mesmo?

— É o que consta nos relatórios.

— Então, seu cliente tem um problema. As digitais dele estão nos cartuchos das balas que estavam dentro da arma, e isso não poderia ter acontecido a menos que houvesse colocado as balas na arma, o que, de acordo com a declaração dele, ele não fez.

O queixo de DeHaan caiu, e depois voltou ao lugar. Mike alternava o olhar entre ele e Cashman, que estava pálido e tinha os olhos arregalados. Steve Hooper se levantou e deu a volta na mesa, seguido por Billie Brewster.

— Sr. Cashman, você está preso pelo assassinato de Douglas Weaver — Hooper disse. — Vou ler seus direitos Miranda. Se não compreender algum deles, por favor me informe e eu o repetirei.

Cashman parecia estar em choque quando Hooper leu seus direitos, escritos em um cartão plastificado para se certificar de que não falaria nada errado. Em seguida, Cashman foi algemado e levado para fora.

— Eu o verei na cadeia — DeHaan disse. — Não discuta seu caso com ninguém.

Os ombros de DeHaan desabaram quando a porta se fechou.

— Acredita mesmo que ele tenha matado Weaver? — perguntou o advogado.

— Acho que ele matou Weaver e Mary Clark, e acho que atacou Paul Baylor e roubou o martelo do caso *Hayes*. E eu vou indiciá-lo pelo assassinato de Raymond Hayes, se encontrarmos o martelo. Isso daria uma questão de direito criminal muito interessante para a Suprema Corte. É considerado assassinato mentir sobre as provas num caso de pena capital que leve à execução de um homem inocente? Eu, certamente, gostaria de defender um, mas me contento em colocar Bernie no corredor da morte pelo assassinato de Weaver.

De repente, DeHaan pareceu cansado.

— Existe uma maneira de ele escapar da pena de morte, Alec. Temos certeza de que Hayes não foi a única pessoa que Bernie incriminou falsamente. Se ele alegar homicídio doloso com agravantes, sem direito a condicional, e nos revelar todos os casos que fraudou, tentarei convencer Jack a não pedir a pena de morte. Me informe a resposta assim que puder. Essa pode ser a única oportunidade de Bernie continuar vivo.

— Acha que ele aceitará o acordo? — Amanda perguntou a Mike Greene, enquanto eles jantavam no apartamento dela naquela noite.

— Não sei. Cashman é um tanto esquivo. Eu precisaria ter um doutorado em psicologia para conseguir compreender o que o move.

— Espero que ele aceite, para que você possa descobrir quem mais ele incriminou. Fico doente só de pensar que gente inocente está apodrecendo na prisão.

— Talvez não precisemos de um acordo para descobrir quais casos tiveram as provas falsificadas. Encontramos um caderno nos recortes de jornais quando executamos o mandado de busca na casa de Cashman. Ele contém recortes dos casos mais famosos de Cashman. Guzman está verificando o que Cashman fez em cada caso que está no caderno. Com sorte, encontraremos os casos nos quais incriminou os réus falsamente.

— Isso seria ótimo.

Amanda e Mike comeram em silêncio por algum tempo. Então, Amanda teve uma percepção.

— Sabe, é um tipo de justiça poética o modo como você pegou Bernie.

— Como assim?

— Foi a arma que ele usou para matar Doug Weaver que o entregou. Doug fez justiça para Raymond Hayes. Foi ele quem pegou Bernie, de fato. É triste que, para fazer isso, ele tivesse de morrer.

— Tudo neste caso me deixa triste. Mary Clark era uma boa pessoa, e a morte de Raymond Hayes... E pense no estrago para o sistema. Como os jurados poderão acreditar no próximo perito forense que testemunhar? Basta um fruto podre feito Cashman para tudo começar a desmoronar.

— O sistema já sobreviveu a coisas piores do que isso. Anime-se. A grande maioria dos criminalistas é feita de gente honesta, decente. Pode ser que haja alguma perda no início, mas no final tudo voltará ao normal.

— Acho que você tem razão — disse Mike, mas Amanda não sabia se ele acreditava mesmo nisso.

— Você está muito mal-humorado hoje. Pense em Jacob Cohen. Ele será libertado amanhã.

— Acho que isso é um bom resultado — respondeu Mike, de má vontade.

— Pense no fato de você ficar resmungando sobre o caso para mim durante nosso lindo jantar.

Mike sorriu.

— Você também pode se concentrar no que acontecerá depois deste lindo jantar — Amanda disse. Depois, ela piscou para seu convidado e passou a língua devagar sobre os lábios, lasciva.

— Ah, não — Mike gemeu. — Você não espera que eu faça sexo com você.

— Nem me passou pela cabeça.

— Então está bem. Só queria ter certeza de que você não estava tentando me levar para a cama.

— De modo algum. Eu estava pensando que podia ser aqui no tapete, em frente à lareira.

Capítulo 49

Hannah Graves e Mike Greene saíram do gabinete do juiz Belmont e se sentaram à mesa de advogados mais próxima da caixa do júri. Graves parecia raivosa. Amanda Jaffe seguiu os promotores para dentro da sala do tribunal. Ela avistou o rabino Cohen e sua esposa Valerie sentados com outros espectadores e sorriu para eles antes de sentar-se ao lado de Jacob.

Logo depois que os advogados se sentaram, o juiz Belmont tomou seu lugar e o oficial de justiça apregoou o caso *Cohen*.

— Para os autos — disse o juiz Belmont. — Acabo de me reunir com os promotores Hannah Graves e Michael Greene, representantes do estado de Oregon; e Amanda Jaffe, representando o réu, Jacob Cohen. O Sr. Cohen é acusado de vários crimes, sendo homicídio o mais sério deles.

"De acordo com nossa conversa em meu gabinete, o Estado deseja retirar as acusações contra o réu, no melhor interesse da justiça. Está correto?"

Hannah Graves estava furiosa por ter de retirar as acusações contra Cohen, que ela ainda acreditava ser culpado, e Mike se oferecera para falar em nome da promotoria.

— Isso mesmo, meritíssimo. Como o senhor deve estar ciente, ocorreram alguns eventos referentes às provas em questão, e o Estado crê não poder instaurar processo contra o Sr. Cohen, dada a atual situação do caso.

No gabinete, Mike havia colocado o juiz Belmont a par do problema com os pelos pubianos e as suspeitas do Estado de que

Bernard Cashman havia assassinado Mary Clark para impedi-la de falar com Carlos Guzman sobre o martelo do caso *Raymond Hayes*. Todas as partes haviam concordado que essa informação não deveria constar dos autos porque havia uma investigação em andamento sobre todos os casos de Cashman.

— Muito bem — disse o juiz. — Retiro todas as acusações contra o Sr. Cohen. Ele será libertado da cadeia assim que os procedimentos para sua saída estiverem prontos. Se não há outra questão pendente, a corte está suspensa.

Assim que o juiz desceu da tribuna, Hannah Graves saiu da sala do tribunal sem dizer uma palavra. Mike sorriu para Amanda e seguiu Graves até o corredor. Ele sabia que Amanda teria de conversar com seu cliente e os pais dele. Afinal, ele a veria de noite.

Amanda tinha dito a Jacob que o caso dele seria anulado naquela manhã. Ele ficara desconfiado e confuso pela rápida reviravolta dos acontecimentos, e Amanda teve a sensação de que ele só acreditaria que estava livre quando estivesse na rua.

— Acabou, Jacob — Amanda o confortou. — Ninguém mais acha que você matou Mary Clark.

— Ela acha — Jacob disse, apontando a cabeça na direção da promotora que partia.

Amanda sorriu.

— É verdade, mas Hannah é a única. Jack Stamm, o procurador, autorizou a anulação ele mesmo, então não precisa se preocupar quanto a ser acusado novamente.

O rabino Cohen e a esposa foram falar com Amanda e o filho deles. Jacob olhou para o chão, mas nada mais fez para rejeitar os pais.

— Não consigo expressar em palavras quanto lhe estamos agradecidos — Solomon disse, apertando a mão de Amanda.

— Você salvou nosso filho — acrescentou Valerie.

— Na verdade, foi Doug Weaver quem salvou Jacob. Foi ele quem descobriu que Cashman tinha mentido sobre as digitais no martelo quando estávamos todos confusos, e eu aposto que ele deu sua vida, mas se recusou a dizer a Cashman que tinha deixado um recado para mim, porque Cashman não veio me procurar. Doug era um homem muito corajoso.

O rabino assentiu, e sua esposa assumiu um ar triste.

— Aconteceram muitas tragédias por causa desse homem.

— Bem — disse Amanda —, agora está acabado.

Em seguida, ela se voltou para Jacob.

— Já pensou naquela conversa que tivemos? — Amanda perguntou. Ele estava tomando remédios e já tinha melhorado muito das últimas duas vezes em que Amanda o encontrara.

Jacob fez que sim com a cabeça.

— Eu vou para o hospital — disse baixinho, ainda sem olhar para seus pais.

— Eu fui até lá com seus pais. É um hospital muito bom. A região é linda e você terá um quarto muito agradável. Será bem melhor do que dormir naquele terreno baldio. Você estará seguro.

Jacob não respondeu.

— O oficial da condicional de Jacob já aprovou. Ele será libertado daqui a uma hora, mais ou menos, e o senhor poderá levá-lo para lá — disse para Solomon. Em seguida, dirigiu-se ao seu cliente.

— Tudo bem assim, Jacob? Sua mãe e seu pai podem levá-lo para lá? Eles querem muito ajudar você.

Jacob levantou o olhar. — Está bem — respondeu, gentilmente.

Valerie foi se aproximando aos poucos, até pousar a mão no antebraço de Jacob. Ele não se esquivou nem resistiu.

— Nós amamos você, Jacob. Nunca achamos que tivesse feito o que eles diziam. Queremos ajudá-lo no que for possível. É para isso que servem os pais: para amar e ajudar, especialmente nas situações difíceis.

Jacob assentiu.

— Preciso levar o Sr. Cohen lá para cima — disse o guarda.

— Está bem — disse Amanda. — Seus pais estarão esperando por você.

Jacob começou a se afastar. De repente, parou e se voltou para Amanda.

— Obrigado — disse.

Amanda sorriu.

— Foi um prazer.

Assim que Jacob saiu da sala do tribunal, o rabino Cohen soltou a respiração que estava segurando.

— Ele parece melhor — disse Valerie.

— Parece — Solomon concordou, mas Amanda podia sentir certa reserva na voz dele. Todos sabiam que Jacob nunca estaria completamente curado. Tinham esperança de que ficasse bem o bastante para levar a vida mais normal que conseguisse.

— Espero que tudo dê certo no hospital — disse Amanda.

— Todos esperamos.

Os Cohen saíram, e Amanda sentiu seu peito se encher de orgulho. Ela se sentiu muito bem por salvar Jacob e por continuar a lutar por ele, mesmo quando parecia certo que ele assassinara Mary Clark. Havia tempos difíceis, quando era preciso defender gente má, que você sabia que era culpada, mas um caso como o de Jacob fazia tudo valer a pena.

Epílogo

Bernie resistiu até o final amargo, mas finalmente aceitou o acordo. Eles insistiam que ele havia incriminado homens inocentes e queriam saber por quê. Ele estava disposto a pedir que Alec DeHaan entregasse a Carlos Guzman uma lista de casos nos quais havia prestado falso testemunho ou forjado provas, mas se recusava a explicar por que tinha escolhido os homens que mandara para a prisão. Cashman sabia que eram todos monstros e achava que não precisava explicar. Sob sua ótica, ele era um mártir que estava sacrificando sua vida e carreira por uma causa justa que os imbecis e medíocres que agora controlavam sua vida nunca compreenderiam.

Não foi preciso mais de alguns dias na cadeia para Bernie se arrepender de sua decisão, mas era tarde demais para voltar atrás. O que mais o castigava era o tédio; a certeza absoluta de que amanhã seria exatamente igual a ontem, e que depois de amanhã seria mais do mesmo. E a comida era atroz e não comestível. Como conseguiria aguentar a comida?

No terceiro dia depois de sua contestação e sentença, ele ainda estava na cadeia do Centro Judiciário, aguardando transporte para a penitenciária, quando um guarda veio buscá-lo para ir até a sala de visitas sem contato. Alec DeHaan costumava dar um jeito de vê-lo na sala de contato. Ele não conseguia imaginar quem mais o visitaria — certamente nenhum daqueles cretinos ingratos do laboratório de criminalística. Eles o abandonaram. E pensar que ele acreditava que fossem seus amigos.

— Bata quando terminar — o guarda disse a Cashman, abrindo a porta para a sala estreita. Quando Cashman entrou, ficou boquiaberto e com os olhos vidrados no visitante.

Martin Breach sorria para Cashman e fez um gesto indicando o receptor telefônico pendurado na parede. Se Cashman não estivesse entediado ao extremo, teria gritado pelo guarda, mas sabia que Breach não poderia pegá-lo através do vidro à prova de balas, e ficou curioso em saber por que o homem que desejava matá-lo tinha vindo lhe fazer uma visita. Quando pegou o telefone, apegou-se à esperança de que Breach estava ali para dizer-lhe que perdoaria tudo o que ele fez.

— Como entrou aqui? — perguntou Cashman.

— Eu poderia contar — Breach respondeu, com um sorriso gelado —, mas teria de matá-lo.

Cashman perdeu a cor, e Breach deu risada.

— Brincadeirinha — disse. — Na verdade, matar você é o pensamento mais remoto em minha mente, Bernie. Eu estava torcendo para você pegar prisão perpétua. Sabe... e eu espero que não se incomode se eu filosofar um pouco... não acredito nessa besteira de vida depois da morte. Acho que só existe isto aqui, e quando a gente morre é como se estivesse dormindo, só que você não sonha e não acorda mais.

“Se eu estiver certo, a morte não é assim tão ruim. Não é pior do que dormir sem sonhar. Então, é possível afirmar que morrer coloca um fim no sofrimento, razão pela qual eu nunca quis que você morresse. Se eu mandasse executá-lo, você teria escapado impune por incriminar Art, e eu queria que você pagasse pelo que fez.”

Cashman queria dizer alguma coisa, mas ficou paralisado de medo. Breach percebeu, e sorriu.

— Suponho que esteja com medo por causa da minha reputação. E tem razão para estar. Você viu como foi fácil, para mim, arrumar esta visita. Também providenciei para que ela não deixe vestígio nenhum. Você pode berrar para todos os cantos que eu estive aqui, mas nunca poderá provar.

"Então, por que estou aqui? Estou aqui para dizer que, não importa para onde você vá, eu o encontrarei. Meus contatos são muito bons. Assim que eu descobrir onde você está, providenciarei que seja punido. As pessoas serão diferentes, os métodos serão variados, mas você sofrerá muito pelo resto da vida pelo que fez com o meu melhor amigo."

Breach levantou-se e colocou a mão na maçaneta que abriria a porta para a liberdade, mas se deteve por um instante.

— Vai haver gente esperando por você, Bernie, e eles têm instruções para garantir que você sobreviva a cada surra, para que possa prosseguir rumo ao próximo encontro com a dor. Eu lhe desejo uma vida longa.

A porta se fechou atrás de Martin Breach. Cashman ficou parado olhando para o vidro por alguns instantes. Depois, começou a chorar.

Agradecimentos

Tive a ideia para *Prova positiva* há vários anos, quando comecei a ver novos artigos sobre criminalistas de laboratórios estaduais e federais que intencionalmente falsificavam provas ou prestavam falso testemunho no tribunal para conseguir condenações. Como alguém que praticou o direito criminal por vinte e cinco anos e que questionava as conclusões, mas nunca a honestidade dos cientistas forenses que testemunharam contra meus clientes, achei aqueles artigos perturbadores. Felizmente, a grande maioria dos homens e mulheres que trabalham nos laboratórios de criminalística do país é honesta e trabalhadora. É uma vergonha que a reputação deles seja maculada por alguns maus elementos.

Três peritos forenses íntegros e dedicados me ajudaram a tornar este livro realista. Ocasionalmente, fiz uso da liberdade literária com os procedimentos que ocorrem no local de um crime. Por favor, não culpem estes homens por isso. Eles me contaram como tudo funciona. Eu é que não segui os conselhos deles o tempo todo. Sou muito grato a Brian Ostrom por me ensinar os procedimentos da cena do crime e por passar incontáveis horas revisando meus originais em busca de erros. Agradeço a Brent Turvey por revisar meus originais, por me mostrar meios muito claros de falsificar provas e por escrever "Forensic Fraud: A Study of 42 Cases", *Journal of Behavioral Profiling* ["Fraude Forense: Um Estudo de 42 Casos", Revista do Perfil Comportamental], abril de 2003, volume 4, n. 1. Por fim, quero agradecer a Jim Pex por revisar os originais e apontar meus erros.

Para o prólogo, recorri muito à frieza do relato de Dave Groom sobre a execução de Jerry Moore, que ele recontou em “The Executioner’s Face is Always Hidden” (O Rosto do Executor Está Sempre Oculto), na edição de junho de 1997 de *The Oregon Defense Attorney* [O Advogado de Defesa do Oregon], uma publicação da Associação de Advogados de Defesa Criminal do Oregon. Muito da melhor prosa contida em meu prólogo foi tirado do relato de Dave, pois eu não consegui torná-la melhor.

Também quero agradecer a Scott Miles pela informação fornecida em “A Gideon Moment” [Um Momento de Gideão], *The Champion*, a revista da Associação Nacional dos Advogados de Defesa Criminal.

Outros que ajudaram com a pesquisa para este livro foram Bridget Steyskal, Pat Callahan, Nancy Laundry e Emily Lindsey.

Quero agradecer a Jean Naggar, minha agente, e a todos da agência, pelo apoio irrestrito, mas agradeço especialmente a Jennifer Weltz, por sua ideia brilhante.

Louros para Jill Schwartzman, minha intrépida editora — obrigado por todo o seu trabalho. Agradeço a Christine Boyd por sugerir o título para este livro e agradeço também aos departamentos de publicidade e de marketing por todo o esforço que concentraram em todos os meus livros. Na verdade, estou em dívida com todo mundo da HarperCollins, pelo modo como defenderam meu trabalho.

Como sempre, quero agradecer à equipe lá de casa: meu filho, Daniel, e sua adorável esposa, Chris; minha filha, Ami, e seu futuro marido, Andy Rome; e minha musa, minha incrível esposa, Doreen. Você é o máximo.